アンデッドガール・マーダーファルス
4

青崎有吾

講談社
タイガ

目次
CONTENTS

イラスト　大暮維人
デザイン　坂野公一（welle design）

知られぬ日本の面影

化け物に見切りをつけて、私共は二人の少女の踊りを見に小さい野外劇場へ行つた。しばらく踊つたあとで、一人の少女が劒を出して今一人の少女の首を切り落して、テイブルの上に置く、そこでその首が口を開けて、歌ひ出した。これは皆鮮やかにできたが、私の心は化け物で未だ一杯になつてゐた。それで私は金十郎に尋ねた、——

『金十郎さん、あの化け物の人形を私共が見たが、——人はあれが本當にあるものと信じて居るのでせうか』

——小泉八雲『知られぬ日本の面影』(田部隆次訳)

0

謎の男よ、言ってみよ。おまえは、誰を最も愛するのか。

おまえの父か、母か、妹か、それとも弟か。

俺には父も、母も、妹も、弟もいない。

では、おまえの友人たちか。

おまえは、俺が今日の今日まで聞いたこともない言葉を言った。


踏みつぶされた銀杏《ぎんなん》が、ねばつくような独特の臭気を放っている。

ふらつく足取りで構内を歩き、学生たちとすれ違いながら、男はその詩を思い起こす。シャルル・ボードレールの「異邦人」。彼が愛してやまない一編だった。

男はイオニア諸島のリュカディアという島で生まれた。リュカディアの意味はギリシア語で〈放浪〉。運命づけられたように、彼の人生も放浪の連続だった。母とは生き別れ、父からの愛も得られず、舵《かじ》の壊れた小舟となって世界をさまよい続けた。アイルランド、ウェールズ、イギリス、フランス、シンシナティ、ニューオーリンズ、西インド諸島マルティニーク島──多くの土地を渡り歩き、職を転々としたが、帰属はどこにも定まらなかった。彼は常に異邦人であり、常に孤独だった。そして不幸なことに、信仰や享楽によって胸の空虚を埋められるほど器用な性格でもなかった。彼は探し続けていた。自分の真の居場所を。心のあり方と合致する風土を。

たどりついたのが、この東の小国である。

移住して七年経《た》つが、この地でも異邦人であることに変わりはない。本郷通りを行き交う人々の視線は銀杏の臭気のように粘着質だ。人口百七十万の帝都東京でも、洋装の異人はまだ珍しい。

帽子のつばを目元まで下げ、小声で詩の続きを諳《そら》んじる。困難にぶつかったときや心を落ち着けたいとき、友人や神父に相談するかわりに、男はこの詩を諳んじるのだった。この詩に人生を重ねていた。この詩だけが彼の唯一の理解者だった。

謎の男よ、言ってみよ。おまえは、誰を最も愛するのか。

おまえの国か。

俺は、それがどこにあるのかさえ知らない。

男はいま、ある怪異に巻き込まれている。

顔のない女の霊――なんの因果か、それは男が最初に出会った怪異とよく似ていた。引き取られた家に同居していた女性が、死後玄関に現れたのだ。幼い少年は立ち尽くし、怯《おび》えることしかできなかった。四十年の時を経て彼女が自分を追ってきたような気がした。

状況は切迫している。専門家を自負する男にとっても、手に余る事態となりつつある。

どうすれば解決できる？　助けてくれる者なんているのだろうか。人が怪異を駆逐しつつあるこの時代――この明治の世に、自分のようなはぐれ者の話を真に受け、寄り添ってくれる者なんて。

答えを求め、男は異国を放浪する。詩の続きを口ずさむ。

謎の男よ、言ってみよ。おまえは、誰を最も愛するのか。


美女か。

もし、そいつが不死の女神であったら、喜んで愛しもしようが――

1

一八九七年、日本――

かけ蕎麦《そば》の黒いつゆから、だしの香りがふわりと昇った。

次いで脂ののったサンマの塩焼きが、大盛りの麦飯が、小松菜のひたし物と唐茄子《かぼちゃ》の煮転がしが、小鉢に入った卯《う》の花と煮豆が、油揚げのつけ焼きが、そして緑茶の入った湯呑《ゆの》みが並ぶ。ついでに置かれたきつね色の塊は〝コロッケ〟なる西洋料理らしく、噂《うわさ》には聞いたことがあったがお目にかかるのは初めてである。まだ試作中だから不味《まず》くても怒るなと店主が言い添え、去ってゆく。

ごくりと鳴ったのは自分の喉だった。

「いいんですか、いただいちゃって」

「おまえにおごるくらいの持ち合わせはある」

「そいじゃ遠慮なく」

真打津軽《しんうちつがる》は箸を取るや否や、手あたり次第にかっこみ始めた。

ずるずると汁を飛ばしながら蕎麦をすすり、箸で割った唐茄子を口に放り、サンマに頭からかぶりつく。並の人間より幾分頑丈なので骨が刺さる心配はなかった。菘《すくも》で染めたような真っ青な髪と両眼。左目を串刺しにした奇妙な筋もまた青く、それは枝分かれしながら鈍色《にびいろ》の着物の下を通り、腕や脚までつながっている。瞳は氾濫《はんらん》した川のごとく淀《よど》み、口にはひょうげた笑みを浮かべた、陰気と陽気が同居する男である。

麦飯を咀嚼《そしゃく》しながら、正面に座った同行者を見る。

女中風の前掛けをつけ、着物の袖をたすきがけにした、磨いた浮金石《うきがねいし》のように冷淡な雰囲気の女——馳井静句《はせいしずく》が、音もたてずに蕎麦をすすっている。そのどんぶりの脇には、麻の葉模様の風呂敷包み。

「鴉夜《あや》さんは食べないんですか」

「食べられると思うか？」

「そういやそうでした、こいつぁ失敬」

「まあ気にするな。歳《とし》をとると食欲も落ちてくるしな」

皮肉まみれの返答に思わずふき出す。静句がすっと身をそらし、飛んだ飯粒をよけた。

彼女は先ほどから一言も喋《しゃべ》っていない。津軽の話し相手、耳に心地よい可憐《かれん》な声の持ち主は、風呂敷の中にいた。

鬼の血を混ぜ込まれ半人半鬼となった男。
身体《からだ》を奪われ首だけになった不死の少女。

世にも珍しい二匹の異形が見世物小屋の楽屋で出会い、身体を取り戻すために津軽が少女の手足になる——という契約を交わしてから、一夜が明けた。

今後の方針を決める前にまずは腹ごしらえ、というわけで、上野の小さな蕎麦屋に入っている。窓の外、連なる瓦屋根の向こうに突き出しているのは浅草の凌雲閣《りょううんかく》。駿河台《するがだい》方面の高台にはうっすらとニコライ堂の尖塔が見える。

庶民的な店だが評判は上々とみえ、昼飯どきの店内には多彩な客が集まっている。手ぬぐいを巻いた男たちに、書生風の若者たち、ひとりで黙々と食事する背広の男に、姦《かしま》しく話す三人娘。聞こえてくる会話もさまざまだ。「小土佐《ことさ》なんざもう古い、娘義太夫ならいまは鶴蝶《つるちょう》だ」「自由党が議席を増やせば鉄道も伸びるというよ」「だからって増税されちゃ敵《かな》わない、僕は進歩党のほうがいいね」「パノラマ館に行ってみたいわ」「公園に西郷さんの像が立つって話だが、ありゃ誰が作ってるのかね」

青髪の男が九百六十一歳の少女と交わす言葉も、そんな賑《にぎ》わいの中に溶けてゆく。

「そもそも鴉夜さん、食べずに生きられるんですか？」

「食事は趣味のひとつだが、まあ食べなくても餓死はしないな」

「たとえば西洋にゃ吸血鬼ってのがいますよね。連中も不死身に近いって聞きますけど血を吸わなきゃ飢え死にするでしょ」

「連中やほかの怪物の再生力は代謝の速さに依存しているが、私は根本的に身体のつくりが……せっかくだから見せておくか」解説風のもの言いが、ひとりごとに切り替わった。

「静句、私の髪を一本抜いてくれないか」

「鴉夜様」

従者はためらいを見せたが、「いいから」と押し切られ、しぶしぶ風呂敷に手を伸ばす。結び目が緩められ、隙間から、艶のある流麗な黒髪がこぼれた。

静句の髪も充分に美しいが、鴉夜のそれは次元が異なる。一目見ただけで背筋に震えが走るような、人ならざる魔性の美だ。この世に真の罪があるとすれば、この生き物の完全性を欠損させることだろう。

女の指がその罪を犯す。髪を一本つまみ、慎重に引き抜い――

たと思った次の瞬間、毛髪が宙に溶けた。

蕎麦から昇る湯気にも似た、菫《すみれ》色の霧に変化する。霧は意思を持つようにゆらめき、主《あるじ》の頭部へと舞い戻って、再び毛髪の形を成した。時間が巻き戻ったかのように罪は消え去った。

つまり、いまのが〈再生〉か。

「髪が新しく生えるってわけじゃないんですね」

「〝治る〟というより〝戻る〟だな。細胞一粒一粒が強い磁石みたいなものになっているのだと私は解釈している」

「面白いですねえ。疲れはどうです？　寝なくても死なないんですか」

「肉体的な疲労はある程度溜《た》まると消える」

「じゃあその気になりゃ、太平洋も泳いで渡れますね」

「いまの私が挑戦したら〝漂流〟のほうがふさわしそうだが」

彼女の笑えぬ冗談はいちいち津軽のツボに入る。喉に詰まりそうになった煮物をお茶で流し込む。

「飲み食いしないで動けるたぁ、どっから力が湧いてるんでしょう」

「空気や日光から栄養を取り込んでいるのかもな、植物みたいに。実をいうと私にも細かい部分はよくわからないんだ。私をこの体質にしたやつはろくに教えてくれなかったし」

「不死って生まれつきじゃないんですか？」

「不死になったのは十四のときだ。まあそのへんは追い追い話すよ。……今度は津軽が抜いてみろ。一本だけだぞ」

（射殺すような静句の視線に耐えつつ）津軽も手を伸ばした。雨粒すら弾《はじ》きそうなほどなめらかな髪を撫で、そのうち一本の根元を手繰《たぐ》り、引き抜く。ぷつん、とわずかな手ごたえがあった。指先には、静句のときと同じように毛髪がつまれている。

今度の罪は消えなかった。十数えても、二十数えてもそのままだった。

昨晩の会話を思い出す。

あらゆる損傷に対し無敵を誇る不死にも、ひとつだけ勝てぬものがあるのだという。

「〈鬼〉につけられた傷は治らない」鴉夜が言った。「放射線は知っているか？　X線だとかウランの放射能だとかが最近発見されたそうだが。鬼の体皮からもきっとそのたぐいが出ているのだと思うな。それが私や吸血鬼みたいな強い細胞に浸透して、再生機能を壊す。だからおまえがひっかけば血が出るし、殴れば骨が折れる」

鴉夜が身体を失った理由も、津軽とは別の半人半鬼に襲われたためである。そいつは〝濃度〟が低かったらしく、不死を傷つけることはできても命までは奪えなかった。それで喋る生首の一丁あがりというわけだ。

「昨日もらった鴉夜さんの唾、あれは打ち消されないんですか？」

昨夜、津軽は首だけの美少女と熱い接吻《せっぷん》を交わすという極めて珍妙な体験をした。

契約の対価として、鴉夜から提案された医療行為だった。津軽の身体は鬼の血に侵食され、人間性を失いつつある。不死の細胞を取り込めば免疫系が強化され、侵食に歯止めがきくのだとか。

しかし〈鬼〉に触れた時点で細胞が力を失うなら、津軽の胃に収まった唾液もうまく働かないのでは——と、そういう意図の質問である。

「放射線が出ているのは皮膚からのみというのが私の仮説だ。粘膜接触なら力は打ち消されない。実際おまえ体調いいだろ」

仮説ということは、そのままお陀仏《だぶつ》する道もあったわけか。したたかな魔物に苦笑してしまう。とはいえ〈不死〉の名を冠する存在はこの世に鴉夜ひとりだけ。〈鬼〉ももともと希少種なうえ、明治政府が推進する〈怪奇一掃《かいきいっそう》〉によってまともな個体は絶滅している。標本が少なければ研究しようもないわけだ。

コロッケを箸で割り、一口食べてみる。ひき肉の風味が広がったが、熱の通りがいまいちでやや生っぽく、食感もはなはだ悪い。

「鬼に殺される以外、本当に死ぬ方法はないんですか」

「無力化する方法ならないこともないがな。おまえが人だったら私をどう殺す？」

津軽は唇についた油を舌で拭った。

「海に沈めるか土に埋めるか鑪《たたら》で溶かすか獣に食わせるか氷漬けか岩でつぶすか、あとは気を狂わすかですね」

「頭が柔《やわ》いな」

「ちりとてちんが詰まっております」

「最初の二つはてんで駄目だな。息をしなくても生きられるから、水中でも地中でも問題ない。埋められたら地上に出るまで時間がかかるかもしれないが」

呼吸も不要ときた。首だけで生存できるのだから、当然か。

「魔女狩り時代に火刑を受けたこともある。鑪や溶岩に落とされても熱がるだけですむだろうな。噛《か》まれたそばから治るから食殺刑も難しい。氷漬けはいい線だ、仮死状態になると思う。圧殺も岩の大きさが充分なら再生のための空間を確保できないから、仮死に持っていけそうだ。最後のは廃人に追い込んで精神的に殺すという手か。悪くないが、私は長く生きてだいぶ図太くなっているからな。本気でおかしくなるかと思ったことは人生で一度しかないな」

「どんな拷問を受けたんです？」

「明《みん》の仙女《せんにょ》と七日七晩寝た」

ああそうですか、としか言いようがなかった。

ふと思いつき、かじりかけのコロッケを蕎麦にのせてみる。箸で崩してからすすってみると、衣につゆが染み込んで実に美味《うま》い。この食い方は評判になるぞ、あとで店主に教えてやらねば。

どんぶりを置くと、津軽は風呂敷に顔を近づけ、少しだけ真剣な口調になった。

「で、下手人はどう探します？」

二人が追う敵は共通している。

津軽を半人半鬼にし、鴉夜の首から下を奪った者たち——杖《つえ》をついた義足の老人と、顔を隠した短刀《ナイフ》使いの男。連中は欧州に潜伏している、というのが鴉夜の見立てだった。大陸に渡ることだけは決まっているものの、具体的な追跡法は模索中だ。無闇《むやみ》に探しても見つかるわけがない。どうにかして的を絞る必要があるが。

「探そうと言いだしたのはおまえだろ」

「頭は鴉夜さんのほうが上等です。何か案があれば」

んー。風呂敷からうなりが聞こえる。はたから聞くとそれは、駄菓子屋でどの飴《あめ》を買うか悩んでいる少女のような、かわいらしい声だった。津軽は昨夜の出来事を思い出す。

見世物小屋の楽屋で、男の前に身を晒《さら》し、生首の少女は言ったのだった。

私を殺してくれ、と。

不死の少女は死を望んでいた。こんな姿になってまで生きていたくはない。おまえなら私を殺せる。そう津軽に懇願してきた。

怪物殺しが持ち芸の男は、しかしその依頼をはねた。

そして、少女と旅する道を選んだ。

「〝楽しませる〟って約束したので、鴉夜さんが退屈しないやり方を考えないとですね」

前座未満の拙い芸で、笑わせられるかはわからない。

布地に隠された彼女の顔が、どんな表情かもわからない。

「まあ、おまえに外国語を教える時間もいる。そう急いで決めずともいいさ。……どれだけ時間があっても私は死なないからな」

けれど今日の鴉夜の声は、昨日より少しだけ軽やかで。自分にしては上出来だろうと津軽は思うのだった。

「そろそろ宿に戻りましょう」

サンマを尻尾《しっぽ》まで胃に収め、蕎麦のつゆもすっかり飲みほしてから、津軽は箸を置いた。鴉夜の収まった風呂敷へ手を伸ばす。

静句にその手をはたかれた。

「ちょっと。なぜあなたが持つんですか」

「なぜってべつに……持っちゃいけませんか」

「鴉夜様をお運びするのは私の役目です」

「でもあたくし手足になるって約束したし」

「あなたはほかの荷物を運べばいいでしょ」

「そんなあ」

「そんなもこんなもありません」

男女はしばし見つめ合う。

視線は同時に、脇に鎮座する風呂敷包みへ――両者の雇用主である少女へと流れた。

「『手足になる』はものの喩えだと思っていたがな。津軽はどうしてそんなに私を運びたいんだ」

「そりゃもちろんあたくしだって紳士のはしくれですから静句さんみたいないたいけな女性に荷物を持たせるわけには」

「本音は」

「生首を持ち歩くなんて面白い役を人に譲りたかぁありません」

風呂敷の中からため息が聞こえた。

「私はべつにどっちでもいいんだが……津軽のとりえは荒事だろ。私の身を護《まも》ることが第一の仕事なわけだ。私を持ち運ぶなら、常に片手が塞がることになるな。その状態でも仕事に差し支えないと証明できるなら、運ばせてやってもいい」

「といいますと」

「右手を使わず静句に勝てるか?」

正面の席へ顔を戻す。

〝いたいけ〟とは言いがたい女の目が待ち受けていた。動揺も興奮も読み取れない、黒く冷たい墓石の色だ。卓に隠れた彼女の手元で、しゅるり、という布をはぐような音が聞こえる。津軽は視線を切らぬまま緑茶をすする。

「店の裏に空き地があったので、そこで……」

「なら勝てます」津軽は微笑《ほほえ》み、気負いなく宣言する。「殺すつもりでやっていい」

「当然だ。殺すつもりでやっていい」

「なんでもありでいいんですか」

「存外甘っちょろいな〈鬼殺し〉」

からかうような鴉夜の声は、いままでと別の場所から聞こえた。静句の手によって、風呂敷が隣の卓へ移動している。

あ、まずい。

「もう始まってるぞ」

2

箸が転がり、小鉢がずれ、どんぶりが宙返りをした。

四人がけの木製の卓がこちら側へ滑ってくる。静句が片手で押し出したのだ。

彼女は壁を背に座っており、そのままでは充分に動ける空間がなかった。卓を押した目的は空間を広げるためと、津軽の動きを抑えるため。椅子に座った状態で腹に卓を押しつけられれば、立つにせよ屈《かが》むにせよ一動作遅れを取ってしまう。

津軽は不意打ちに合わせ、間一髪で椅子を引いていた。そのため卓との間に隙間《すきま》が生じ、対応が間に合った。身体を浮かせ、天板に肘をつき、卓を跳び越える。見据えた着地点は静句の真正面。とにかく最短で間合いの内側に入りたかった。

入らなければ死ぬという、不吉な直感があった。

静句は武器を持っている。

布でくるんだ正体不明の長物《ながもの》だ。食事中は背中から下ろし、膝の上に載せていた。先ほど聞こえた〝しゅるり〟という音は卓の下で布をはいだ音だろう。全長から察するに槍か、戟《げき》か、薙刀《なぎなた》か。なんであれ、その手の武器ならば距離を開けるのは危険だ。

静句は予期していたように、津軽の視界の右側へ消える。

武器の柄《え》で壁を押し、そこに体捌《たいさば》きを合わせたのだろう。腰を浮かすのではなくすっと抜くような、なめらかな動きだった。移動先は制限を負った津軽の〝右手〟側。戦い慣れている――そんなことを思う。不死の少女に仕えている時点で、ただ者じゃないことはわかっていたが。

着地と同時に、津軽は右へ身体を向ける。

下段から、銀光が閃《ひらめ》いた。

地を這《は》うように身を低めた、ほぼ死角からの刺突。津軽はすでに護る場所を決めていた。右から打ち込むということは津軽の側面を狙《ねら》うということ。射程内の急所はひとつしかない。

自由に使える左腕を上げ、首の前で構える。

——コーン。

鹿威《ししおど》しめいた音とともに、最初の攻防が交わされた。

静句の突き込んだ刃《やいば》を、津軽は湯呑み茶碗の内側で受け止めていた。開始前に飲んでいて、そのまま左手に持っていたものだ。

目を見張ってしまう。

躊躇《ちゅうちょ》なく命を狙ってきた静句に驚いた、わけではない。彼女の武器を見たからだった。

銃だった。

使い手の背丈に匹敵する全長。銀色の引《ひ》き鉄《がね》と排莢《はいきょう》レバー。銃口の下から伸び上がるように直刃の日本刀が溶接された、世にもあでやかな騎兵銃。

名を『絶景《たちかげ》』という。

静句もまた驚いていた。予想だにせぬ事故が起きたからだ。

津軽の湯呑みは飲みかけで、中にまだ茶も入っていた。下段からの一撃を受け止めたことで湯呑みは下に傾けられ、中身がこぼれ落ちた。

液体は刀身の峰を伝い落ち——銃口の中へ。

どちらにとっても意外な偶然の作用。

しかしその偶然によって、『絶景』最大の攻撃手段——銃撃が、封じられた。

静句の反応から津軽もその〝事故〟を察する。美貌を狙い、前蹴りを放つ。半人半鬼の脚力ならば一蹴りでも勝負を決めうる。

が、

「——っ痛《つ》ぅ！」

その脚力を利用された。

箸だ。

六寸五分の木箸が、草鞋《わらじ》履きの右足の甲を貫通していた。突き刺されたというより、自分から足裏を突き込んだ形だ。津軽と同じく静句も食器を隠し持っていた。蹴りに合わせ、待ち受けられた。

開始から二秒半。津軽は静句の銃撃を封じ、静句は津軽の右腕に加え片足鈍化に成功する。周囲の客が異変に追いつき、店内がざわつき始める。

津軽が次にとった手は——

そのまま一歩、退《さ》がることだった。

対長柄の定石を捨て、あえて距離を置く。

静句はすぐその意味に気づいた。この男——とでも言いたげに、普段は感情を隠している眉が歪《ゆが》む。津軽は笑みを返す。真剣勝負のお墨つき、使えるものは使うのが礼儀だ。

津軽の背後には、娘たちが座っていた。

たまたま居合わせた三人組の客だ。おのぼりさんか買い物帰りか、茶を飲みながら姦しく話す様子を食事中も横目で見ていた。突然の騒動に驚き、その場に固まっているであろうこともわかっていた。

銃撃はすでに封じている。残る攻め手は刀身のみ。斬るにしろ突くにしろ、静句が深く攻撃し津軽がかわせば、高確率で背後の娘たちを傷つけることになる。

銃撃、斬撃、刺突。

変幻自在を誇る『絶景』の攻め手が、わずか数手でつぶし尽くされた。

逡巡《しゅんじゅん》は一瞬だった。静句は『絶景』を短く持ち、切っ先で津軽の脚を薙《な》ぐように払う。低い姿勢から出せる最速の技であり、津軽以外に刃があたる懸念もない。この状況で取りうる最良の手段。

ゆえに津軽も想定済みだった。縦に軽く跳び、かわす。

『絶景』の刃が足の下を通り——そのまま床を転がった。

「え？」

思わず声が出た。

武器を手放した静句が、両手を床についている。黒髪と前掛けがなびき、華奢《きゃしゃ》な身体が踊るように持ち上がる。津軽は視線を上げる。

白い美脚が残像を描いた。

あやまちに気づく。

あの武器が要《かなめ》だと思っていた。それさえ制せばただの女だと。

しかし静句は、武器すらも囮《おとり》に——

かかとが顎《あご》を打ち抜き、世界が反転した。

まばたきをする間に天井がなくなっていた。蹴り飛ばされ、店の軒先に転がり出たようだ。浮かぶ雲も通行人も蛸足《たこあし》めいてふにゃけている。脳の揺れを自覚しつつ、津軽は額に手をあてる。

まいった。

最初の攻防。思い返せば、美粧のままであんなに屈めるはずがない。開始前の衣擦《きぬず》れの音は武器の布をはぐだけではなかった。帯を緩めていたのだ。緩めていたなら蹴りも打てる。警戒しておくべきだった。

いや。していても、受けられたかどうか。

武器を捨て、注意を下へ引きつけてからの、上段。蹴り方も異様この上なかった。琉《りゅう》球《きゅう》の技か、もっと遠くか。あとで教えてもらいたいと思った。生き残れたら、の話だが。

平衡感覚はまだ戻らない。

揺れる視界に静句が映る。『絶景』を拾い、店から津軽までの数歩を全速で駆け抜けようとしている。黒曜色の瞳には、真の殺気が燃えている。

すごい人だ、とつくづく思った。

半人半鬼と対等に渡り合い、あまつさえ勝ちかけている。実力もだが、それ以上に気迫がすごい。そんなに鴉夜さんが好きなのかしら。ぽっと出の芸人なぞには渡さないということか。それだけではない気もした。

半人半鬼と、鴉夜さん。

——ああ、そうか。

静句が最後の一歩を踏みきる。天井が途切れると同時に銃刀が大きく弧を描き、振り上げられる。回復よりもとどめのほうが一瞬速いと、経験からわかった。津軽はまだ立ち上がれていない。隠れ場はなく反撃のすべもない。

生死を賭けた一手を、津軽は。

「静句さん」

その一言に使った。

「あたくしは、鴉夜さんを襲った鬼じゃない」

糸が伸びきったように、静句の動きが止まる。

傍《はた》から見れば気づきもしないような、ごくわずかな躊躇だった。しかしその瞬刻の差で、津軽の反応が上回った。

身を起こし、間合いに飛び込む。銃刀を振りかぶった右腕と左腕、その輪の中にこぶしを突き込み、首側面に当てた腕ごと身体を回し、静句を崩す。片腕でも可能な制圧術。〈怪奇一掃〉を担っていたころ、師匠に習った技だった。

高木楊心流《ようしん》、車投げ。

そのまま静句に抱きつき、一緒に倒れる。体全体を押さえ込み、細首を左手で捕獲した。女の動脈は激しく打っていたが、瞳には冷気が戻っていた。黒い氷塊が、唇の触れそうな距離で臆することなく青鬼をにらんだ。鬼のほうは寄席《よせ》でも終えたように口の端を曲げていた。

力を込めるかわりに、耳元でささやいた。

「ぼきり」

「割れものだと思って丁寧に扱えよ」

「割れたところで治るでしょうに」

「いやそういう問題じゃアッ揺れてる！　揺らすな馬鹿！　繊細なんだぞ私は！」

「図太くなってるって言ってませんでした？」

風呂敷包みを上下させ、重さを右手になじませる。羽衣のように軽いわけでも、蓄積された記憶の分重いわけでもない。ごく普通の人間の頭部——少女の脳髄と、髪と、頭蓋骨と、肉と、その他諸々が合わさった、ただそれだけの重さだった。

蕎麦屋を出た一行は裏手の空き地に移動している。店を壊された店主は張眉怒目《ちょうびどもく》だったが、修理代を多めに渡すとたんに機嫌を直した。諍《いさか》いの原因は「痴話喧嘩《げんか》」だと説明しておいた。コロッケ蕎麦について提言する隙がなかったことだけが悔やまれる。

津軽は木箱に腰かけ、静句がその右足に包帯を巻いてやっている。自分でつけた傷の手当てを自分でさせられているわけだが、不機嫌の理由はそれだけではなさそうだ。

「実力でなら勝っていました」何度目かの不平が漏れた。「この男が余計なことを言ってくるから……」

「逆に言えば、こいつは口先だけでおまえの力を削《そ》いだわけだ。そういうのも強さに含むと私は考えている。今日のところは津軽の勝ちだな」

「じゃあ静句さん、そういうわけで運び手はしばらくあたくしがアッいったい痛い痛い！」

傷口に爪を立てられた。

辛辣さはともかく、静句の戦力を知れたことは津軽にとって朗報だった。見世物小屋にいた化物たちや、前々職の同僚たちにもひけをとらぬ練度である。道中、自分だけが荒事を担う必要もなさそうだ。

とはいえ――そもそも二人とも、一度負けているのだが。

黒星をつけたのは、〝杖の老人〟が連れていた短刀使いの男である。歳は若く見えたが冗談みたいな強さだった。怪物駆除を生業《なりわい》にしていたかつての津軽と同僚たちは、その男ひとりに敗北した。捕まって監禁され、半人半鬼化の実験体になり、脱走できたのは津軽ひとりだ。馳井家ももともとは一族全体で鴉夜を守護していたそうだが、襲撃によって根絶やしにされ、逃げのびたのは静句と主人の頭部だけだった。

これから自分たちが追い、倒すことになる化物たち。

それに対して戦力〝二〟は、多いのか、少ないのか――頭の中の算盤《そろばん》は梁《はり》が壊れてしまっていて、いくら弾いても答えが出ない。

包帯の端が結ばれる。静句の所作はしとやかで、先ほどの戦闘など嘘のようだ。この細腕でよくあの銃刀を振り回せたものだと感心する。目を伏せているので睫毛《まつげ》の長さが際立ち、人形じみた印象がより増している。緩めた帯を直さぬまま片膝を立てているため、白い腿《もも》が大胆に覗《のぞ》いており、陶磁のような艶肌《つやはだ》が津軽の目を吸い寄せた。もう少し首を伸ばしてみようか。

またもや爪が喰いこんだ。

「いっったい痛い痛い！」

「脚を見ていたでしょう」

「見てませんよ！」

「だとしてもあなたを痛めつけるのに理由はいらない」

「鴉夜さぁん！　あたくし旅立つ前に殺されるんじゃないかな！」

「アノウ、失礼ですが」

唐突に。

背後から、奇妙な抑揚の声がした。

振り返ると、男が立っていた。服装に見覚えがある。先ほど店にいた客のひとりだ。

津軽のいえた義理ではないが、よくよく見れば珍しい容姿をしていた。何しろ西洋人である。背広を着てネクタイを締め、山高帽をかぶった白人の男。歳は四十〜五十代。口ひげを蓄え、鼻筋がまっすぐ通り、ぐっと開いた水色の目が意志の強そうな印象だった。左目は視力が悪いのか、うっすらと白濁している。

鴉夜たちの知り合いだろうか。静句の警戒を見た限り、そういうわけでもなさそうだ。

「ア、すみません」敵ではないというように、男は首を横に振った。「チョット、どうしても、気になって……その包み、中、何入ってますか？　お店で、女の子の髪、見えました。話し声も」

〈再生〉実演のために風呂敷を緩めたとき、盗み見されていたか。

「ああこれ？　人形ですよ、浅草のパノラマ館に卸すんです。よくできてるでしょ」

「人形？　ドール？　いえ、喋ってました。ワタシ、聞きました。女の子の頭、入ってます。生きてます。そうですね？」

津軽は内心で舌打ちした。

国家近代化構想のひとつである〈怪奇一掃〉により、異形生物の駆逐が進む時世だ。排斥意識は市井《しせい》でも高まりつつあり、発見時の通報も呼びかけられている。この男が記者や役人のたぐいなら、忘れてもらう必要がある。

「ワタシの目、ごまかせません。ワタシ前、熊本で、歌う生首のパフォーマンス、見ました。上手でした。でもそれ、偽物。リアル、ぜんぜん違う。あなたたちのそれ、ホンモノです。もしかしてそれ」

「ちょっとあっちで話しま――」

「ろくろ首では、ないですか？」

思わぬ一言に固まってしまった。

男は水色の目をらんらんと輝かせ、無邪気な子どものようにまくし立てる。

「ワタシ、出雲《いずも》で、民話《フォークロア》、収集しました。室町時代、イソガイ・ヘイタザエモンのエピソード。『曽呂利《そろり》物語』、『耳嚢《みみぶくろ》』、東晋の『捜神記《そうじんき》』にも出てきますね。頭と身体が分かれる生き物、ろくろ首だけです。違いますか」

「ずいぶん詳しいお人だ」

「この国のゴーストや妖怪、好きです。研究してます。趣味で」男は照れくさそうに微笑む。「でも、数、減ってますね。見る機会、少ない。だから、見てみたくて……」

害はなさそうだな、と鴉夜の声がした。

「ほどいていいぞ、津軽」

本人が言うなら是非もない。津軽は手のひらに風呂敷包みを載せ、結び目をほどく。麻の葉模様の木綿の〝衣〟がはらりと脱ぎ捨てられる。

少女の姿があらわになると、昨日の津軽と同じように、外国人の男も口を開けた。

桃蜜に月光を溶かしたような、神秘の異香がほのかに香った。濡羽《ぬれば》色の黒髪が水のように流れ落ち、首の接地面、切り口の周りで渦を巻いている。輪郭や鼻先に幼さを残すおそろしく可憐で端正な顔立ちが、目元にこもったわずかな力や、眉の流れや、笑みの角度によって、名状しがたい妖艶さを放っている。十四のままで九百を生きた魔物だけに許された、幽世《かくりよ》の美貌であった。複雑な光を湛《たた》えた紫色の瞳は、あたかも宝石と同じ多重構造を持っているかのようで、そんな代物が炯々《けいけい》と、男を見つめているのだった。

首だけになっても死を許されない、どこまでも哀れでどこまでも美しい少女。

輪堂《りんどう》鴉夜。

放たれたのは悲鳴ではなく歓声だった。

「オー！　ろくろ首！　すごい！　ビューティフル！　初めて見ました」

「不死ですよ」鴉夜がさりげなく訂正した。「私の知る限り、首が完全に分離するろくろ首は本の中にしかいないと思うな」

彼女がそう言うならそうなのだろう。津軽がいた見世物小屋にもろくろ首が一匹いたが、首が伸び縮みするだけの他愛ない芸を見せていた。

賛辞を並べ、感激し、ひととおり鴉夜を愛《め》でてから、男は我に返ったように津軽たちのほうを向く。

「ア、でも、話しかけた理由、ろくろ首見たいからじゃ、ないんです。みなさんに、相談したいことありまして……」

「帝国大学の先生が私たちに相談を?」

男はすぐに、生首へ向き直ることになった。

「ワタシまだ、職業、言ってません。なんで、わかりました?」

「袖にチョークの粉がついているので、教師であることは明白ですし、鞄《かばん》からはサミュエル・ファーガソンの詩集が覗いている。そんな珍しい本を講義に使い、かつこの近くに勤めているなら帝大だろうと思ったんです。で、ご用件は?」

男はきょとんとし、自分の衣服を見下ろした。弾かれたように喋りだす。

「さっき、お店で、ファイト見ました。お二人、強そうですね。すごく。それに、妖怪も連れてる。ワタシいま、チョット、トラブル抱えてます。助けてほしいんです」

ア、申し遅れました――と言い添え、男は名刺を差し出す。両手で出してくる様がなんとも日本人風だった。

名刺に書かれていたのはアルファベットではなく、四文字の漢字だった。

「ワタシ、小泉《こいずみ》八雲《やくも》と申します」

3

半生の面白さでは誰にも負けない自信があったが、この男には敵わぬかもしれない。

道すがら小泉八雲という白人から話を聞き終えた、それが津軽の雑感だった。

男の以前の名はラフカディオ・ハーン。去年日本に帰化し〈小泉八雲〉という和名を得たが、元の国籍はイギリスで、父はアイルランド人、母はギリシア人だという。これを皮切りに、男の口からはいくつもの土地の名が語られた。

リュカディア、ダブリン、ダラム、ニューヨーク、ニューオーリンズ、サン・ピエール、バンクーバー。七歳のとき家族と離別し、寄宿学校では事故で左目を失明、移民船で新大陸へ渡るも親戚に財産をだまし取られ、行商、電報配達、ビラ配り、コピーライター、校正係など職を転々とし、下宿先の黒人女性と結婚したために迫害を受け、デング熱にかかって餓死寸前まで至り、小さな食堂を開業するもわずか二十日で廃業し——断片的に聞くだけでも波乱万丈さがうかがい知れた。嵐に呑まれやすい星の下に生まれたようだ。

やがて気まぐれな嵐は、男を新聞社の通信記者という職に就かせた。そして七年前、彼は仕事の一環で日本へ渡った。

「東洋、前から興味ありました。でも驚きました。日本、想像よりずっとユニークでした」

来日後も東京、横浜、松江、熊本、神戸から再び東京へと移り住み、現在は帝大に招かれて英文学を教えているのだという。松江で出会ったセツという日本人女性と結婚しており、今年次男が生まれたそうだ。

放浪の末、東の果てに流れついた男。

数奇な経歴だが、さらに数奇なのは男の趣味だった。自分は文学者であり、民俗学者であり、怪異研究家であると彼は言った。

「西洋、物質主義です。イチか、ゼロか。ヒトか、それ以外か。堅苦しい、ワタシ思います。もっと霊的《ghostly》なものに、興味あります。精霊や、神話や、怪物に。いろんな土地で、フォークロア、集めました。ケルト、ドルイド、クレオール、ヴードゥー。日本でも、松江の人たちから、たくさん聞きました。妖怪、面白いです。ワタシ、惚《ほ》れ込みました」

熱くなると止まらぬ性質《たち》らしく、人力車に揺られながら男は語り続けた。独特のイントネーションと車輪のリズムが合い、音楽を聴いているようだった。

「日本の美意識、奥深い。生活、素朴です。女性の礼節、うるわしい。妖怪、ユニーク。どれも西洋にないものです。西に日本の ghostly 伝えたい。いま、それ、ワタシのライフワーク。ホートン・ミフリン社から本も出してます。『Out of the East』、『Kokoro』、それに『Glimpses of Unfamiliar Japan』。これ、すごく評判。〝知られぬ日本の面影〟という意味です。松江で見たこと、聞いたこと、まとめてます」

著書の宣伝まで終えてから、彼は肩を落とし、

「でも政府、妖怪、駆除してますね。悲しいです。日本、人と妖怪、ずっと共存してきました。ほかの国より、すごく独特。そこが魅力なのに」

「日本びいきの上に怪物びいきの西洋人なんて、世界であなたくらいでしょうね」

「それで？」と、鴉夜の声。「本題に入りましょうか八雲さん。抱えているトラブルというのは？」

「ア、はい。実は、そのライフワーク絡みで……」

八雲の教え子に、田部隆次《たなべりゅうじ》という青年がいる。

早稲田学校で学んだのち帝大英文科に移ってきた、二十二歳の青年である。富山の旧家の生まれで、すでに家督を継いでおり、せんという妻と二人で赤坂に居を構えている。

「タナベくん、いい青年。ワタシ、親しくしてます。よく家、招かれます。センさん、タナベくんと仲よし。奥ゆかしい、すばらしい女性ですね。理想の奥さんです」

得意げに話してから、八雲は「ですが……」と顔を曇らせた。

トラブルとは、その良妻・せんの身に降りかかったことだった。

五日前、田部くんは関西へ旅行に出かけた。大阪で開かれる国際会議の通訳に、英文科の優等生である彼が抜擢《ばってき》されたのだ。期間は二週間。せんは同行せず、邸《てい》の留守を任された。最初の数日は何ごともなく過ぎた。

二日前の晩のこと。寝室で眠っていたせんは、不審な物音に気づき目をさました。ゴッ、ゴッ、という、遠くで鈍いものを叩《たた》くような音と、着物の衣擦れのような音。そして、かすかな鈴の音。

せんは枕もとを見やり、そのまま声を失った。

暗闇の中に、何かがいた。

最初それは大柄な獣のようにも、不定形な霧のようにも思えた。目が慣れるにつれ、姿がおぼろげに見えてきた。

女だった。経帷子《きょうかたびら》を身に着け、遍路の鈴を持ち、長い髪で顔を隠した女だ。窓も戸も、しっかり鍵をかけていたはずなのに。

女は身を屈め、せんに顔を近づけてくる。せんは反射的に布団をかぶった。廃屋に吹く風のように、か細く不気味な声が聞こえた。

——この家に、おまえがいてはいけない。

——おまえは、あの人にふさわしくない。

——器量も品位も、おまえは私に劣っている。

——この家から、出ていけ……。

せんは直感した。

とよ子の霊だ。

「とよ子？」

「タナベくんの、前の許嫁《いいなずけ》です。地元の、幼なじみ。ホントは、トヨコさんと結婚する予定でした。でもトヨコさん、結核で亡くなりました。三年くらい前です。落ち込んでいたとき、タナベくん、センさんと出会った。二人、恋しました。それで結婚した」

出ていけ——出ていけ——声はいつまでもやまず、せんはひたすらに震え続けた。

出ていけ——この家から出ていけ——私のことは、あの人に言ってはいけない——もしも言ったら、おまえを八つ裂きにしてやる——

寝間着が冷や汗でびっしょりと濡れ、時間の感覚がわからなくなってきたころ。勇気を振り絞り、せんは一度だけ女の顔を見た。

女には顔がなかった。

せんはそのまま気を失ってしまったそうだ。目覚めたときはもう明け方で、女の姿も消えていた。ただ線香の香りがほんのりと漂い、閉めたはずの襖《ふすま》が開いていたのだという。

「元許嫁の怨霊ってわけですね」

「それで、ワタシ、センさんから相談受けました」

怪異研究を趣味とする八雲もそうした事案を持ちかけられるのは初めてであり、戸惑ってしまったが、教え子の家の危機であるから何もしないわけにもいかない。ひとまず記者時代の伝手《つて》で武芸に秀でたやくざ者を二人雇い、田部邸の門に立ってもらった。

また、せんはせんで、田部家が普段から世話になっている鵬願寺《ほうがんじ》という寺の和尚に相談。「寝室の四隅に貼るように」とお札をもらい、指示どおり貼りつけた。こうして物理・霊性の両面で対策を打ち、せんは布団に入った。

その夜も、再びとよ子の霊が出た。

札の効果が発揮されたのか、寝室までは入ってこなかった。だが、わずかに開けられた襖から女の姿が見えた。そして前夜と同じく、怨み言をささやかれる。

この家に、おまえがいてはいけない――おまえは、あの人にふさわしくない――器量も品位も、おまえは私に劣っている――この家から出ていけ――

知らないわ！　あんたなんか知らない！　せんは必死で叫び返す。

出ていけ――出ていけ――おまえはふさわしくない――霊はささやく。

初日と同じ恐怖の一夜が過ぎ、明け方にようやく霊が消えた。

「怪談としちゃいまいちですねぇ。そのせんって人の見た夢では?」

津軽が言うと、八雲はかぶりを振った。

「夢は、人を殺せません」

翌朝、玄関に出たせんは驚愕《きょうがく》した。

八雲の雇った用心棒二人が、死んでいたのだ。

武器を抜いた痕跡や、争った痕跡はない。しかし二人の首は、鋭利な刃物のようなものですっぱりと斬り落とされていた。

朝一番にそれを知らされた八雲は面食らった。彼自身もせんが悪夢を見た程度に思っており、実害が出るとは想定していなかったのである。

鵬願寺の協力を得て、用心棒たちの死体はどうにか近隣に気取《けど》られることなく埋葬できた。しかし幽霊の問題は依然として残っている。きっと今夜も出る。どうしたものか……。

講義にも身が入らず、頭を悩ませていた折。昼食のため立ち寄った蕎麦屋で、怪異と荒事に慣れているらしき二人組に遭遇した——というわけだった。ほかの客にとっては迷惑千万でも、八雲の目には神の遣わした使者として映ったようだ。

「要は幽霊退治をしてほしいと」

「退治とまで、いかなくても……とにかく、センさん、護ってほしいのです。このままじゃ、彼女も殺されてしまうかも」

わらにもすがる様子である。どうしたものかと、青髪の男は耳をかく。

津軽は人間だったころ、政府に雇われ〈怪奇一掃〉に関わっていた過去を持つ。半人半鬼となってからは見世物小屋に身を寄せ、化物相手の拳闘を披露していた。怪物殺しにかけては専門家であり、そういう意味では八雲の目利きは正しいといえる。

とはいえ、話を聞いた限り相手は幽霊。生物として存在している怪物たちとは毛色が異なる。それにいまは自分たちの身体のことだけで精一杯だ。通りすがりの西洋人を助ける義理はない。

「鴉夜さん、どうします?」

「そうだな」一考するような間のあとで、「八雲さん、幽霊がささやいた内容は一言一句間違いないですか」

「エ?　はい。センさんから聞いたとおり、話しました」

「八雲さんのお宅はどちらに?」

「ワタシの家?　牛込《うしごめ》です」

「私たち、いま宿を転々としてましてね。仮住まいを探しているんです。しばらくお宅に住まわせてもらえるなら、幽霊退治を請け負いますよ」

すでに解決済みかのような、自信に満ちた口ぶりだった。八雲は二つ返事で承諾した。

普通なら忌《い》むべき化物でも、この男にとって喋る生首は〝賓客〟扱いなのだろう。

4

田部《たなべ》夫妻の邸宅は赤坂裏三丁目にあった。

腰板塀の正面に腕木門《うでぎもん》を構えた、柿葺《こけらぶ》きの平屋だった。豪邸とまではいかぬものの、それなりに立派な屋敷である。かつて伝馬町だった閑静な地域で、周囲には似たような規模の家が並ぶ。町のすぐ東には旧江戸城の外濠《そとぼり》があり、水を湛えたその濠に沿って、四谷方面へなだらかな坂道が伸びている。広い坂だが往来は少なく、昼でもどこかもの寂しい。

坂の名は、紀伊国坂《きのくにざか》という。

「おあつらえ向きですね」津軽が笑った。「紀伊国坂にゃ昔っから、のっぺらぼうが出るって話です」

三田の幽霊坂、千石の猫股坂、牛込の蜘蛛切坂《くもきりざか》。いわくつきの坂が多い東京だが、とりわけ有名なのがここ紀伊国坂だ。顔のない女に出会った男が坂道を転がるように逃げる。明かりの灯《とも》った屋台に駆け込み、事情を話すと、「そいつはこんな顔だったかい」——庶民に広く知られた化物、のっぺらぼう。

「ワタシもそのフォークロア、収集しました。貉《むじな》が化けたといわれているとか。日本、フォックスにラクーン、いろんな動物、化けますね」

八雲が知識を披露する。津軽はその手の〝化ける獣〟に遭遇したことはないが、欧米には人狼《じんろう》なる怪物なども生き残っていると聞く。かつてこの地で貉が悪さしていたのも、あるいは事実かもしれない。

怨霊との関わりは、まだなんともいえないが——

戸口から着物の女が現れた。

「あ、小泉先生……今朝はどうも、ご迷惑を」

「気にしないで、センさん。新しい人たち、見つけてきました。専門家です。この人たちなら、ダイジョブ」

「ありがとう存じます。わざわざ申し訳ありません。どうぞ……中へ」

玄関から客間へと通される。せんの顔色は蒼白《そうはく》で、足取りもおぼつかず、幽霊に悩まされ衰弱しているのは明らかだった。風呂敷の中に喋る生首がいると知ったら卒倒するかもしれない。

若妻は「お茶を持ってまいります」と一礼し、客間からさがる。津軽はさっそく鴉夜に話しかける。

「簡単に引き受けちゃいましたけど、あたくし幽霊の殺し方は知りませんよ」

「霊なんていないよ。九百六十年生きていてもまだ会ったことがない。怨念は形を取ったりしないし、死んだ者は生き返らない」

「鴉夜さんが言っても説得力が」

「いちいちうるさいなおまえは」

座布団に正座した八雲が腕を組む。

「ワタシも霊、いないとは思いますけど……でも、現に被害が」

「そもそも理屈が合わないんですよ」

「理屈?」

「〝器量も品位もおまえは私に劣っている〟。元許嫁の霊はせんさんの容姿をけなしていたんでしょ。自分のほうが顔がいいと主張したいわけだ。なのに霊には顔がなかった。おかしいじゃないですか」

「……リンドウさん、ユニークな考え、しますね」

「人も化物も理《ことわり》の中で生きています。実体がないならなおさらです」

八雲は考え込むように口ひげを触った。

「少し、わかります。京都で、こんなフォークロア聞きました。ある僧のもとに、毎晩菩薩《ぼさつ》さまが現れるんです。僧、大喜びするけど、地元の猟師が菩薩を撃って、追い払う。菩薩さま、物の怪《け》が化けていたんです。なぜ偽物、わかったか、僧が尋ねると」

「殺生ばかりしてる自分にも姿が見えたから」

津軽が割り込むと、民俗学者は一拍遅れてうなずいた。

「このフォークロア、有名でしたか？」

「初めて聞きましたけど、でもあたくしが猟師ならそう答えるから」

「こいつの頭にはちりとてちんが詰まってるそうですよ」

ちりとてちんが何かまでは知らなかったとみえ、八雲は曖昧に笑った。そんな反応も西洋人より日本人っぽい。鴉夜が話題を戻す。

「ともかく、幽霊でないなら人のしわざだ」

「何者かが、奥方を家から追い出そうとしていると？」静句が言った。「なんのために？」

当の本人が戻ってきたため、議論は途絶えた。

盆に載った三つの湯呑みには均等に煎茶が注《つ》がれていた。彼女は顔を伏せたまま津軽たちに茶を配った。たとえ素性の知れない男女が相手でも、心労に苛《さいな》まれていても、客にはそうしろと教え込まれたから——そんな機械的な手際だった。湯呑みをつかむ指の節にはあかぎれが目立った。

「たしかによくできた奥さんだ」

何かを楽しむように鴉夜がつぶやく。静句が喋ったと思ったらしく、せんは「はあ、どうも」と見当違いな方向へ会釈した。勘違いを正すことなく風呂敷の中の少女は続ける。

「幽霊が出た寝室はどちらに？」

「あ、こちらです……」

寝室は仏間を挟んだ北側の奥にあった。十畳の畳敷き、連子窓《れんじまど》がひとつきりの薄暗い部屋だ。装飾は床の間の掛け軸くらいで、畳には布団がたたまれている。壁の四隅には、寺の和尚からもらったというお札が律義に貼られていた。

「なるほど」部屋を一目見ただけで、鴉夜は満足したようだった。「せんさん、庭を見せていただけますか」

客間の腰高障子が開かれると、雀《すずめ》が逃げるように飛び立った。

屋敷の南側に設けられた庭は、蓮の浮く小池と石灯籠と苔《こけ》むした岩を備えていて、邸そのものと同じく小規模ながらも味があった。刈り込まれた金木犀《きんもくせい》が、初冬の空気に暖色を添えている。隅には蓋のされた古井戸がひとつ。

「タナベくんの自慢の庭です。庭いじり、タナベくんの趣味」

「わたしが手入れしようとすると、怒るんです」

八雲が言い、せんが恥ずかしげに笑う。なぜ鴉夜が庭を見たがったのか、津軽にはまだわからない。

「縁側に座って庭を眺めながらお茶でも飲むんですか」

「じじくさいやつだな」

「鴉夜さんの歳に合わせたんです」

「あいにく私は座れないし、茶も飲めないよ。——でも、眺めることならできる。津軽、おまえ私の手足になると言ったな」

「鬼に二言はありません」

「じゃあ、まず庭に下りろ」

津軽の口元がほころんだ。

この少女を運ぶ仕事は、思った以上に面白そうだ。

つっかけを履き、庭に下りる。「地面を見せろ」と指示が重ねられた。腰を屈め、土に風呂敷を近づけてやる。布の隙間から何かを観察しているようだが、津軽が見た限り、小石ひとつない綺麗《きれい》な地面である。

「あの方、何をなさってるんです？」

「アー……警備の下見です。それよりセンさん、面白いフォークロア、聞きませんか。耳なし芳一、ご存じです？」

いぶかしむせんを八雲がごまかそうとする声が聞こえた。津軽は鶏にでもなったように庭を歩き回る。

「隅に井戸があるな。あれをよく見せてくれ」

「もう使ってないみたいですよ」

「だからこそだ」

古井戸があるのは庭の南西、敷地の裏手側の角にあたる場所だった。釣瓶桶《つるべおけ》も滑車も取り外され、円形の平たい木蓋がかぶせられている。津軽は蓋を外し、中を覗き込む。

「半人半鬼なら暗くても目が利くだろ。底はどうなってる?」

「深すぎてよく見えませんが、水は涸《か》れてるみたいです」

「蓋の裏を見せてくれ」

これまた妙な指示だ。木蓋を裏返すと、白茶けた汚れがところどころに付着していた。

「家の表に回れ」

はいな、と答え、腕木門のほうへ。静句も二歩あとをついてくる。

鴉夜はまた地面を見たがった。門の前の道を観察すると、車輪の跡と思われる轍《わだち》が残っていた。町の東へと向かうものが一組。どうやら荷車を引いた跡のようだ。

「朝に死体が出たっていいますから、それを運んだ跡ですかね」

「いや、人二人分の体重くらいじゃ、道にここまでくっきりした跡はつかない。この荷車にはもっと重いものが載っていたはずだ。……静句」

「はい鴉夜様」

「轍がどこまで続いてるかたどってくれ」

「承知しました」

文句ひとつ言わず静句は歩きだした。

危うい人だな――と津軽は思う。主の命に絶対服従。美徳と呼ぶには愚直が過ぎる。踊れと言われれば踊るし、死ねと言われれば死ぬのではないか。

「北海道まで続いてたらどうするんです？」

「私があの子にそんな無茶させるわけないだろ。場所は予想できてる、すぐ帰ってくるよ」

半信半疑のまま庭に戻る。せんは奥へひっこみ、八雲がひとりで待っていた。縁側に座って一、二分経つと、たしかに静句が戻ってきた。

「見てまいりました」

「あてようか。江戸城の外濠まで続いて中途半端に途切れていただろう」

無表情のまま静句はうなずく。麻の葉模様の向こうから「よし、わかった」と、往診を終えた医師のようなごく軽い声がした。

そのとき津軽は奇妙な感覚を抱いた。

真打津軽にとって、この世とは理不尽の塊である。

弱肉強食、跳梁跋扈《ちょうりょうばっこ》といった冷笑家が好む掟《おきて》すらまかり通らない。何が勝ち何が笑い何がのさばるか、すべては霧の中で賽《さい》を振るような博奕《ばくち》であり、しいて言うならその賽には、ほんの少しだけ悪い出目が多い。そういう人生を泳いできた。それが世の常と思っていた。

だが――

「わかった、ですか？」八雲が聞き返す。「リンドウさん、何、わかりました？」

「霊の正体と目的ですよ。やはり人間です。変装してせんさんを怖がらせてるんです」

「いったい、誰が？　なぜセンさん、家から追い出そうと？」

「逆です」

この魔物の少女が見聞きすれば。首を斬られてなお色褪《いろあ》せぬ、理外の瞳に映し出せば。霧の中の賽でさえ、ただの飯事《ままごと》と化すような。

「家から出したくないんですよ」

5

「まず気になったのは庭の地面でした」

津軽の膝の上で、少女の首が語り始める。風呂敷は一時的にほどかれている。

「金木犀はいまの時期が散りどきです。本来なら庭には花びらが散っているはずですが、見てのとおりどこも綺麗です。今朝がた、誰かが掃除をしたんですよ。せんさんは今朝大忙しだったはずですし、『庭に手を出すと怒られる』とも言っていた。なら彼女ではない。もちろん旅行中の旦那さんでもない。第三者です。たぶん足跡を消したのでしょう」

菫《すみれ》色の目が庭の隅へ向く。

「誰かが庭に侵入したことはわかりました。次に、あの古井戸。なぜか蓋の裏側に鳥のフンが付着している。ごく最近、何者かが蓋を開け、戻すとき裏表逆にかぶせてしまったのでない限り、こんなことは起こりえません。とすると侵入者は、井戸の中に用があったようだ。

そして、門の前についていた轍。荷車で重いものを運んだことを示しています。しかし荷車が往復したなら、跡は行きと帰りで二筋なければおかしいですね。一筋しかないなら、重いものをこの家に運び込んだか、逆に重いものを持ち出した、ということになる。外濠まで続いていたなら後者でしょう。そこに荷物を捨てたんです。この家の敷地から運び出した何かを」

以上のことから――と鴉夜は学者のように、

「悪だくみをする連中が毎夜邸内に侵入し、あの古井戸の底から、どこかへ侵入するための抜け穴を掘っているのだと思われます。外濠には掘り起こした土を運んで捨てているわけですね」

本職の学者の口から「What?」という声が漏れた。

「もともとこの屋敷から抜け穴を通す計画があり、家主が長期間留守にする機会を狙っていたのだと思います。ところがちょっとした計算違いが起きた。奥さんが家に残っていたんです。庭で作業する間、彼女をなんとかする必要が生じた」

「オー！」八雲が叫んだ。「何年か前、新聞、読みました。ロンドンの事件です。窃盗団、銀行の裏の家からトンネル掘って、金庫入ろうとした。その家の人、毎日外に誘い出されてた。架空の組合の仕事、頼まれて」

「その記事から思いついた計画かもしれませんね。ただ、西と東、男と女では事情が異なる。これが欧米であれば、そうした方法で家人を外出させることもできるでしょうが――この国の女たちは、そう簡単には家を空けない」

文句ひとつ言わずに留守を預かっていた、せんの姿を思い起こす。

彼女を「よくできた奥さんだ」と評したときの鴉夜の声は、どこか皮肉を帯びていた。

「そこで逆転の発想、幽霊の登場です。変装して枕もとに立ち、適当に怨《うら》み言をささやく。本当に逃げ出してくれれば万々歳だし、そうでなくとも夜中寝室に閉じ込めておけます。外に幽霊が控えているとき部屋から出ようという人は、あまりいないでしょうからね。掘削の物音も幽霊が立てていると捉えてくれるので一石二鳥なわけです。寝室の位置も庭とは反対側ですから、そもそも気づかれにくい」

津軽はのどかな庭を見回す。

「でも、こんな場所からどこへ抜けようってんです？」

「すぐそばに宝の山があるじゃないか」

頭の中で東京案内図を広げたとたん、ひらめくものがあった。

津軽は鴉夜を抱えたまま庭を横切った。井戸を足場に跳び上がり、塀の上に器用に立つ。物見遊山《ものみゆさん》気分で、片手を額にかざした。敷地の裏手――細い道を一本挟んだほんの数間《けん》先に、その場所が見えた。正確には、その場所を護る土手と石垣と、高い塀が。

紀伊国坂は、そもそもなぜ紀伊国坂と呼ばれるのか。

江戸時代、この地には徳川御三家の一角を成す紀州徳川家の藩邸があった。〈紀伊国〉の名称はそこに由来しているという。

開国後、紀州徳川家は屋敷を取り巻く広大な敷地を政府へ献上。風光明媚《めいび》な庭園と壮麗な建築物には、そのまま別の用途が与えられた。時代に呑まれ変わりゆく都市の中、その場所だけは何人《なんぴと》も侵せぬ〝聖域〟となった。

「狙いはまさか」

「そう」

のっぺらぼうが出る紀伊国坂の、真横に広がる大庭園。

外界から隔絶され厳重に護られた、その土地の名は——

「赤坂御用地だ」

御用地。

つまり、皇室の所有する土地である。

御用地は麻布《あざぶ》や高輪《たかなわ》など東京府内にもいくつかあるが、大きさと重要性においてこの赤坂は群を抜く。面積は上野の森がすっぽり収まる三十一万二千坪。外周は塀と土手、二メートルほどの石垣によってぐるりと囲まれている。計七ヵ所の門以外に出入口はなく、庶民が入ることは当然できない。田部《たなべ》邸の裏からは〈東門〉という門が見え、皇宮警察の隊員がその前を巡回していた。

内部には趣向を凝らした回遊式庭園が広がり、その中に元藩邸を含む皇室関連施設が点在している。元藩邸には、実際に帝《みかど》が住んでいたこともあるそうだ。以前の皇居であった旧江戸城西の丸御殿が焼けた際、赤坂の屋敷に天皇皇后両陛下が移り住み、新宮殿が落成するまで仮皇居として扱われた。明治六年から二十一年——いまから九年ほど前にかけてのことだ。

元藩邸は現在、赤坂離宮と呼ばれている。

「いまって、どなたか住んでるんでしたっけ」

「皇太子の東宮御所になっているはずだが……」

「二週間ほど前に体調を崩され、葉山の御用邸で静養中だと新聞で読みました」静句が言った。「いま、要人はおられないかと」

東宮御所とは次期天皇である皇太子の住居のこと。この時代の皇太子といえば明治天皇の息子、嘉仁《よしひと》親王を指す。嘉仁親王は現在十八歳。天皇のただひとりの後継ぎであるが、生まれつき身体が弱く、東京の御所と、沼津や葉山に建てられた御用邸とをしょっちゅう行き来している……という話くらいは、世情に疎い津軽も知っている。

「要人不在なら警備も手薄だろう」と、鴉夜。「調度、絵画、家具、食器……宮城《きゅうじょう》ほどじゃないが、金目のものはたくさんある。侵入さえできれば盗み放題だ。井戸の底から穴を掘れば堀の下も難なくくぐれる。御用地のほかの場所は高い土手に囲まれているが、赤坂裏付近の土手は比較的低いし、夜は人通りもない。理想的だ」

八雲の顔から血の気がひいた。

「こ、皇太子の家で窃盗を？　そんな大胆な」

「幽霊に変装するのと同じくらい怖いもの知らずですね」鴉夜は平然と返した。「縄はあるかな？　津軽、井戸の中に入ってくれ」

物置から縄を拝借し、鴉夜を静句に預け、津軽だけで涸れ井戸に潜った。果たして彼女の推理どおりだった。井戸の一部が壊されており、御用地方面へ向かって不格好な穴が掘り進められていた。

「ありましたよ、抜け穴！　こいつぁ動かぬ証拠ですね。静句さん縄を上げてください」

「………………」

「静句さん⁉」

「上げてやれ」

「はい鴉夜様」

危うく皿屋敷の仲間入りをしかけた。

「穴掘りにゃ人手がいりますよね。幽霊役の女も仲間でしょうし……賊は何人くらいでしょう？」

「わからないが、鵬願寺の和尚が一枚嚙んでるな」

「和尚が？」

「昨夜、せんさんは寝室にお札を貼り、幽霊は中に入ってこられなかった。だがおかしいじゃないか、偽物の霊にお札の効果なんてあるわけないのだから。せんさんの話によれば、襖はわずかしか開けられなかったという。そこから寝室の四隅を覗くことはできないはず。にもかかわらず結界に阻まれるような演技ができたとすれば、偽幽霊は札の存在を事前に知っていたことになる。それを教えることができた人間は、札を渡した本人だけ。したがって和尚もぐるだ。怨み言などの演技指導も、元許嫁の事情を知る和尚が教えたのではないかな」

縁側が八雲の尻を受け止めた。彼は鴉夜をまじまじと見つめ、息を吐いた。

「リンドウさん、ディテクティブみたいです」

「ディテクティブ?」

「日本では、なんと呼ぶのか……そう、〈探偵〉です。民間人から依頼受けて、調査や、謎解きする仕事。日本、まだ馴染《なじ》み薄いですね。西洋、増えてます。ロンドンのシャーロック・ホームズ氏、有名です。さっき話した、金庫破りの事件。あれもホームズ氏、解決しました」

解説してから、はっとしたように立ち上がる。

「窃盗団、今夜も来ます。警察、すぐ呼びましょう。捕まえてもらいましょう」

「ええ。でも、大ごとにすると田部家にも近隣にも迷惑ではないかな。静句と津軽に待ち伏せさせましょう。現行犯で捕らえさせます」

「アッ、そうですね……ではセンさん、ワタシの家、避難させます」

世間体をちらつかせたとたん、八雲は簡単に方針を曲げた。骨の髄まで日本に染まっていると感心してしまう。

廊下を駆けていく男を見送ってから、津軽は静句に向き直る。両腕で大事そうに生首の主を抱えている。柔らかな胸を枕にした鴉夜は、風呂敷の中よりも快適そうだ。しかし表情はどこかぎこちない。

「まだなんか気がかりが？」

「二つある。ひとつは鍵だ。せんさんは戸締まりをしていたはずなのに、幽霊はなぜ家に入ってこられたんだろう？」

「賊の中に錠開けの名人でもいるんでしょう」

「かもな。……問題は、もうひとつのほうだ」

津軽もうなずく。人のしわざだとわかったときから、ずっとそのことを考えていた。鴉夜が通報を避けた理由はこの問題が未解決だからだろう。下手に警官を集めてしまうと危険だと判断したのだ。

「用心棒、悲鳴もやり合った跡もなしに殺されてたそうですね。てこたぁ……」

そうだな、と鴉夜が言葉を継いだ。

「賊の中に、武芸者二人の首を一瞬で落とせるやつがいる」

＊

赤坂裏から二町ほど離れた高台にある、真言宗鵬願寺の境内。

日陰となった本堂の裏手に、八人ほどの男女が集まっていた。

うなじから刺青《ほりもの》が覗く男に白粉《おしろい》で肌の荒れた女、およそ寺社には似つかわしくない風体の面々である。少し離れた場所で落ち着かなげに箒《ほうき》を掃いている男は、この寺の和尚だった。暑い季節でもないのに坊主頭が光っている。〝計画〟に乗り、彼らに寝床や情報を与えてしまったことを悔やみ始めている。

賊たちの面持ちも一様に暗く、連日の作業による疲労とあせりが刻まれている。ときおりそこに、もう一種の感情が混じった。それは本来、彼らが一方的に周囲へ与えてきたはずの感情――つまり一握の恐怖だった。夜中に起きた子どもが部屋の暗がりを気にするように、悪人たちはちらちらと、日陰の切株を見やっていた。

切株には、男が座っている。

黒い枝垂《しだ》れ柳のような印象の男だった。のたくる髪を顔の片側に垂らし、すり切れた墨色の着流し姿で、ゆるんだ襟元からはやせた肋骨《ろっこつ》が覗いている。膝の間で指を組み、じっと目を伏せ、動かない。左の腰からは、手垢《てあか》で汚れ組紐《くみひも》が破れた鈍色の柄が突き出ている。かつて武士の魂と呼ばれ、二十年前に違法となった武具である。

がさり、と生垣《いけがき》が揺れた。

「灸太《きゅうた》か」

男がつぶやき、上半身を傾ける。偵察から戻った相棒に耳を貸し、彼らにしかわからぬ符丁で報告を受ける。

「うん、うん……そうか」男は仲間たちに向き直った。「田部の家に新しい用心棒がきたそうだ。かなり出来そうなやつらしい。井戸の穴もバレたとさ」

とたんに、ゲエともウエエともつかぬ声が上がる。最悪の知らせだった。仲間たちは男を取り囲み、口々に不満を吐きかけた。

「だ、だから殺すのはやめようって言ったのに、あんたがやっちまうから」

「あたいもう幽霊の芝居なんてやだよぉ」

「やっぱり、あきらめたほうがいいんじゃねえか」

「わ、わしも賛成だ」

激しくうなずきながら、和尚も割って入った。計画を断念させる好機だった。身振り手振りを交え、黒い男に訴えかける。

「やめよう、こんなことは。もう警察も呼ばれてるだろうし。な！　だいたい、東宮御所に盗みに入るなんて罰当たりにもほどが……」

和尚が左腕を振ったとき。

本堂の壁で、ばさり、と音が鳴った。

和尚はそちらを見る。地面に箒が転がっている。奇妙だと思った。しっかり握っていたはずなのに、いつ投げてしまったんだ？　だが拾うために近づこうとしたところで、間違いに気づいた。彼の左手は箒を握ったままだった。

左手首から先が、切断されている。

黒い男は動いていない。刀を抜く素振りさえ見せていない。

血管が脈打ち、断面から地獄の色が噴出する。静かな境内に和尚の絶叫が轟《とどろ》く。賊たちは啞然《あぜん》とし、歯をカチカチと鳴らしながら、自分たちが火のついた牛車《ぎっしゃ》に乗ってしまったことを悟る。

「計画は〝生き〟だ」黒い男だけが、笑っていた。「せっかく面白くなってきたんだ……邪魔すんじゃねェよ」

6

襖の向こうで、柱時計が零時を打った。

津軽は最後の雷粔籹《かみなりおこし》を口に放り、ぼりぼりと噛んだ。台所の戸棚から失敬したものである。布団の中で間食など育ちのよい家人にどやされそうだが、あいにく今夜は家主も奥方も出払っている。留守居を務めるのは青鬼の出来そこないと、喋る生首と、両者を恐れぬ西洋の男。さながら本所割下水《ほんじょわりげすい》の化物屋敷であった。そういえばあの落語にものっぺらぼうが出てきたっけ。

ランプの明かりが、襖に描かれた二羽の鶴を揺らめかせている。幽霊はまだ現れず、庭に潜んだ静句からも知らせはない。津軽は先ほどからうとうとしていた。せんの代役として布団をかぶっているので、気を張っていても眠ってしまいそうだ。

対して、小泉八雲の目は冴《さ》えている。

「では、河童《かっぱ》はどうです？ 松江の川津《かわつ》村に、河童、捕まえた話、残ってました。ワタシ、河童の手形入りの文書、見ました。水かきのある手形」

「本物かどうか怪しいですね、河童はそれほど賢くないし。言葉を喋れるやつにも会ったことはありません。でも昔はそこら中にいましたよ。捕まえるときは川岸で干物を焼くんです。においをいやがって対岸に上がってくるんですよ」

寝室の隅で鴉夜と顔を突き合わせ、何時間も話し込んでいる。収集した怪談と実在した怪物との差異をすり合わせているようだ。数百年前を知る生き物と話せる機会などそうそうないからだろう、男の横顔は好奇心で火照っている。

「雪女は、どうです？　武蔵国《むさしのくに》のフォークロア、ありますね。ミノキチという木こり、雪女と子どもつくりました。ほんとの話、思いますか？」

「雪人《ゆきびと》の一族とは知り合いでした。木曽の山に住んでいたっけ。まあ寒さに強くて色が白いというだけの連中だから人と交わることもできたんじゃないかな。寛永のころに数が減ったと聞きましたけど、人里に降りて暮らし始めたのかも」

鴉夜も鴉夜で飄々《ひょうひょう》と語るものだから、本当かどうか怪しいものだった。少女は面白がるように続ける。

「化物のことが本当にお好きなんですね、八雲さん」

「日本の妖怪、みんな、ユニークですから」

「国内《こっち》も海外《むこう》もそんなに違いはないと思うけどな」

「生態は同じです。でも、受け止められ方、違います。ワタシ、思います。これ、死生観の違い」

畳の上の生首へ、八雲は顔を近づける。

「モンスター、危険な生き物ですね。人、襲います。命、奪います。死のシンボル。だから、西洋、拒絶します。日本の妖怪も、人、襲います。でも、拒絶されない。つながり、シームレス。モンスターと結婚したり、仲よくする話、西洋より多いです。なぜなら、日本人、死を忌み嫌わないから」

「現世信仰《うつしよ》ですか」

「オー、そうです。神道の教えですね。死んでも、神様になって、子孫守る。死、リスペクトされます。ハタケヤマ・ユウコさん、知ってますか？　あの人のエピソード、ワタシ、感銘しました。お墓にも行きました」

畠山《はたけやま》勇子。

六年ほど前、市井に轟いた女の名である。

その騒動は、訪日中のロシア皇太子に警察官が斬りかかった暗殺未遂事件——俗にいう大津事件に連なって起きた。ニコライ皇太子は負傷。天皇までが京都のホテルを訪問し直接謝罪する事態となったが、ロシア側の反応はかんばしくなく、一時は国交断絶も避けられぬと目された。

そんなさなか。京都府庁の門前に畠山勇子という女性が現れ、〈死をもってニコライ皇太子にお詫びする〉と書いた遺書を残し、自ら喉を切り裂いたのである。勇子自身は政府とも事件ともまったく関係のない一市民であり、「このままでは謝罪した陛下が浮かばれぬ」と憂えた末の行動であった。新聞は〈烈女勇子〉と大々的に書きたて、追悼式まで催された。その後事件の処理が穏便に済んだのも、一部では彼女のおかげではないかと噂されている。

「ユウコさん、国のために、死にました。すごい献身。ワタシ、学びました。日本人、死を恐れない。死後も、生き続けるからです。〈遺伝的記憶〉、ですね。ハーバート・スペンサーという哲学者、唱えました。リンドウさん、長く、生きてますね？　長く、長く。どう思います？　遺伝的記憶、ある思いますか？　ワタシ、ある思う。スペンサーの哲学、共感してます」

「死は恐れるべきものですよ」鴉夜は静かに言った。「私は死ぬのが怖かった。だから、恐れる必要のない身体を望んだんです、九百五十年くらい前にね。強欲への罰を与えられているのかもしれないと、ときどき思いますよ」

「リンドウさん、でも……」

「来ました」

津軽が言い、会話が途絶えた。八雲は鴉夜とともに、床の間の陰で身を縮めた。

ことり、ことり——物音が近づいてくる。

襖の隙間から白く骨ばった指が、ぬうっ、と差し込まれ、縁をつかむ。

ずる、ずる……敷居とこすれながら、鶴の墨絵が少しずつ動く。

遍路姿の顔のない女が、寝室に頭を差し入れる——と同時に、

「ばあ」

津軽も布団から飛び起きた。

ひゃあっ、と踏まれた猫のような声が上がった。女は髪を振り乱しながら尻餅をつき、本職の化物に見下ろされた。

よくよく見ればなんてことはない、厚紙の面をかぶっているだけだ。白粉でうまく隠しているが、呼吸や視界保持の小さな穴も開いている。正体見たりなんとやら。庭のほうからも男たちの悲鳴が聞こえてきた。静句が捕り物を始めたのだろう。

「た、たすけて」

「狙いは御用地ですね？」

「ぬ、盗みに入ろうとしただけなんだ。命令されてさァ、け、けどもう……」

みなまで言わず、女は踵《きびす》を返す。端《はな》から乗り気じゃなく、残りの仕事を投げ出すような素振りだった。津軽は追おうとしたが、女は四歩も行かぬうちに——仏間から廊下に出たところで、ぴたりと動きを止めてしまった。

廊下と仏間を隔てる襖は肩幅程度にしか開いておらず、津軽の位置からは恐怖した女の横顔しか見えなかった。いや、のっぺらぼうゆえ表情はわからないのだが、こわばった肩や荒い息から、戦慄していることがうかがえた。暗闇の一点を見つめていて、どうやらすぐそばに誰かが立っているらしい。「あ、あ」と恐怖の声が漏れる。

女は津軽に向き直り、先ほどとまったく同じで、まったく正反対のことを言った。

「たすけて」

女の首が、身体から離れた。

切断された髪が舞い、取り落とされた鈴が場違いな音色で響く。身体はそのまま後ろ向きに倒れ、壁に血の色が塗装される。

首がごろりと転がったころ、津軽は寝室の奥まで後退していた。鴉夜たちから離れるのはまずいと判断したからだ。

「どうかしたか、津軽」

「鴉夜さんのお仲間が増えました」

「嬉《うれ》しいが、きっと私ほど饒舌《じょうぜつ》じゃないな」

「そこ動かないでください」いまだけは冗談につきあえなかった。「太刀筋がぜんぜん見えませんでした」

みしり、みしり――

幽霊よりも幾分大胆な足音が畳を渡り。

闇から溶け出したような風貌の男が、寝室に踏み込んだ。

三枚の畳を隔てて視線が交わる。津軽は男の濃いくまのついた目を、固い皮膚が覆う右手を、浪人差しではない正しい差し方の日本刀を見、男は津軽の髪の色を、体中に走る青い筋を、細腕に凝縮された人ならざる肉の密度を見た。両者は同じ結論を下した。

少し、手こずる。

「ヨォ」呑み屋で知人に会ったように、男が言う。「名前聞いとこうか」

「泣く子も笑わす〝鬼殺し〟真打津軽と申します」見世物の舞台と同じように、津軽は返す。「おたくは」

「紹崎帆輔《ろざきはんすけ》」

知らない名だった。つまり、流派も戦法もわからない。賽は悪い出目に偏る。

「のっぺらぼうさん、どうして殺しちゃったんです？」

「もういらねェからだよ。どっちにしろあいつら、抜け穴が通りゃ用なしだ」

「盗品を運ぶにゃ人手がいるでしょう」

「盗みなんざ方便だよ、あいつらに掘らすための」

「そいじゃ、おたくの目的は？」

「さァ、どうすっかな」紹崎は顋に手を添える。「とりあえず、中のやつを連れ出そうと思ってる。いつでもできるよう、穴だけ先に掘っとこうってな」

「皇太子誘拐？」鴉夜が言った。「次期天皇を囲った上での新政府樹立……なるほど尊攘《そんじょう》過激派の生き残りか。池田屋事件の雪辱でも果たす気か？」

紹崎の視線がぬるりと滑り、床の間でうずくまる八雲と鴉夜を捉える。

「おめえも面白ェ相棒を連れてるな」生首に驚いた素振りはない。「尊攘なんて、そんな大層な思想はねェよ。ただ、おれらが何に見えるか聞いてみてェのさ」

「……？　なんだかわかりませんが、庭のお仲間もいまごろ捕まってます。計画失敗ですよ、逃げられません」

「怖いねェ」絽崎は髪をかき上げ、「じゃ、おまえらを斬って逃げよう」

下ろしたその手を、刀の柄へ這わす。

夜霧のようなつかみどころのない殺気が、肌を撫でた。津軽は臆さない。短いやりとりで得た情報から敵の出方を予測する。攘夷《じょうい》志士崩れだとすれば剣は神道無念流などの可能性が高いか。化物は見慣れているようだ、自分が半人半鬼であることもすでにバレて――待てよ。

おめえも面白ェ相棒を連れてるな。

おめえ〝も〟？

「やれ、灸太」

どっ、という肉を抉《えぐ》る音が、耳のすぐ下で聞こえた。

津軽の口からうすら笑いがひっこみ、額に汗が浮かんだ。一歩よろめき、首筋を押さえる。右肩に鮮血が散っている。とっさに身をひねったが、よけきることはできなかった。出血が止まらない。頸動脈《けいどうみゃく》をかすめている。

絽崎はまったく動いていない。

だが――いつの間にか部屋の隅に、奇妙な生物が現れていた。

〝賊の中に、武芸者二人の首を一瞬で落とせるやつがいる〟。ようやくわかった。用心棒を殺したのもさっきの女を斬ったのも、紹崎ではなかった。

彼が操る、この獣だ。

黒くふちどられた模様の中で、一対の眼が光っている。鴉夜の頭部より一回り大きい程度の体軀《たいく》。にゅっと伸びた鼻先。栗皮色のとげとげしい毛並み。

「……こいつぁほんとに、おあつらえ向きだ」

口元に笑みが戻った。これも紀伊国坂という場所の魔力か。八雲の民話世界に迷い込んでしまったか。

津軽を斬った生物の正体は――

一匹の、貉《むじな》だった。

7

それもただの貉ではない。

頸部の脇から、木製の棒の先端のようなものが突き出ている。棒は獣の肉に深く埋まり、体内を斜めに貫通し、片方の後ろ脚のつけ根あたりから、もう一方の先端が飛び出ていた。その後ろ脚側の先端には、湾曲した鎌の刃がはめ込まれているのだった。

生体とはかけ離れた人工物が——鎌の柄が、貉の胴を串刺しにしている。

刃の角度は胴体に対し四十度ほど開いていて、獣が獲物に飛びかかりつつうまく身をひねれば、鋭い斬撃を繰り出すことができるだろう。津軽もそうして斬られたのだ。

その証拠に、刃は鮮血で濡れている。盛り上がった傷口の状態から、柄が突き刺されたのはずいぶん昔であることがうかがえる。本来なら生きていられるはずのない状態だが、獣は四足でしっかりと立ち、威嚇のうなりを発している。

「か……鎌鼬《かまいたち》？」

「鼬も貉の仲間ですから、まあ間違ってはいませんね」震える八雲の声に、鴉夜が応じた。「これで最後の謎が解けた。幽霊がこの家にどうやって入ったのかずっと気になっていたんだ。その利口そうな貉なら、隙間から侵入して鍵を開けられるな」

「若えころに拾ったんだ。畑で悪さでもしたか、餓鬼にイタズラされたのか、鎌をぶっ刺されて死にかけだった。刃じゃなく柄のほうを刺されてたんだぜ。長く苦しむようにそうしたんだろうな、ひでえことするよ。……ところが、こいつは死ななかった。貫かれたまま傷に慣れて、生き延びた。もともとただの貉じゃなかったのかもしれねェが、まあ獣と化物の違いなんて曖昧なもんだ。人と化物もそうだがな」

「同感です」

津軽が言った。

「で、津軽？　おめえは閉所で武器も盾もなくおれらとやり合うってェ最悪の状況にいるわけだが、どうする？」

正直まずいと感じていた。首の傷は予想以上に深く、出血は止まる気配がない。傷を押さえた右手から着物の袖を伝い、血は畳に垂れ続けている。

津軽は鴉夜を一瞥《いちべつ》する。

不死の少女には、懸念も失望も浮かんでいなかった。彼女は観客の目をしていたが、それは見世物小屋で飽きるほど浴びた下卑た眼差《まなざ》しとは別物だった。彼女は挑むように、値踏みするように、じっと津軽を見つめていた。無言のまま、問いかけられた気がした。

私に希望を持たせた男が、こんなところで死ぬのか？

津軽は大きく息を吐いた。

二歩あとずさり、壁を背に立つ。背中を丸め、にゅっと頭を前につきだす。

「鴉夜さん」そして、ゆっくりと。「楽しませるって言いましたよね」

傷口を押さえていた手を離した。

＊

——なんの真似《まね》だ？

青髪の男の突飛な行動にも、絽崎帆輔は動じない。目を細め、警戒を強める。

前傾した男の頸部から、蛇口をひねったように血液があふれる。真下へ向かってぼたぼたと垂れ、布団の上で湯気が立ち、血臭が部屋を覆い始める。異形の渦巻く十畳間がさらに一歩、地獄へ近づく。

真打津軽の目はぎらぎらと輝き、楽しげだ。狂ったのかもしれないが、捨て鉢というわけではなさそうだった。壁を背に立ったのは炎太への対処だろう。両手を自由に使うため止血をやめたということか。

気に食わねえな。

首の傷は致命傷だ、それは間違いない。たとえやつが人外でも、二、三分以内に処置せねば死ぬ。そういう出血量だ。

にもかかわらず、勝負を受けたということは。

おれたちを一瞬で倒す自信があるってことだ。

舐《な》められたもんだ——なあ、炎太。絽崎は相棒に顔を向ける。光の届かぬ部屋の隅で貉の両目だけが光っている。息遣いから同意の感情が伝わった。見捨てられた獣たち。二匹は一心同体だ。

「灸太」いつものように、紹崎は言った。「行け」

弾かれたように、眼光が動いた。

壁から壁へ、砲弾に匹敵する速度で貉が駆ける。爪が藺草《いぐさ》を散らし、鎌が掛け軸を裂く。異人が生首を抱え込み、「ひっ！」と声を出す。

司令塔である紹崎はその場を動かない。相棒の間合いの外から津軽の挙動を注視する。眼球が左右へゆらぎ、灸太を正確に追っていることがわかる。確かにただ者ではない。

それでも、逃げられない。

閉所における灸太の最大の強みは〝連撃〟だ。一度よけても二度目が、二度しのいでも三度目が。かわし続けるのは不可能であり、たとえ腕や脚で受けたとしてもその部位が斬り落とされる。やつに灸太を止めるすべはない。

コッ、コッ。紹崎は顎骨を二度鳴らす。灸太への符丁だった。砲弾が加速し、津軽に迫る。狙いは右半身。右足の負傷をすでに見抜いている。

ふらり、とよろめくように──敵は足元に手を伸ばし、

「……あァ？」

かけ布団をすくい取った。

両手で丸め、右側で構える。

本来ならば無意味な防御だ。高速で振り抜かれる鎌は綿《めん》の遮蔽物などものともしない。

だがいま、その布団には――

ぶちゅっ。

不快な、鈍い水音が鳴った。

怨念によって研ぎ澄まされ幾多の五体を落とした鎌が、血染めの布団に深く食い込み、止まる。疾風のごとき貉の身体が、空中で静止する。

――こいつ。

一心同体の二匹は同時に気づいた。

首から手を離したのはこのため。布団に大量の血を吸わせ、重くし、盾に――

貉が、鳴く。

紹崎も聞いたことのない、動揺とあせりの声だった。往生際をからかうように津軽はただ唇を緩めた。上から下へ、悲鳴が尾を引く。西瓜《すいか》でもかち割るように、丸めた布団が振り下ろされる。

畳が大きくたわみ。

放射状に散った獣の血が、紹崎の足元まで届いた。

「……灸太ァ‼」

叫ぶと同時に、紹崎は駆けだしていた。左手ですでに鯉口《こいぐち》を切っている。津軽との距離はわずか四歩。

津軽は持ち上げた布団を再び広げ、闘牛士のように片手で構えている。

――振ってくる。

予測し身を屈めた直後、頭上を赤い布団が薙いだ。

べちゃっ。空振った布団が音を立て、津軽の背後の壁にぶつかる。飛び散った血の雨が顔にかかるが、紹崎は目をつぶらない。

屈む動作はそのまま居合の初動でもあった。腰を深く落とし、津軽の脚部を狙い、振り抜く。

一文字《いちもんじ》の太刀筋が、落下中の赤い滴をも両断する。

だが、これがあたる程度の反応速度ならそもそも灸太を殺せていない。

――跳んで、かわす。

真打津軽は思い描いたとおりに跳び、切っ先は空を切った。問題はなかった。紹崎は先の先まで読んでいる。勝ち筋はすでにつかんでいる。

紹崎はいま身を屈めており、その足元には津軽が叩きつけた灸太の死骸がある。畳にめり込んだ肉塊の中、灯台の灯《ひ》のように細く光るものが見えていた。鎌の刃だ。柄は灸太の身体とともにへし折れたが、刃はまだ折れていない。

片方が死んでもなお、二匹は一心同体だ。

一緒にこいつを殺そう——なァ、灸太。

空振りの一太刀を囮《おとり》にしつつ、左手を伸ばす。生温かい臓物をかき分け、光をつかむ。指に血がにじむほど強く、握りしめる。

津軽の身体は空中に浮いている。回避は不可能。壁を蹴り移動しようとしても、抜刀している絽崎の間合いからは逃げられない。

——もらった。

最後の一歩を踏み切る。同時に津軽の、一瞬先の落下地点を予測する。

心臓を狙い、左手を振るう。

啄木鳥《きつつき》めいた威勢のよい音が響いた。

「……は？」

鎌は肉を切り裂かず、着物をかすめることすらなく、板壁に食い込んでいた。

わけもわからず絽崎は視線を上げる。そして目を疑う。

真打津軽は落下せず、蜘蛛《くも》のように壁に張りついていた。

身体を支えているのは、べちゃりと叩きつけたあのかけ布団で。

「お……おいおい」

紹崎がそうであったように、津軽も勝ち筋をつかんでいた。

最初の大振りの目的は目くらましではなかった。紹崎を屈ませ、下段を狙わせるため。そして空振ったふりをして、布団を壁に叩きつけておくため。

水を吸った布の吸着力には驚異的なものがある。張りつく面積や条件次第では大人の体重にも楽に耐え、小便をかけた着物を脱獄に利用した実例も存在する。

ましてやそれが、粘度の高い血液ならば。

首から血を吹きながら津軽は笑う。月のような青い眼光が紹崎の顔に降り注ぐ。

体重に耐えるといっても長い時間ではない。作ったのは一秒に満たぬわずかな隙だ。

しかし両者の読み合いにおいては、その一瞬が充分に——

——なんてェ戦い方すんだよ。

凝縮された時間の中、紹崎もまた笑みを浮かべた。怒りも誇りも捨て、ただあきれるしかなかった。

——見世物小屋じゃねェんだぞ。

——贔屓《ひいき》のお客がいたもんで。

体重を乗せた半人半鬼の蹴りが、剣客の額を砕く。

紹崎は崩れるように倒れ、紫檀《したん》色の血肉が、駱のそれと混じり合った。

8

すくい取られた半月は、逃げ場のない生簀《いけす》の中でどこか居心地悪そうだ。

津軽は縁側に腰かけ、田部《たなべ》邸の庭を眺めている。灯籠の影や夜鷹《よたか》の鳴き声が昼間よりも風流だった。地面には血痕、抜けた歯、へし折られた短刀などが散らばっていて少々侘《わ》び寂《さ》びに欠けるようだが、それも味といえば味である。

捕り物の名残がある庭に対し、静句の着物には返り血ひとつ飛んでいない。事前の鴉夜の言いつけを守り、全員気絶に留《とど》めたという。ついさっきまで下手人たちに縄を巻いていた手は、いま津軽の首に包帯を巻いてくれている。一日に二度も手当てされることになるとは思わなかった。

「静句さんに食らった経験が活《い》きましたよ」

囮の下段からの追撃。絽崎ならば静句と同じように、それを狙ってくるだろうと思った。貉が襲ってくる方向も、右足の傷によってある程度誘導できた。

「危うい人ですね」静句がぼそりと言った。「捨て身があなたの戦い方ですか」

「あってないような命ですから」津軽は縁側に片手をつく。「心配してくれてます?」

「早く死にそうなので喜んでいます」

だったらもっと嬉しそうな顔をしてほしい。

膝の上からあくびが聞こえる。首から下がないのに、吸った空気はどこへいくのやら。

「どうです鴉夜さん。あたくしの芸、面白かったでしょう?」

「普通だな」辛口だった。「私は古今東西の娯楽に通じているから、楽しませるのは難儀だぞ」

「そいじゃ、師匠と呼ぶことにしますよ」

「師匠ぉ? 噺家《はなしか》じゃあるまいし」

「助手も弟子も似たようなもんですから」

「助手?」

余った包帯がハサミで切られ、治療が終わった。津軽は鴉夜の頭をくるりと回し、自分の目の前へ持ち上げる。

「考えてみたんです。下手人をどう追うかって話ですが……探偵をやりながら手がかりを集めるってなぁどうでしょう。師匠はものをよく知ってるし、怪物のことにも詳しいでしょ。あたくしたちでなきゃ解けない事件がきっと欧州にもうじゃうじゃありますよ。敵だって怪物の仲間なわけですから、怪物絡みの事件を追ってけばずっと早く近づけそうです。それに何より探偵ってのは」

「首だけでもできる仕事、か」

「……自信のあるオチだったんですが」

「見抜かれるようじゃまだまだだな」

どちらともなく、笑いだす。

ははははは。ふふふふふ。ひょうげた男の声と鈴の音じみた少女の声が、夜の空気に溶けてゆく。

鴉夜は息をついてから、「わるくない案だ」と独りごちた。ちょっとはにかむような、十四歳の少女らしい言い方だった。

「じゃ、弟子に初仕事の仕上げを頼んでもいいか。あの絽崎という男の持ち物を調べてくれ。目的がなんだったのか確かめたい」

「おやすい御用で」

鴉夜を抱え、血みどろの寝室へ戻る。台所で水を飲んでいた八雲も合流した。落ち着きましたか？　まあ、チョットだけ……。お話と実物とじゃあだいぶ違ったでしょう。そうですね、いいフィールドワーク、できました――とりとめもなく話しながら、こと切れた男のふところを探る。

小銭入れと、貉の餌と思わしき干し肉。そして、一葉の写真が出てきた。

古いものだった。写真館で撮ったような格式ばった写真だ。若いころの絽崎らしき男が袴《はかま》姿で立ち、椅子にはひとりの女性が座っている。

見覚えのある女だった。六年ほど前新聞に載り、全国に知れわたった顔。八雲が墓参りまでしたという、国のために命を捨てた〈烈女〉。

「ハタケヤマ、ユウコ――」

八雲がその名をつぶやいた。

そんな大層な思想はねェよ。

とりあえず、中のやつを連れ出そうと思ってる。

おれらが何に見えるか聞いてみてェのさ。

こぼされた言葉のいくつかが耳に甦《よみがえ》り、折れた線香のようにくすぶり続けた。津軽は首の包帯をさすりながら、男の亡骸《なきがら》を見下ろした。

絽崎はもう、何も喋らない。

9

「カモメがとまっただけで沈みそうですね」

「上海《シャンハイ》で乗り換えだ。それくらいは持つだろ」

「師匠の部屋は？　貨物室でしたっけ」

「鴉夜様と私は一等個室。あなたは三等で雑魚寝」

「上海が待ち遠しくなってきました」

「その先の乗船券もすべて手配済みです」

「さすが静句だ、抜かりがないな」

「おそれいります」

「あたくしずっと三等ですか？」

「そんなまさか」

「よかったあ」

「四等も」


横浜の空は不景気に曇り、吹きつける潮風は生あたたかい。

蒸気船が停泊した港では、旅立つ者たちとそれを送り出す者たちがあちこちで別れを惜しんでいる。ハンカチに顔を埋《うず》める女。肩を叩き合う男たち。息子の頬を撫でる老人。小泉八雲も儀礼にのっとりたかったのだが、三人のやりとりを聞いていると、そんな感慨も失《う》せてしまった。

落ち着かぬときの癖で、口ひげを触る。春先から伸ばし始め、ハンガリアン風に変わりつつある。

蕎麦屋で鴉夜たちと出会ってから、五ヵ月が経っていた。

「何から何まで、大変お世話になりました」

馳井静句が八雲に頭を下げる。その髪はうなじの長さで切られ、フリルカチューシャが載っている。白のエプロンと黒い丈長のワンピース、ローヒールの靴。由緒正しきブリティッシュメイドの制服に身を包み、エプロンの結び目には布でくるんだ銃刀を斜めに差し込んでいる。

ほかの二人もちょっとした衣替えをしていた。津軽は労働者風の白シャツに吊《つ》りズボン。右手にぶらさがっているのは真鍮《しんちゅう》製の鳥籠だ。特注のレースの覆いをかけ、外からは中が透けないが、内側からはよく見えるようになっている。海の向こうで和装に風呂敷では目立ってしまうからという配慮だった。諸々《もろもろ》の用立てには八雲も一役買った。

「いえ、こちらこそ。しばらく会えないの、寂しいです」

事実、彼らとの暮らしは刺激的だった。

鴉夜からは次回作のネタに困らないほど多くの怪談を収集できたし、静句も妻や使用人と親交を深めたようである。津軽も幼い息子たちのよい遊び相手になってくれた（そそり歌を教えるのだけはやめてほしかったが）。鴉夜が津軽に欧米の言語を教えるその手法も興味深く、大学の講義に活かせそうだ。

一方で、ほっとする気持ちもある。

ともに過ごした日々の中、ときおり彼らの気質に戸惑うことがあった。明らかなはぐれ者なのに、その立場を気に病まず、堂々と振る舞う怪物たち。異邦人であることにコンプレックスを抱く男にとって、彼らの生き様は理解しがたいものがあった。津軽と鴉夜の笑えぬジョークを聞くたび、八雲は足元がぐらつくような気分になるのだった。

「あ、そうだ、シンウチさん」脇に抱えた品のことを思い出した。「これ……クロゼット、しまい込んでいて、今朝やっと見つけたんですが」

「おっ、餞別《せんべつ》ですか」

「そんなたいしたものでは」

謙遜しつつ、手渡す。津軽は八雲に鳥籠を預け、その品を両手で広げた。

群青色のチェスターコートだった。

縫い目はほつれ、布地もあちこち破れて、かびっぽいにおいがする。だが袖を通すと、津軽の体格にぴたりと合っていた。津軽はそのまま肩を回したり腕を伸ばしたりし、着心地を試す。

「ずっと前に買ったものです。旅のとき、いつも着てました。ワタシと一緒に、世界巡ったコートです」八雲は頰をかき、「オンボロなんですが……」

「そこが気に入りました」津軽は満面の笑みだった。「もらっていきます。静句さん、繕ってもらえます?」

「細い当て布を二十一本いただければ」

「二十一？」

「〈馬鹿〉の画数です」

「自分で縫います……」

汽笛が鳴り、出航間近を知らせた。乗客たちがタラップを渡り始める。津軽と静句もトランクを持ち、列に加わる。

「あなたに会えてよかった、八雲さん」手にさげた鳥籠から鴉夜の声がした。「おかげで平和なひとときを過ごせました。首から下があれば抱きしめてキスのひとつでも贈れるんですが」

「オー、遠慮します。妻がいるので」

「私の魅力に抗《あらが》えるとは、やはりかなりの変人ですね」

冗談まじりの会話も数ヵ月間の賜物《たまもの》だった。飛び交うカモメを見上げてから、八雲は周囲に視線を流す。

波止場の向こうに外国人居留地の海岸通りが見える。ボートハウスの前で、二人の洋装の男が葉巻をふかしている。その後ろには着物姿の女が立ち、男たちのコートと鞄を一手に引き受けたまま、じっと顔をうつむけている。

本町《もとまち》方面の林には、隊列を組んで歩く制服の一団が見えた。近くの中学の生徒たちだろうか。教師らしき男が何かを叫び、少年のひとりが何かを答え、直後に頬をはたかれた。ほかの仲間たちは直立不動だった。教師は前に向き直り、少年たちは何ごともなかったかのように前進を続けた。

「リンドウさん」つぶやくように八雲は言った。「日本とは、なんでしょう」

「君と同じだよ、ラフカディオ・ハーン」ふいに少女は、男のことを捨てたはずの名で呼んだ。「世界に呑まれるのを恐れて、寄る辺になる何かを求めて、さまよい続けているんだ。いままでもそうだったし、たぶんこの先もずっと。そんなもの、どこにもないかもしれないのにね」

謎の男よ、言ってみよ。おまえは、誰を最も愛するのか。

おまえの国か。

俺は、それがどこにあるのかさえ知らない。

「……ワタシは、この国、愛してます」

「私もですよ。だってこの国は」

どこにでもある普通の国ですからね。

鴉夜の声は潮風にまぎれて、はっきりとは聞こえなかった。それから、一気に声が張られた。

「津軽ぅ、私を置いていく気か？」

あ、いけねっ。運び手は頭をかきつつ、タラップを戻ってくる。「先が思いやられるな」と、レース越しに苦笑が漏れる。

「では、ちょっと身体を取り戻してきます」

「……神のご加護がありますように」

「まるで西洋人みたいなことを言うんですね、八雲さん」

八雲はいつものやり方で曖昧に笑った。自分でもなぜこんなことを言ったのかわからなかった。無神論者だし、カトリックも嫌いなのに。ただなんとなく、自らの〝寄る辺〟に抗いたいような気になったのだった。

汽笛が出航を知らせる。

鳥籠を持った青いコートの男が、駆け足でタラップを渡りきる。最後の数メートルを跳んだとき、コートが大きくひるがえった。人目をひく探偵たちの姿は、甲板に集まった乗客たちの中に呑まれ、すぐにわからなくなった。それでも八雲は手を振った。やがて煙を吐きながら、船は港を離れた。

かつて自分が渡ってきた海に、白い曳《ひ》き波が刻まれる。

八雲は鴉夜たちの旅路に思いを馳せた。異形蠢《うごめ》くヨーロッパ。事件。探偵。怪物。死――きっと、多くの血が流れるのだろう。けれど彼らがくじける姿は、どうしても想像できなかった。死体が積み重なり臓物が撒《ま》かれた赤い海の底で、探偵と弟子は笑っていた。

残虐にではなく、陽気に。爽快に。いつの日だったか、パリの街角で観た笑劇《ファルス》みたいに。

あのひるがえったコートは、開幕のカーテンだったのかもしれない。

船は徐々に小さくなる。見送りの人々は散っていき、やがて八雲だけが残った。潮風に帽子を飛ばされたが、拾うことはしなかった。異国から吹きつける風を浴びながら、男はいつまでも海を眺め続けた。

蒸気船はこの東の国から絶えず遠く遠くへと、次第に速く、探偵たちを運んでゆく。

輪《まわ》る夜《よ》の彼方へ流す小笹船

0

江井島《えいがしま》の浜からは星がよく見える。

天ではなく、地の星だ。

彼方《かなた》で接する空と海原──濃さの異なる二色の青が視界を二つに割っている。漕《こ》ぎ出せばどこまでも行けるように思えるが、それはまやかしである。播磨灘《はりまなだ》はそう広い海ではない。人の目に捉えきれぬだけで、少し先には小豆島《しょうずしま》が、その先には讃岐国《さぬきのくに》が。籠の中の鳥と同じだ。女はこの浜に立つのが好きだった。星の大きさと、己の小ささが、よくわかる。

空は透き通るほど晴れているが、波は荒い。岩場のほうで漁師《すなどり》たちが何かを騒ぎ始めていた。ムロという名の若者が、こちらへ走ってくる。

「法師様！　ありました！　やつらの船だ！」

おお、左様か。

女は応え、ムロと並んで岩場へ向かう。たくましい身体つきの青年は、瞳を輝かせつつもどこか怯えた様子である。

「嵐まで呼んじまうたぁ……おっかねえ術です」

「術ではない。西に鱗雲《うろこぐも》が生じ夕影は赤く燃え計器の水銀《みずかね》も下がっていた。こうした兆しのあとには決まって嵐がくるものだ。くれば沖にいる舟は沈む。このあたりで沈んだものは大抵ここに流れつく」

ムロは難しそうな顔で聞き終えてから、おっかねえ術です、とまたつぶやいた。

沖に海賊が現れ、船を襲っている——江井島の漁師たちから相談を受けたのは五日前のことだった。江井島とは島の名ではなく、明石《あかし》の海辺にある村の名である。行基《ぎょうき》という僧が名づけたそうだ。女は空を観測し、いかにもそれらしく呪文を唱え、「しばし待て」と彼らに告げた。「漁は休め。じきに嵐がくる。嵐がやんだら浜を探しなさい」

巨大な楼船《ろうせん》であった。

舳《じく》から艫《ろ》まで五丈ほどもある。闇夜に紛れるためか、外板には墨が塗られている。海に腰を据えていたころはさぞ恐ろしく見えたのだろうが、いまは帆柱が折れ、船底は砕け、ほぼ前後に裂けた状態で、苔むした磯の端にその身を横たえていた。あたりには、樽《たる》や木片が漂着している。

「このあたりじゃ見ねえ造りだ」と、ムロ。「九国《くこく》や唐のもんでしょうか」

「蝦夷《えみし》だな。あるいはさらに遠くか。私も初めて見る船だ」

北方と判じた理由は、漂着物の中に分厚い蓑《みの》があったからだ。近ごろ、伊予掾《いよのじょう》に就いた藤原純友《ふじわらのすみとも》という役人が活躍し、瀬戸の海賊たちを鎮圧していると聞く。女は最初、江井島沖に現れた船はその網を逃れた残党だろうと見当をつけていた。だが、どうも様子が異なる。

残骸の中を女は歩く。船はひどいありさまだが、長い旅路を終え、むしろ安らかに眠っているようにも見えた。女は少しだけ、うらやましくなる。

死体はどこにも見あたらない。

漁師たちは膝まで海に浸《つ》かり、残骸をひとつ拾うたび、童《わらべ》のようにはしゃいでいる。この干物まだ食えるぜ。見ろよこれ、高そうな鑓《やり》だ。こっちの縄も漁に使えるな。

「これこれ、そなたら。海賊の怨念は深い。勝手が過ぎれば祟《たた》られるぞ。まあ金を余分に払うなら、私が弔ってやらんでも……いまのはなんだ?」

女が唐突につぶやいたので、漁師たちは顔を見合わせた。

「どうなさったんで?」とムロが尋ねる。

「何か聞こえなかったか」

「さあ……」

「声だ。どこかから……あ、また」

波音にまじり、たしかに聞こえた。いまにも消え入りそうだが、間違いなかった。

泣き声だ。

赤子の。

耳をそばだてながら、女はゆっくりと動きだした。

波と波の合間の短い静寂《しじま》を待ち、糸を手繰るように歩いた。船の裏側——いや船の中からだ。草鞋《わらじ》が磯を踏みしめ、岩肌にへばりついていた酢貝をこそぎ落とす。陰で虫をついばんでいた一羽の鳥が、羽音を立てて飛び立った。鴉《からす》だった。

身を屈め、真っ二つに裂けた楼内へ踏み入る。

嵐の爪痕が深い。床はいまにも抜け落ちそうで、壁はじっとりと濡れ、武器も帆布も掛《か》け籠《ご》もあらゆるものが左側に寄っていた。天井の一部が崩れ、光が差し込んでいる。

その光の真下に、箱があった。

両手で持てる程度の、蓋つきの櫃《ひつ》だ。柄や装飾はなく、ただ船の外板と同じ厚みのある墨色に塗られている。夜の色だった。か細い声は、その中から聞こえている。

女は蓋を開く。

頭上で鴉が、円を描き始めた。

1

少女がひとり、白南風《しらはえ》のごとき澄んだ声で歌いながら、すりこぎを回している。

身体が小さいためすり鉢を脚で挟むように抱え、両手で棒を握り、肩全体を使って回す。長く続けていると息が上がってくる。疲れるし、退屈だ。けれども囲炉裏《いろり》から集めた灰が水とまざって粘りけを帯びてゆく様は、見ていて少し面白い。この練り物がなんの役に立つのかは知らぬし、聞いても教えてもらえぬだろう。ただ言いつけられたからやっている。うまくできれば頭を撫でてもらえるので、それが楽しみでもある。歌はふもとの百姓に習った稲刈唄《いねかりうた》で、弾むような節が気に入っている。

〝客鈴《きゃくすず》〟が鳴った。

少女はすりこぎを置くと、質素な小屋の中を横切り、戸の前に控えた。

山道の石段に仕掛けがあり、重さがかかると糸が引かれ、屋内の鈴を揺らすのである。また、戸の脇の小蔀《こじとみ》には鏡が隠されており、下からそっと覗くことで戸口に立った客が見える。いまやってきたのは、葛葉《くずは》村の栃郎《とちろう》という男だった。これらの細工が持つ意味も、少女にはよくわからない。大抵の客は声で名を知らせてくれるからだ。おうい、おうい、葛葉の栃郎じゃ。たのもう。

少女は戸を開けた。

「えと」

「おう。いつもの魔除《まよ》けをもらいにきたのだが、法師様はおられるか」

「あ。えと、しばし、お待ちを」

すぐに閉めてしまう。内気な子であった。

少女は背戸から出て、小さな畑のある庭を駆ける。黒竹の藪《やぶ》の中に建てられた庵《いおり》が、法師の修練場であった。漆喰《しっくい》の壁にいくつもの車輪が彫り込まれているため、〈輪堂《りんどう》〉と名がついている。

輪堂に近づくと、耳を寄せるまでもなく、男女の声が漏れ聞こえた。

「法師様……ああ、法師様」

「はい、奥方よいですねその調子です。ご主人もあせらずじっくりと。はいそうです」

「法師さま。ほ、ほうしさま」

「そうそう息を合わせて。ご主人後ろに回りましょうか。奥方は私と。はいそうです、よいですね」

「お、お、おっ」

獣じみた喘《あえ》ぎが二つ重なり、中が静かになる。

勢いよく戸が開いた。

汗と薫物《たきもの》と花の香りがまじり合ったような蒸気が、鍋の蓋でも持ち上げたようにむっと押し寄せ、少女の鼻を戸惑わせる。

霞《かすみ》の向こうに、裸の女が立っていた。

「術は済み申した、あとは一心に祈りなさい。さすれば男子《おのこ》が生まれます」

女は背後へ言葉を投げる。座敷はいまだもうもうと煙り、その中で汗みずくの夫婦が死んだように伏していた。訪問時に着ていた位の高そうな行縢《むかばき》や被衣《かつぎ》が、周りに脱ぎ散らかされている。少女は頬を染め、目をそらした。十二の齢《よわい》でも何をしていたかは察しがつく。

女は庇《ひさし》の外に歩み出ると、素っ裸のまま陽にあたり、恥ずかしげもなく伸びをする。まとった汗が光を弾き、桶の中の鰻《うなぎ》のように全身が淫らに照りついた。

「――ドウ様」

少女は女に呼びかけ、

「鴉夜」

女は少女に応えた。

女はそのまま庭の隅へ向かう。川から引いている水を柄杓《ひしゃく》ですくい、ごくごくとうまそうに飲む。

「男が生まれれば私の手柄になる。女が生まれれば祈りが足りなかったと言う。味見ができ、金も稼げる。よいこと尽くめの商いだ」

くけけけけ。孔雀《くじゃく》を絞めたような笑い声があがる。鴉夜はあきれつつも、女のなめらかな背中や瑞々《みずみず》しい尻たぶから目を離すことができない。

不思議な御方だ。

鴉夜が知るほかの女とは、何もかもが異なっている。癖のついた胡桃《くるみ》色の髪は男のように短く、瞳は淡い空色をしている。くっきりと濃い目鼻に長い睫毛。肌は気味が悪いほど白く、齢は二十か三十に見えるが正しいところはわからない。沐浴《もくよく》のとき見かけるふもとの村の女たちの裸体は、みんなもったりしているか骨ばっているかのどちらかだが、ドウ様はどちらでもない。水を溜めた革袋をきゅっと握ったかのように、豊満ながらも張りのある肢体をしている。その胸に顔を埋めると、蠟梅《ろうばい》のごとく甘やかな花の香りが立ち昇る。

美しいのかどうかすら、鴉夜にはわからない。鴉夜の周りには比較できるものがない。陰陽道《おんみょう》を極めた者――彼方へ足を踏み出した者は、みなこうした妖気をまとうのだろうか。

「で何か用か」

「あ、はい。あの、表に葛葉の栃郎さまが」

「二番と十六番。ひとつかみずつ」

小屋の西側の壁は一面が棚になっており、それぞれの抽斗《ひきだし》に薬草や香木がしまわれている。鴉夜は小屋に戻ると、言いつけどおりに薬を取り、竹の葉で包んだ。文机《ふづくえ》に山積みになっている護符を一枚、糊《のり》で貼る。

それを終えるころには、女も服を着終えている。しどけなくまとった黒の僧衣に大きな数珠を首から下げ、片手には錫杖《しゃくじょう》という出で立ち。女は戸を開けると、鴉夜から受け取った包みを、さも自らしつらえたような顔で栃郎に差し出した。

「燻《いぶ》して四方に撒くとよい」

「道満《どうまん》様――いつも、ありがとうございます」

栃郎は深々と頭《こうべ》を垂れた。

蘆屋《あしや》道満。

女の名である。

播磨国《はりまのくに》印南《いなみ》郡、加古川のほとり痣木《あざき》山に居を構え、貴族ではなく庶民相手に占事・祈《き》禱《とう》・退魔を請け負う私度僧《しどそう》。その事様*、朧気《おぼろげ》にして、その術理、海のごとく底が知れぬ。

この時代、そうした超常の力を振るう者たちは、都の官職から名を借り、ひとつの総称で呼ばれている。

陰陽師《おんみょうじ》、と。

「どうかな近ごろは」

「おかげさまで、村に*黒眚《しい》が出なくなりました。あのう、ほんとにお代はいいんですか」

「金は取れるところから取る。お主の作物はうまいしな」

遠回しな催促であった。栃郎は慌てて礼を渡す。麻紐でくくられた*蕾《おおね》である。

「ちと少ないな」

「あ。こないだ赤子が生まれたもんで、女房《かかあ》に食わせてて……」

「ほうそれはめでたい。一人目だったな。夜泣きはせぬか」

「そういや多いような……」

「それはいかんな、魔が憑《つ》いたやもしれぬ」

「そ、そんな」

「次からは子に飲ます薬も渡してやろう。なに礼には及ばぬ、お主の作物はうまい」

「つ、次はたらふく持ってきます」

うむうむ、とうなずく道満の頬がひくついているのを、鴉夜は見逃さなかった。

＊事様……人柄。　**＊黒眚**……狼に似た妖怪。　**＊蕾**……大根。

「都じゃ賀茂《かも》一族の陰陽師が凄腕だって聞きますが、おれは道満様が一番だと思います。京から声はかからねえんですか」

「野良が性に合っているよ。都は好かぬ」

「そういや、天皇様が替わったって御触れが。暦はたしか……」

「〈天暦《てんりゃく》〉だろう。まったくせわしないことだ、忠平《ただひら》もじき死ぬだろうに」

栃郎は目を泳がせた。右大臣や摂政として四十年近く政《まつりごと》を統べる男、藤原忠平の名は庶民にも知れわたっている。大っぴらに忠平を罵る者はよほどの莫迦《ばか》か恐れ知らずだ。

栃郎が立ち去ると、道満はこれ以上こらえきれぬというように「くけけ」と笑った。

「夜泣きの少ない赤子などおるものか、愚かなやつめ」足取り軽く、背戸へ向かう。「鴉夜もたいそう泣いたぞ。泣いて泣いて痣木山中に轟いて妖《あやかし》どもが逃げだしたほどだ。以来この山に妖は住まぬ」

「真《まこと》でございますか」

「嘘だ」

輪堂へ戻った道満は、へばっていた夫婦を起こし、服を着せ、用済みとばかりに追い返した。障子を開けて風を入れ、藁座《わらざ》にあぐらをかく。

「おいで」

いつもの常で手招きされる。鴉夜は道満の脚の間に座し、豊かな胸に頭を沈めた。きゅっと抱きすくめられ、頬と頬をくっつけられる。指先が鴉夜の髪をほどき、梳《す》きながら撫でていく。

「あ。灰練りが途中でした」

「うんまあ後でよい」

「いただいた蕾で汁をこしらえます」

「それもあとでな」

堂にはまだ情事の残り香が漂っており、落ち着かない。十二にもなって子猫のように愛でられるのも気恥ずかしい。鴉夜は目をつぶる。

道満は、善い人間ではないのだろう。

嘘をつき、そのたび笑う。人助けを好むふりをして、裏で己の利だけを取る。容貌《かおかたち》さえよければ男とも女とも好んで交わり、それを子供に隠そうともせぬ。ふもとの村で聞いた限りでは、そもそも契りを結ばぬ者と寝ること自体が道理にもとったことのようである。鴉夜をこき使い、家事をさせ、自分はといえばこうして堂でくつろいでいるか、輪堂の地下にこもっているか。

道満の真の修練場は、この粗末な座敷ではない。隠し戸の下に部屋があり、道満だけが鍵を持っている。鴉夜は一度も入ったことがないが、その部屋がひどく散らかっているであろうことは想像がつく。道満は男子宿しなどの〝商い〟で稼ぐたび、鉱石や粉末や薬液、漢方に金属《かね》、用途不明な道具に至るまで珍奇な品を買い集め、地下に運び込んでいるのだ。すべて陰陽の術に用いるらしいが、何をしているかは得体が知れない。

だが。

「ドウ様。紙継鳥《カミツグドリ》が見とうございます」

鴉夜がねだると、道満は短い呪文を唱えた。

ふと見れば、その右手に式神《しきがみ》が呼び出されている。紙を折って作られた小鳥だ。

道満はそれをふわりと手放す。

命を吹きかけられた紙継鳥は、パタパタと羽ばたきながら堂の中を飛び回った。同時に雲雀《ひばり》に似た鳴き声があがる。幾度かの旋回ののち、鴉夜の髪をかすめ、小鳥は外へ飛び出していった。

「栃郎様は正しいです」

「ん?」

「ドウ様は日本一の陰陽師です。ほかの方にこのようなことできませぬ」

「こんなものは手妻だ。誰でもできるまやかしさ」

「まやかしというそのお言葉が、まやかしです」

「言うようになったな。どれ、褒美に新作を見せようか。〈三鼓蛙《サンコガエル》〉というのだ」

その式神は紙で作られた蝦蟇《がま》だった。道満が一度だけ指で弾くと、ぴょこぴょこと畳を跳ね回り、そのたび腹から見事な鼓の音が鳴った。鴉夜はけらけらと笑った。

道満は、異質で、胡乱《うろん》で、嘘つきで、身勝手で、凄腕で、いい匂いがする、育ての親だ。

鴉夜はそんな道満のことが、嫌いではない。

十二年前、江井島に打ち上がった船の中に、赤子の自分だけが残されていたそうだ。以来、こうして二人で暮らしている。鴉夜という名をつけてもらい、字や算術も教わった。もの心ついたころから何かと手伝わされるようになったが、暮らし向きに不自由はなく、鴉夜も多くを求めてはいない。ふもとの子らともっと遊びたい、と思うこともならときどきあるが、こうして道満のそばにいるほうが幸福だ。俗世と離れて生きるのはいかにも陰陽師の娘らしく、それが少し得意でもある。

「ドウ様。あのう」

うん？　と道満が応じる。眠りかけているような声だ。

「陰陽師になったら、私もさっきのような、その、男子《おのこ》宿しの術を、しなければならぬでしょうか」

「陰陽とは陰と陽すなわちこの世のすべて、理《ことわり》に沿い理を統《す》べ理を曲げる術である。占事・祈禱・呪詛《じゅそ》・招魂《しょうこん》・造暦・退魔・禊祓《みそぎはら》い、人に為《な》しがたき技はすべて陰陽の術と心得よ。早い話が仕事は数多《あまた》、腕さえよければ食うには困らぬ。男子宿しなぞしたければすればよいし、したくなければしなくてよい」

急にもっともらしくまくし立てられたものだから、鴉夜は目をしばたたいた。

道満は優しく微笑んでいる。

「鴉夜は陰陽師になりたいのか」

「はい。ドウ様のあとを継ぎます」

「生半可では継がせぬぞ」

「修行をいたします。五年でも、十年でも」

「まるで足りぬ」

「では、どのくらい」

「さてな。百年か、二百年か」

鴉夜はひどく驚いた。そのころの自分がどうなっているかを考え、目尻に涙を浮かべた。くけけけけ、と道満が笑い、また何やら嘘をつかれたことがわかった。

「ドウ様っておいくつなのですか」

「忘れてしまった」

「お生まれはどちらなのですか」

「月の都だ」

のらりくらりと躱《かわ》されてしまう。こうなったときの道満には何を言っても無駄である。

鴉夜が胸枕から離れると、道満も腰を上げた。

「さて、夕餉《ゆうげ》をこしらえようか」

はい、と答え、ともに堂を出る。山のふもとから霧が立ち、落陽が庭の草木を染め、彼方の巻雲を目指すように鴉たちが遠ざかっていく。道満の教えによれば、太陽や月が沈むのは大地が回っているからだという。

道満は下手な嘘ばかりつく。

2

四季は巡り、年が明け、冬が去った。

加古川の雪どけ水を公魚《わかさぎ》が跳ね、山に油菜が芽吹き始めたころ、道満もまたせわしなくなる。僧衣を新調し、護符を書き溜め、旅支度を始める。

「さあ、稼ぎどきだ」

都へ出向くのである。

京の都は一年通して祭事に彩られているが、中でもとりわけ大きな催しが弥生の初めに待ち構えている。三月三日、華やかな曲水宴《きょくすいのえん》と雛祭《ひなまつり》に合わせ、貴族たちが各々の屋敷に陰陽師を呼びつけ、一斉に禊祓いを行う。〝上巳祓い《じょうしのはらい》〟と呼ばれる習わしだ。

都に住まう貴族の数は百数十、対して宮仕えの陰陽師は二十かそこら。数が足りない。

そこで、道満ら野良陰陽師の出番となる。普段は庶民相手に禊祓いをしている私度僧たちが都に集まり、あちこちの屋敷を回るのだ。下級貴族たちは体裁を整えることができ、野良陰陽師たちは荒稼ぎができる。持ちつ持たれつの間柄ができているのだった。

例年だと鴉夜はふもとの村に預けられるのだが、今年は「ついてくるか」と誘われた。

「私のあとを継ぐというなら、仕事を見せておかねばな」

一も二もなく飛びついた。都へ行くのは初めてである。どのくらい人がいるのだろうか。松の木よりも大きな門があるというのは本当だろうか。鴉夜は鼻息を荒くしつつ、蒸した強飯《こわいい》を干して旅行用の餉《かれいい》を作った。

瘧木山を下りると、宿場で軽命《かりのち》の女をひとり雇った。

軽命とは荷運び兼、対妖《あやかし》の用心棒である。山城国《やましろのくに》までの道中は牛鬼《ぎゅうき》や大蚯蚓《おおみみず》がよく出るため、旅人はみな彼らを雇う。妖を倒すのは至難の業なので、大抵の軽命は腕や足をかぶりつかせ、逃げる隙を作ることしかできない。ほかの職を追われた者が最後に行きつく底辺の職ともいわれている。

だが、道満が声をかけた女は何かが違った。日焼けした肌に乾いた気配をまとった女は、片手に荷を、片手に鉄の杖を持ち、鴉夜たちの前を黙々と歩いた。

「お名前はなんと申すのですか」

道満の後ろに隠れつつ、鴉夜は尋ねてみた。

女は客を一瞥し、ばかじゃねーの、と返した。

「あんた、陰陽師？」木陰で休んだとき、今度は女が道満に尋ねた。「退魔もやんの？」

「頼まれればな」

「見かけ倒しか」

「なぜそう思う？」

「自分で祓えるならあたいを雇わねーだろ」

「この子がおるゆえ、念には念をな」

道満は鴉夜の肩を抱く。鴉夜は頬を膨らませ、「ドウ様は東西一の陰陽師です」と言い返した。女は鼻で笑った。

「あんたらさ、獣や人に魔なるものが憑き妖に、とかよく言ってっけど。あれ嘘だろ」

「ほう」

「土蜘蛛に巨蟒《おろち》に鬼、いろいろ殺したが元の姿にゃ戻らなかった。あいつらは初めからあいう生き物なんだよ。念仏や護符じゃ祓えねえ」

「いかにも。鬼と人は古《いにしえ》のどこかで枝分かれたにすぎぬ。猿と人もまた然り」

同意されるとは思っていなかったのだろう、女は眉を曲げた。

「猿と人がなんだって？」

「たいしたことではない」

「護符が効かねえと知ってるならなんで陰陽やってんだ」

「毒や知恵でも妖は祓える。それに実のところな、魔なるものの半分は、人の心に棲んでおるのだ」

くけけけけ。道満は笑い、そこで話は終わった。鴉夜は自分の分の餉を軽命《かりのち》の女に分け与えた。女は夕刻まで口をきかなかった。

鴉夜たちは三日かけて摂津国《せっつのくに》を横切り、四日目の朝に山城国へ入った。

巨椋池《おぐらいけ》が近づいてきたころ、路傍に落ちていた糞《ふん》を見て軽命の女が道を変えた。牛鬼が出るかもしれぬという。

西に迂回《うかい》しつつ進んでいると、廃村に差しかかった。畑は雑草で荒れ始めていたが、住居や道には暮らしの名残がある。何軒か燃えた家があるらしく、黒い焼け跡が目立つ。

ある井戸の前で、鴉夜は「ひっ」と声を上げた。

それは一体の屍《しかばね》だった。

百姓だろうか。鼻から下を青ひげが覆った、どこにでもいそうな男だった。井戸のふちに背を預け、地べたに座す形で死んでいた。握っていたと思わしき鋤《すき》が脇に転がっている。胸や腹を太刀のようなもので刺されたと見え、衣の裂け目から血が流れ尽くし、いまは肥でもかぶったように赤茶けた跡がついているだけだった。腐臭が蠅《はえ》の一団を呼び込み、顔は上から別人の皮を被《かぶ》せたような奇妙な塩梅《あんばい》になっていた。内側の肉が崩れたらしく、目玉の位置が下へずれ込み、なかば隠れた瞳が、何かに執着するようになおも世界を見つめ続けていた。その肌は人の色ではなく、雨上がりの川で見るような泥水の色をしていた。

それを皮切りに、次々と屍が現れた。鴉夜は道満の服に顔を埋め続けた。

「村人でないのもちらほらいるな」と、道満。「夜盗か……。平安京などと、よく名づけられたものだ」

ここ十年の間、日本《ひのもと》では陸と海で二つの大乱が起きた。陸では下総《しもうさ》の豪族・平将門《たいらのまさかど》が武士たちを束ね朝廷を脅かし、海では伊予掾として海賊鎮圧を担っていた藤原純友が造反した。両軍の制圧に兵を費やしたため朝廷の力は落ちており、都からそう遠くない場所でも、こうして暴力がのさばっている。

「ドウ様いやです、戻りましょう。なぜこのような場所を通るのですか」

「ここを通らなきゃおめーがこうなるからだ」

軽命の女が屍のひとつを指さす。鴉夜はとうとう道にうずくまった。人の屍を間近で見たのは初めてだった。死ねば、腐り、喰《は》まれ、九相を経て塵《ちり》と化す。知識としては知っていた。けれどもそれが、ここまで惨《むご》く見苦しいものだとは。

「鴉夜、怖いか」道満が鴉夜の背を撫でた。「怖いと思うのは正しい。だが受け入れねばな。人が決して逃れられぬことのひとつが死だ。みなこうなるのだ」

「ドウ様も？　私も？」

「いつかは」

「死んだらどこへ行くのですか」

「輪廻《りんね》転生、また生まれ変われる。さあ、立ちなさい。顔を隠しておいてやるから。歩かねば村を抜けられない」

鴉夜は稚児のように駄々をこね、いやです、いやです、と繰り返す。

「陰陽師になるのだろう？　理を知らねばなれないよ」

「理を曲げるのも陰陽道だとドウ様はおっしゃいました」

「生活続命《しょうかつぞくみょう》は禁断の術。この理は――曲げられぬのだ」

手を引かれつつ歩き、やがて廃村を抜けた。その先は打って変わり、のどかな丘陵が広がっていた。晴れ渡る春天を東風《こち》が吹き抜け、藤菜《ふじな》の綿毛が舞う。鴉夜にはそれが、ますますよくないことに思えた。

此方《こなた》と、彼方。

輪廻など、本当にあるのだろうか。

死ねば此方から彼方へと、ただ切り離されてしまうのではないか。

樫原《かたぎはら》という村の寂れた寺で一夜を明かし、翌日は早朝から発《た》った。道満が何かと話しかけてきたが、鴉夜はまだふさぎこんでいた。じっとうつむき、自分の影法師だけを見つめていた。

桂川《かつらがわ》を渡り、休み、また歩き、道を曲がる。

ご苦労さま、帰りも頼みたいのだが。じゃあこのへんで待ってる。そんな声が聞こえた。足元が、しっかりと踏み固められた起伏のない道路に変わった。

鴉夜は顔を上げる。

いつの間にか軽命《かりのち》の女がいなくなり、緑や田畑も消え失せていた。かわりに十二丈ほどもあるまっすぐな道が、はるか前方まで続いていた。道の中央には水路が引かれ、左には瓦《かわら》葺《ぶ》きの築土《ついじ》が連なり、右には民家が建ち並んでいる。

眠っていた子が起きたときのように、道満が微笑んだ。

「着いたぞ。平安京だ」

はっとして鴉夜は築土を見た。いくつか門が開いているが。

＊築土……土を固めた塀。

「どれが都ですか。どこから入るのですか」

「もう入っている。ここは大宮大路《おおみやおおじ》だ」

　都というのは塀で囲まれており、門から出入りし、家や人がひしめいているものだと鴉夜は思っていた。

　だがそうではなかった。都は囲みきれぬほど大きく、たっぷりと道幅が取られ、端正に区画が割られ、人の往来もまばらであった。白茶けた土塀が延々と連なる様は鴉夜が知るどの村の景色とも似ておらず、厳かな空気が漂っていた。

「三方を山に囲まれ護りが固く水は豊富、南に傾斜を持つため日当たりもよい、ゆえに長く続いている。とはいえ右京のほうは水害まみれで手入れも雑でな、見栄えがよいのはこちら側の左京だけだ。ん？　門？　そうか羅城門を見せてやればよかったな。いやここは都の中心ではない、四つほど向こうに朱雀《すざく》大路というさらに大きな道がある。さあ都らしくなってきたぞ、ちょうど東 市《ひがしのいち》の開く頃合いだ」

　道満についていくと、徐々に人出と賑わいが増した。築土が途絶え、小さな商店が集まる一画に入った。

　籠を頭に載せ和布《わかめ》を売り歩いている女や、牛を引いている男がいる。説法をする僧と手玉の芸を披露する男が、人だかりを奪い合っている。庶民と位の高そうな者が混在し、活発に売買が交わされ、立ち話をしている者や、喧嘩をしている者もいた。門をくぐると、さらに大きな市が広がっていた。米や魚に塩、油、木綿、木器、櫛《くし》、菓子、練香《ねりこう》、墨、筆、針や染草――どの店にも牓《ふだ》が掲げられ、縁台や床に品物が置かれ、あるいは軒に吊るされている。弓を売っている店や、馬が並んでいる店まであった。

鴉夜は道満ときつく手をつなぎながら、夢中で東市を回った。何か買ってやると道満が言うので、紙で作られた風車をねだった。「欲のないやつめ」とおかしがられ、さらに櫛と椿餅《つばきもち》を買い与えられた。

「元気が出たかな」

出ました、と即座に答える。廃村で得た恐怖はとうに霧散していた。

「よかった。なら用事を済ませてしまおう」

「禊祓いをなさるのですか」

「いや。その前に寄っておきたいところがある」

牛車《ぎっしゃ》が一台、黒い車輪を転がしながら、鴉夜たちの脇を通り抜けた。

3

風車を息で吹きながら、大路を北へ歩く。

いつしか人の往来も減り、かわりに長い築土を持つ屋敷が道の左右に現れていた。中からは雅《みやび》な琵琶《びわ》や笛の音が聞こえた。「曲水宴の最中だな」と道満が教えてくれた。力のある貴族は、邸内に池や川を設《しつら》えているのだとか。またいつもの嘘かもしれないと鴉夜は訝《いぶか》しんだ。家の中に川があるなど、信じがたいことだ。

祈雨の霊場だという神泉苑《しんせんえん》の角を曲がると、さらに不思議な場所に至った。築土がほかの場所よりもいっそう高く、周囲には水路まで巡っている。そして何より、長い。見渡す限り果てしなく築土が続いており、その労力に思いを馳《は》せてくらくらとするほどだった。

短い石段の先に、六丈に及ぶ瓦葺きの立派な門が建っていた。道満が警固の者に印章のようなものを見せると、中に通された。門をくぐっても景色はそう変わらず、人気《ひとけ》もやはりない。空気は静謐《せいひつ》な重さをまとい、ほのかに香や書物の香りがする。

「ドウ様、ここは」

「大内裏《だいだいり》――政《まつりごと》の中心だ。さらに奥の内裏には、帝《みかど》が御座《おわ》しましている」

鴉夜の顔がこわばり、背筋が伸びた。そのような畏れ多い場所に来るなどとは聞いていない。

さらに三つの区画を過ぎる。道満はそこで左に折れると、勝手知ったる足取りで、手前にある門へ入っていく。敷地にはいくつかの殿が建っていたが、それほど広いわけではなかった。庭には白い砂利が敷かれ、寺社に似た趣であった。

「中務省《なかつかさ》、陰陽寮という」

その部署ならば鴉夜も知っていた。

宮仕えの陰陽師が集い、学び、研鑽《けんさん》に励む場。占事・天文・暦・漏刻《ろうこく》を司るとともに、都の退魔を一手に担う——当国随一の知的集団である。

主殿の庇を、痩せた年配の男が歩いていた。巻物を三つ抱え、立烏帽子《たてえぼし》をかぶり狩衣《かりぎぬ》を着ている。

男は鴉夜たちに目をとめると、ばさりと巻物を取り落とし、庭に下りてきた。

「道満殿！　言うてくだされば迎えを寄こしましたのに」

「ご無沙汰しております。そちらはお変わりありませんか」

「相変らず苦心しております。冬至点が古い記録と合わず、西にずれていっておるようで……暦についても助言をいただきたく。保憲《やすのり》のやつもこのところまいっておりましてな」

「冬至点のずれは歳差《さいさ》という現象で、観測が正しい証です。造暦のほうもお力添えしましよう」

親しげに話す様からは、二人が旧知の仲であることがうかがえた。

「鴉夜。こちらは陰陽寮陰陽助《おんみょうのすけ》、賀茂忠行《かものただゆき》殿。道につきて古にも恥じず当時にも肩を並ぶ者なし——当世一と称される陰陽師だ」

「や、位の低い老いぼれです。いまだ正六位なぞで燻《くすぶ》っております。にしても、麗しいお子を連れておられる」

慌てて頭を下げ、「鴉夜と申します」と名乗る。

「拾い子です。私のあとを継ぐのだと息巻いております」

「それは頼もしい。さ、どうぞ中へ。みな清涼殿に出払っておりますゆえ、ごゆるりと」

忠行に招かれ、道満と鴉夜は庇に上がる。

「お師匠様」そのとき、声をかけてくる者があった。「また巻物を散らかして……図書頭《ずしょのかみ》にどやされますよ」

「おお、すまぬすまぬ」

二十代の若い男だった。黒い絹の水干《すいかん》姿で、まだ見習いのようだ。男は巻物を拾い、こちらへ近づいてくる。まるで宙に浮いているかのように足音が鳴らなかった。

「そちらの御方は」

「播磨の蘆屋道満殿だ。ほら、よく話してやっていただろう。——道満殿、これは最近弟子にした得業生《とくごうしょう》です。大変な才があるのです。先日二条辻《つじ》を通った折など、隠れていた鬼に私より早く気づきましてな、おかげで命拾いしました」

「安倍晴明《あべのはるあき》と申します」

男は名乗ったが、会釈も微笑も伴わなかった。なぜか鴉夜の肌がざわついた。

美男、なのだろう。背が高く声は柔らかで、顔立ちも整っている。だが、目だけが異様だった。都ですれ違う人々は皆、幸せそうに目を細めていた。実際には幸せでなくても、笑うことによって互いの気を和らげ、揉《も》め事を避ける――そんな処世術が蔓延《まんえん》していた。この男は逆だ。表情がなく、まばたきすら忘れたように目を開いている。光沢のない大きな黒々とした瞳が、相対する者へ無言の問いを投げていた。

なぜ細めるのだ？

細めてはならぬ。片時たりとも目を細めてはならぬ。

開かなければ、世界を見通せぬではないか。

性別も容姿も異なるが、道満とどこか空気が似ている。彼方へと足を踏み出した者だけがまとう、妖気だった。

「蘆屋道満殿」晴明が言った。「お噂は、かねがね」

＊得業生……学生の中で特に優秀な者に与えられた身分。

「噂などお恥ずかしい、下賤《げせん》な野良法師です。浅学故、天下の賀茂忠行殿にしばしば教えを乞うております」

「教えているのは貴方《あなた》のほうでしょう。謙遜は不要。師も私も、いまの陰陽道には満足しておりませぬ」

とはいえ——と、何か言いかけた道満をさえぎるように晴明は続けた。

「貴方の術はいささか、面妖に過ぎますな。聞くところによれば生まれも流派も伏せておられるとか。その知恵は何処《いずこ》で修められたのです?」

「月の都にて」

晴明は軽口に応じない。品定めでもするように、道満の周囲を歩く。

「播磨からは長旅だったでしょう。大内裏へはどう入られた」

「美福門から」

「して、どう出ていかれる」

「もちろん同じ門を——」

「これは奇なり」晴明がすかさず言った。「美福門はここより南、午《うま》の方《かた》にあたります。今日は庚午《かのえうま》。天一神《てんいちじん》遊行《ゆぎょう》によって午の方は塞《ふさがり》となり、向かえば災いが起きます。わが師が一目置くほどの陰陽師が、方忌《かたい》みを見過ごすとは」

道満が肩をすくめると、片手に持つ錫杖がちゃらりと鳴った。

「何がおっしゃりたいのかな」

「私は師よりも、魔を見抜く目に長《た》けております」

「私が妖《あやかし》だと?」

「まさか!」思わず鴉夜は叫んでいた。「ドウ様は妖などではありません。私は一緒に暮らして……」

最後までは言えなかった。晴明が初めて鴉夜を見たからだ。ならばおまえも妖の仲間だ、と断じるような、塵芥《あくた》を見る目だった。

とうとう忠行が割って入る。

「これこれ、無礼なことばかり申すな。すみません な道満殿、世間知らずなやつでして」

「かまいません。師の身を案ずるあまり熱くなってしまったのでしょう。ねえ晴明殿」

晴明は道満から目を切らず、道満も視線を返し続けていた。口には悪だくみの笑みが浮かんでいる。

「もし、私を怪しむようなら……いかがでしょう晴明殿。私と忠行殿が射覆《せきふ》で競うというのは」

忠行が「え」と聞き返した。

「忠行殿は射覆の達人とお聞きします。よい勝負をすれば、お弟子にも認めていただけるかと」

「あー、ええと、それはまあ……」

「師を煩わすまでもない」まごつく忠行の胸に、晴明が巻物を押しつけた。「私がお相手いたす」

射覆とは、陰陽師が用いる占術のひとつである。

蓋を閉じた箱を前に、触れることなく中身を当てる。法力を高めるための修行の一環と言われているが、道満がそれを行うところを鴉夜は見たことがなかった。

「その者。この箱に何か入れ、持ってまいれ」

晴明は、外を歩いていた下男らしき少年に命じた。二人の陰陽師は門の内側の両端に立ち、少年の帰りを待った。道満は泰然として椿餅の残りをかじり、晴明は微動だにしない。賀茂忠行と鴉夜だけが落ち着かなげだった。

しばらくして、下男の少年が戻ってくる。門をくぐったとき、両者がちらりと彼へ目をやった。少年はびくついた面持ちで、庭に敷かれた砂利の上に箱を置いた。蒔絵《まきえ》をあしらった縦長の黒い書箱である。

道満が晴明に尋ねる。

「どちらから?」

「どちらでも」

「では、私から」

鴉夜は道満が箱に近づき、何か経文などを唱えるのだろうと予想していた。

だが、

「柑子《こうじ》ですな。十五ほど入っています」

その場から一歩も動くことなく、考える素振りすらなく、道満は言った。忠行は目を見張り、少年もぽかんと口を開けた。

「晴明殿の見立ては？」

道満が促すと、安倍晴明も間を置かずに、

「鼠《ねずみ》が一匹」

と、返した。相手とはまったく異なる見立てだ。

「蓋を開けてみよ。そっとな」

晴明は下男に命じる。立ち尽くしていた少年は、その一言ではっとしたように屈み、書箱の蓋を開けた。鴉夜たちの位置からはまだ中身が見えない。少年は箱に手を添え、ゆっくりと傾けていく。

一匹の子鼠が、そのふちから躍り出た。

＊柑子……みかん。

鼠は光を眩《まぶ》しがるように、キイキイと鳴きながら少年の足元を回った。忠行が再び巻物を取り落とした。

「おお……晴明！」

師の賞賛も意に介さず、晴明は鴉夜たちへ向かってくる。道満に顔を寄せ、囁《ささや》く。

「お帰り願おう。これ以上我が師をたぶらかすな」

「知恵をつけすぎると、蹴落としづらくなるからですか」

道満が小声で切り返した。若き得業生は何も答えず、眉ひとつ動かさない。

「そういうやり方は嫌いじゃない。私と組むのはいかがです？　楽に上りつめられましょう」

「名を刻む陰陽師は、この世に私ひとりでよい」

安倍晴明の瞳には、無尽の闇が渦巻いているように見えた。

4

「いやはやまいったまいった。たいした男だ、あれは化けるぞ」

西洞院《にしのとういん》大路の川のほとりで休みながら、道満は紐に結わえた竹水筒をくるくると回した。

大内裏を出たあと、道満は親交があるらしき左京の屋敷を巡り、九字を切ったり護符を売ったり式神を飛ばしてみせたりして〝荒稼ぎ〟を済ませた。ひとつの屋敷をあとにするたび、くけけけけ、と高笑いが響いた。晴明《はるあき》に指摘された午の方忌みはまるで気にされなかった。

貴族たちは羽振りがよく、後ろにくっついていただけの鴉夜は玉のような子だとどの家でもたいそうほめられ、粉熟《ふずく》や木菓子をもらい受けた。

だがいま鴉夜の頬が膨れているのは、甘味で口を満たしたからではない。

「ドウ様は悔しくないのですか、あのように無下にされて」

「術で負けてしまったからな。駄々をこねても仕方がない」

「なぜ読み違えたのです？　鼠と柑子なんてぜんぜん違うではありませんか」

「あれはな、晴明が柑子を鼠に変えてみせたのだ」

水につけていた素足を抜き、道満は脚を組む。

「私の用いた術を教えよう。あの下男は箱の中身を探しにいくとき、陰陽寮の門から東へ向かった。そしてわりと早く戻ってきた。陰陽寮のすぐ東には大炊寮《おおいりょう》という炊事場がある。ゆえに箱の中身は食べ物だろうと見当をつけた。私が下男ならば必ずそうする」

「どうしてですか」

「下男の心を読むのだ。申しつけられたという名目で食べ物を受け取れば、つまみ食いができるではないか。ああした手合いは常に腹をすかせている、好機は逃さぬものだ。さて、下男が戻ってきたとき、私たちの横を通ったね。私はそこで目と鼻を使った。あの子はやはりつまみ食いをしていたよ。口と指先に汁がつき、ほのかに香りも。この季節、あのような汁気と香りを持つ食べ物はひとつしかない。柑子だ。これで中身は見えた」

「でも、十五というのはなぜ」

「箱を持つ下男の腕の力み方、箱が置かれたときの砂利のへこみ方から、おおよその重さがわかった。あとは柑子いくつ分かを考えればよい」

　鴉夜は声も出せずにいた。

　法力で見透かしたわけでも、式神に覗かせたわけでもない。ただ理の力のみで道満は箱を破ったのだ。

「中身が柑子であることは晴明も察していただろう。ところが私が先に言い当ててしまった。そこで晴明は、下男の鼠を使うことにした」

「下男の……？」

「あの鼠はおそらく下男が飼っているものだな。逃げずにあの子の周りをうろついていただろう？　箱を傾けると同時に懐から出し、ふちから飛び出たように見せかけたのだ。簡単な手妻さ。そもそも鼠が入っていたわけがないのだ。閉じ込められればひどく暴れて、箱から音がするはずだからな」

「では箱の中には柑子が？」

「ああ。だがおまえも忠行殿も鼠に気を取られ、中を検《あらた》めなかったろ？」

「なぜドウ様は言いださなかったのですか」

「言ったところで同じさ。柑子の中に鼠が紛れ込んでいたと理屈が立つ。ただ中身をあてた私よりも、それを見抜いた晴明のほうが一枚上手ということになる」

「晴明さまと下男の方が、はじめから組んでいたのですか」

「それならば、まだいいのだが……下男のおどおどした素振りを見るに、そうではないのかもしれない」

道満の顔に、わずかな険しさが差した。

「私の読みはこうだ。あの安倍晴明という男は、殿上人から下男にいたるまで、大内裏で働く者のすべてを頭に入れている。名前、生まれ、好物に弱み、飼っている生き物に至るまで、すべてを。『鼠』と言われたとたん下男はおののいただろうな。己だけの秘密を知られておるのだから」

下男の心を読む——鴉夜は道満から教わったばかりのやり方を試した。自分があの少年で、懐に隠している友のことを、晴明から言い当てられたら？　ぞっとした。おまえは私の手の内にある、生かすも殺すも私次第だ——そう告げられたも同然だからだ。

結果、下男は晴明の意図を汲《く》み、手妻に協力した。

晴明に、操られた。

「陰陽師は占易によって帝に助言し、退魔に乗じて武官をも動かす。政に及ぼす力は年々広く、重くなっている。まだ爪を隠しているようだが、晴明が陰陽寮を上りつめたなら裏から国を統べる日も近かろう。ときどきああした化物が現れるから面白い」

よいとは思えぬ見通しを、道満はなぜか愉快に語る。鴉夜はぼんやりと西洞院川を眺める。

顔の描かれた木の人形が、次々と流れてくる。祓いに使われた〝撫物《なでもの》〟だ。己に似せた人形で身体を撫で、穢《けが》れを移し、川に流すことで身を清める。今日が雛祭と呼ばれる所以《ゆえん》である。

その中に、小さな笹舟《ささぶね》が紛れていた。どこかの子供が流したのだろうか。穢れを押しつけられた撫物たちの中で、その笹舟だけが活き活きと水を切っているように見えた。さざ波に揺すられ、ときおり沈みそうになりながら、笹舟は下流へ消えた。

「ドウ様も晴明様も、異な力は用いなかったのですね」

「そんなものはないからな」

あっさりと道満は断じた。立ち上がり、大宮大路のほうへ歩きだす。鴉夜もついていく。

「護符だの式神だの呪文だのは、まやかしだ。そんなものに頼るまでもなく、世は声と兆しに満ちている。それを見ることこそが陰陽道の真髄である。たとえば、ほれ」

近くを歩いていた市女の籠から、道満が鮎《あゆ》をつかみ取った。

「この鮎は由良川《ゆらがわ》に住む若い漁師が獲《と》ったものだ。村は近ごろ大水に見舞われたな」

「なぜです」

「生鮎だから近くで獲れたことはすぐにわかる。このあたりで鮎が獲れる川といえば山向こうの由良川だ。頭の傷を見なさい。釣り針のあとが不格好についているね。獲ったのは漁に不慣れな新米だとわかる。どの鮎にも同じように傷がついているので、すべてその新米がひとりで獲ったのだ。とすると川には鮎があふれているに違いないが、海から戻る時期としてはだいぶ早い。大水によって水位が上がり、卵を産みやすくなったと考えれば筋が通る。ゆえに水害があったのだとわかる。哀れだから一匹買ってやろう」

返しとくれよと文句を言っていた市女は、最後の一言でおとなしくなった。鮎を弄びながら道満は続ける。

「兆しは細部に潜んでいる。細部を見るのだ、鴉夜。怖くても苦しくても、目をそらしてはいけないよ」

目をそらさず、細部を。

それは、晴明が放っていた無言の威圧にも通じる教えだった。鴉夜は一度まぶたを閉じ、眼に水気を与えてから、ぐっと開き、首を巡らし、平安京の大路を眺めた。

美しい築土の足元にはどこも雑草が生えている。道には乾いた牛糞がこびりつき、羽虫がたかっている。行き交う人の中にはあばた面の者がちらほらといて、数年前に流行《はや》り病があったのだとわかった。弓矢を携えた男たちが、東市で罪人の鞭打《むちう》ちを見た、という話を楽しそうに交わしていた。従者を率いた牛車が通るすぐ横で、みすぼらしい老人がうずくまり、ぼそぼそと何かを喋っている。華やかな屋敷のすぐ隣が、廃家となって崩れ落ちていたりする。そして誰もがあの笑みを、あの取り繕うような笑みを浮かべていた。それが平安京という場所だった。

「じき陽《ひ》が沈むな。どこかの屋敷に泊めてもらおうか」

「帰りたいです」鴉夜はぼそりと言った。「都はなんだか、気味が悪いです」

「そうか。では、戻れるところまで戻ろう」

道満はにこやかに言い、鴉夜と手をつないだ。

大宮大路を南下すると、東寺のあたりで騒ぎが起こっていた。庶民たちが我先にと、鴉夜たちとは逆方向へ駆けてゆく。

「牛鬼が出た!」

「でかいぞ! 逃げろ!」

「こっちへくるのか？」

「居合わせた軽命《かりのち》が戦ってる。すげえ腕だ」

それを聞いたとたん、道満が手をほどいた。「そこにいなさい」と鴉夜に言い置き、足を速める。鴉夜はしたがわず、道満を追った。風を受け、片手に握った風車がくるくると回る。

やがて住居が途絶え、都の南端に至った。陽は茜《あかね》色に燃え、東寺の築土の向こうから大路の端にかけて、五重塔の長い影が伸びている。

その影の中に、蜘蛛と牛が交わったような巨大な生き物が倒れていた。

牛鬼と呼ばれる妖《あやかし》である。舌を突き出し、すでに絶命している。逆立った毛皮の随所からどどめ色の血を流し、眼球には鉄の杖が根元まで突き刺さっていた。

牛鬼の前には、女がひとり立っていた。

沈みゆく日が影を動かし、じりじりとその姿を明かす。女はゆっくりと振り向く。

あの軽命の女だった。

牛鬼の爪で抉られたのか、頭皮の半分が髪ごと削げ落ちている。片腕はいまにもちぎれそうなほどねじれ、衣は大きく裂け、右の乳房があったはずの場所には赤黒い断面が口を開けていた。肌に無事な場所はほとんどなく、匙《さじ》でかいたようにあちこちから肉が覗き、顎の先からも指先からも、血が雨粒のように垂れ落ちていた。それは牛鬼の血の色とまじり合い、大路を血の海に変え、鉄錆《てつさび》の臭気を放っていた。あふれた海は大宮川に注ぎ、水を夕陽と同じ色に染めていた。

軽命《かりのち》の女が、よたよたと近づく。道満が静かに尋ねる。

「なぜ戦った。誰にも雇われてはおらぬだろう」

「――」

女はゴボゴボと喉奥から血をしぶいた。それからぐらりと傾き、東寺の築土に身を預け、血をなすりつけながらずるずると崩れ落ちた。視線が下がり、鴉夜と目が合った。

女の口が動く。

見とけ、と言ったのかもしれなかった。これが死ぬってことだ。目に焼きつけろ。

見るな、と言ったのかもしれなかった。餓鬼が見るもんじゃない。目つぶっとけ。

鴉夜は目を離すことができなかった。学んだばかりの真髄にしたがい、細部を見ていた。見続けた。見続けて、しまっていた。道満が手で目を隠そうとしてきたが、鴉夜は振り払った。軽命の女もそんな鴉夜を見つめ続けた。力走の勢いを残す風車だけがカラカラと音を立てていた。

やがて、気がつく。

女が一切の動きを止めていることに。

名前も知らぬ軽命の女は息絶えていた。いつ魂が抜けたのか、それすらもわからぬまま、鴉夜は屍と見つめ合っていた。

風車が、回転を止めた。

都を出た鴉夜たちは、昨夜と同じ樫原の寺に泊まった。

道満の胸に抱かれた鴉夜は、泣くことも嘆くこともふさぎ込むこともしなかった。いつまでも眠らず、ただ呼吸を繰り返しながら、宿命に怒るように不条理に抗うように、僧衣の裾を握っていた。

「ドウ様」

「なんだい、鴉夜」

「あれが死ぬということですか」

「生きた、ということでもある」

「あの軽命はもういないのですね。話すことも笑うこともできぬのですね」

「命と引き換えに京の民を護った。尊く、意味のある死だ」

「………」

「怖いかい、鴉夜」

「わかりません。ただ虚しく思います。怪我《けが》でも、病でも、山で転んでも川に落ちても、夜盗に会っても妖に襲われても、人は死ぬ。あんなにも惨く、容易《たやす》く死ぬ。それが虚しいです。私のような弱い娘も、きっと長くは生きられぬのでしょう」

「強くなればよい」

「あの軽命《かりのち》は強かった。それでも死にました」

「…………」

「ドウ様」

「なんだい」

「東市で、私に欲がないとおっしゃいましたね」

「そこがおまえの美点だ」

「ひとつ、ほしいものができました」

「聞こう」

「私は丈夫な身体がほしいです。百年先まで生きられるような、死なぬ身体が――」

5

庭で魚籠《びく》を編んでいると、茂みの向こうに気配を感じる。

作業を止め、腰を浮かす。弾かれたように、小さな二つの人影が逃げていった。ふもとの村の少年たちだ。鴉夜は声をかけず、ただ嘆息する。髪をすくって耳にかけると、またひとつ竹籤《たけひご》の編み目を作った。彼らはこのところ連日のようにやってくるのだった。

小屋の中に戻る。道満は今朝方、遠方の買い出しから戻ってきたところだ。荷が解かれ、床には漢方や鉱石が並べられている。

「何やら騒々しかったな」

「村の男の子です。毎日何がしたいのやら」

「おまえを一目見たいのさ」

鴉夜は十三になっていた。

胸がふくらみ、初潮を迎え、顔からも幼さが薄れてきていた。背はこの半年で三寸伸び、薬棚の一番上まで手が届くようになり、すり鉢を両足で抱え込む必要もなくなった。〝細部を見る〟修練を始めてから目つきが締まり、まとう気もどこか艶を帯びてきた――と、これは道満の言である。

日々大人に近づく身体を、鴉夜は疎ましく思っている。

「気に入った相手が見つかれば、ここを出てもかまわぬぞ」

「ドウ様のおそばにおります」

「まあ好きにすればよいが」

「……その石は、なんですか？」

鴉夜は道満が仕入れてきた品のひとつ、黒い鉱石に興味を持った。奇異であった。石はひとつの塊ではなく、数十の破片に分かれている。にもかかわらず、まるで糊で固めたようにまとまり、くっつき合っている。

「これは、慈石《じしゃく》という」道満が複数の欠片《かけら》をむしり、鴉夜に渡した。「互いに引かれ合う性質を持った石だ。大陸の慈州より取り寄せた。都では晴明《はるあき》が力を蓄えていると聞く。このまま泣き寝入りでは性に合わぬからな、この石を用いればさらに高度な式神が作れる。どうだ鴉夜、面白かろう」

鴉夜はうなずくのも忘れ、石の破片をいじくっていた。これが生き物ではなく、石というのが信じられなかった。

ある破片とある破片を両手に持ち、近づければ、見えぬ縄に引かれるように勝手にひっつこうとする。別の破片に持ち換えると、今度は見えぬ餅でも挟んでいるように、決して近づけることができない。少し手の力を緩めると、いかなる意志によるものか、二つの破片は宙返りし、パチリと音を立て接合し、床に落ちても決して離れないのだった。初めからあるべき形が決まっており、いかなる変化にも屈さぬ——そう定められているかのようだった。

「人の傷も、こんなふうにくっつけばよいのに」

慈石を弄びながら、鴉夜はぼそりと言う。

軽命《かりのち》の女の死は、鴉夜の心に深い楔《くさび》を打ちつけていた。刃物で指を切ったり山中で鳥の屍を見かけたりするたび、鴉夜の心にはあの夕刻の情景がちらつくのだった。夢に彼女が出てくることもしばしばあった。今際《いまわ》の際に血まみれの女が口を動かす。鴉夜はそれを見つめる。あるときふいに、言いたかったことがわかった。「見るな」でも「見とけ」でもなかった。

女は「嘘だ」と言っていたのだ。

おまえの師匠が言ってた〝輪廻〟、ありゃ嘘だ。いつもみたいにおまえを騙《だま》したのさ。命は輪《まわ》ったりしない。死の先は虚無だ。肉も心も、消えてなくなるだけだ。

日々大人に近づく身体を、鴉夜は疎ましく思っている。

齢を重ねるということは、死に近づくということだから。

「面白いことを言うな。なるほど慈石人間か……」

独り言のつもりが、道満に聞かれてしまっていた。

「痴言《おこごと》です。忘れてください」

「もう死なぬ身体はいらぬのか」

「あれも痴言。もう童ではありません」

強がりだった。心の隅にはまだ、死を過度に恐れる童がいる。

道満も内心を見抜いたはずだが、それ以上踏み込むことはなかった。

「そうだな。おまえは美しく育った」

陰陽師は文机に頬杖《ほおづえ》をつくと、十三になった娘の姿をしげしげと眺めた。鴉夜は気恥ずかしそうに目をそらし、手に持った慈石をいじくった。道満ならば眺められてもいやではない。

ふいに、道満の顔に驚きが浮かぶ。

虫でもついていたかと鴉夜は身を検めたが、何も異変はなかった。

「どうなさいました」

「私がはるか遠き国で生まれたという話は、前にしたね」

「月の都でしょう」

あきれまじりに言う。道満はつられて笑いつつ、しかし真に迫った口ぶりで続ける。

「その国では民が二つに分かれ、大きな戦が起こっていた。私の側は劣勢でな、だから私は外へ逃げようとした。逃げて逃げて、とうとう逃げ場をなくしたとき、ある女に助けられたのだ。その人のおかげで船に乗ることができ、ここへ流れ着いた。江井島にいたおまえと同じように」

「……では、拾ってくださったのは、ご自身を重ねたから？」

「私もそうだと思っていたのだが——いま、面白いことに気づいた。その恩人の女がな、おまえによう似ておるのだ。御髪《おぐし》の艶や、顔立ちや、声が。すべて瓜《うり》二つというわけではないがな。瞳の色が異なるし、あの人は隻眼だった」

道満の語りには色褪せぬ温もりと、一握りの寂寞《せきばく》がある。

まるで、恋でもしているようだ。

「その御方は、一緒に逃げなかったのですか」

「私を送り出したあと、時を稼いでくれた。……きっと惨い殺され方をしたのだろう」

鴉夜は言いようのない不安に駆られた。

道満が真に焦がれているのは、その恩人なのではないか。

娘として溺愛される自分は、彼女の身代わり――依代《よりしろ》にすぎぬのではないか。

「ドウ様。私は、その御方の生まれ変わりではありませんか」

思わず、口に出した。

輪廻などない。

彼方へと渡った命は、決して此方へ戻らない。

道満は鴉夜に身を寄せ、頭を撫でた。嫉妬させたことを謝るように、優しく微笑む。

「わかっているよ。おまえは――」

声はそこで途切れた。

道満は鴉夜の髪に片手を載せ、口を開けたまま固まっていた。

十数えても、二十数えてもそれが続いた。表情は完全にかき消え、得体の知れぬ何かに思考と意識が残らず割かれている――そんなことだけが察《さ》せられた。先ほどとは比べものにならぬ呆《ほう》け方。驚愕を通り越し忘我に至ったような、突如世界のすべてが流れ込み脳が追いつけずにいるような。見開かれたきり揺れぬ瞳はあの軽命《かりのち》にもどこか似ており、鴉夜は道満がこのまま死んでしまうのではないかとあせった。

ドウ様？　と声をかける。

道満は何も応えない。

その唇の端から、一筋の涎《よだれ》が垂れる。

「ドウ様？」

おそるおそる袖を引くと、道満はようやく忘我から戻ってきた。手の甲で涎を拭う。だがまだ半分ほどは、向こうに身を置いていた。夢遊するような目で、鴉夜を見る。

「鴉夜」

「は、はい」

「陰陽道には、生活続命《しょうかつぞくみょう》の法という禁術がある」

「……はい」

「永く生きる身体がほしいか」

考える余裕はなかった。心の向くまま、鴉夜はうなずく。

「わかった」

それだけ言うと、道満は立ち上がった。鴉夜は怖気《おぞけ》を覚えた。唾を飲み下すのも忘れるほどの集中。いったい何が起きたのか。

庭へ出ていく道満は、ブツブツとつぶやいていた。

「細胞のひとつひとつに磁気のようなものを……高分子を組み込みポリマー化させ……だが再生時のカロリーはどこから……損傷時に加えられるエネルギーを保存できればそれを転用して……減磁対策にも……熱や菌にも耐性をつけて……」

道満はその夜、輪堂から出なかった。

夕餉の支度をし呼びにいっても、座敷にその姿はなかった。地下にこもっているのだろう。鴉夜はひとりで粥《かゆ》をすすり、山菜の汁を飲んだ。箸をつけた椀《わん》の中では、葉がゆっくりと回っていた。

6

道満の眼は日に日に凄まじさを帯びていった。

見目は変わらず麗しく、やつれることも老け込むこともなかったが、双眸《そうぼう》だけが荒れていった。蒼天《そうてん》の色をした瞳に、夜の闇が降りた。暗く、深く、得体が知れず、ときおりそこに雷光や火花が散る。奈落へ堕ちゆくようでもあり、天へ昇りゆくようでもあり、ただ遠くへ遠くへと離れていった。輪堂の壁に刻まれた車輪のひとつひとつが回りだし、道満をどこかへ連れていこうとしているかのようだった。

道満は昼夜問わず輪堂の地下にこもるようになり、二、三日出てこないこともざらになった。飯を食うときも服を替えるときも心ここにあらずで、鴉夜が話しかけてもうんとかああとしか答えず、此方にあらざる場所を見つめていた。そして暇さえあればブツブツとつぶやき続けるのだった。途絶えるのはものを嚙んでいるときと水を飲んでいるときだけだった。寝ているときでさえ床から譫言《うわごと》が漏れ聞こえた。その断片は鴉夜が学びつつあった陰陽道とはまったく異なるもので、ひとつも理解が及ばなかった。

客の前でも奇行を隠さなかったため、「法師がとうとう魔に憑かれた」「都の陰陽師に呪詛返しを食らった」などと噂が立った。庵を訪ねる客が減り、かわりに行商人の出入りが増えた。道満は以前にも増して珍奇な品を仕入れ続け、そのすべてを輪堂の地下に運び込んだ。水銀、火箸、刃物と砥石《といし》、織物、妖の臓腑《ぞうふ》、大量の玻璃《はり》、大量の塩。しばらく留守にしたかと思えば、硫黄や植物を自ら調達してくることもあった。

ある日鴉夜が輪堂を覗くと、座敷の畳が真っ黒に染まっており面食らってしまった。よく見るとそれは細かい文字のようだった。蚯蚓のようにのたうつ経文めいた異界の字。かろうじて読めるのは合間に顔を出す「十」と「二」くらいだ。中央には筆を持った道満が仰臥《ぎょうが》していた。頰も衣も指も墨にまみれ、便でもひり出したようにすっきりした顔をしていた。

「ドウ様、それは」

「指図だ」

「さしず？」

「これをもとに作るのだ、まだまだこれから詰めねばならぬがどうにか粗方見通しが立った、いやさすがに手こずった」

「図には見えませぬ」

「数式だからな」

「すうしき」

「腹が減った。固粥《かたがゆ》を作ってくれ」

「なぜ畳に？」

「紙では幅が足らぬではないか。固粥を作ってくれ」

ここに至り、奇行に慣れた鴉夜も恐ろしくなり始めた。道満は正気なのだろうか。

生活続命の法、と道満は言った。

おそらくその術を練っているのだろう。

人の根幹を成す理を、曲げる——陰陽道の禁忌に踏み込もうとしているのだろう。

しかし、なぜ躍起に取り組むかがわからない。まさか鴉夜を喜ばせるためではないだろう。好奇心か、金儲けか。

あるいは、あの安倍晴明《あべのはるあき》という男に勝つためか。

道満乱心の噂と時を同じくし、晴明の噂も播磨に広がりつつあった。曰《いわ》く、一条戻橋に式神を飛ばし妖を祓ってみせたらしい。曰く、ある少将にかけられた呪詛を見破り命を救ったらしい。曰く、守護・破敵の二霊剣を鋳造し帝から褒美を賜ったらしい。その術は、師である賀茂忠行をもはるかに越えているらしい。

都で名を馳せ、数多の伝説を生む英傑。

山に潜み、ただ一つの禁忌に挑む悪党。

安倍晴明と蘆屋道満。

二人の陰陽師が、覇を競っている——

春霞《しゅんか》が山肌を撫でる。

道満が研究を始めてから、半年が経った。

〝指図〟が成ってからしばらくは平穏な暮らしが戻ったが、長くは続かなかった。次なる嵐は鴉夜にとって、これまで以上の戸惑いをはらむものだった。

道満はまず、家事を担うようになった。研究のかたわら薪《まき》を割り、火を焚《た》き、庭の畑の世話をし、山菜や魚も自ら獲りにいくようになった。鴉夜は*薪水《しんすい》を禁じられ、*清《す》ましを禁じられ、縫物を禁じられ、ついにはひとりで出歩くことすら禁じられた。道満は水仕事で赤切れができた鴉夜の手に軟膏《なんこう》を擦り込み、爪を丹念に磨き、髪にも椿の油を含ませた。

道満は朝顔の花弁に管がついたような奇妙な器具を持ってくると、鴉夜の着物をはだけ胸に花弁をあてた。口を開けられ、へらのようなものを突っ込まれた。目に明かりを近づけられ、間近で道満に見つめられた。眩しかったがまぶたを押さえられており瞑《つむ》ることができなかった。歯の具合を端から順にひとつ残らず確かめられた。背骨や脇腹を触られながらあれこれと訊《き》かれた。ここは痛くはないか、かゆくはないか、痺《しび》れはないか、ここはどうだ、ではここは、何かおかしなところはないか。不調などないと言ったが聞いてもらえず、盲目の鍼師《はりし》が連れてこられ、あちこちに鍼を打たれた。蓋つきの器を渡され「おまえの糞《くそ》をくれ」と言われたときには、赤面を通り越しあきれてしまった。肥にするのですか、と訊くと「調べるのだ」とだけ言われた。別の日には髪の毛や唾を所望された。腕に何やら液体を垂らされ、夕まで動くなと言われたこともあった。

「禁術を施せば、記憶と基礎代謝を除きおまえの肉体から一切の変化が止まる」幾度目かの〝喉へら〟のあと、道満は紙に何か書きつけながら言った。「ゆえに前もって、傷ひと

＊薪水……炊事。＊清まし……洗濯。

つない身体にしておかねばならぬのだ。いま傷を見過ごすと、あとで大変なことになる」

「よくわかりませんが、雛《ひいな》にでもなった心地です」

「いかにも、私は童と同じだ。おまえで雛遊びをしているのだ」

蘆屋道満らしい、真意の見えぬ口ぶりだった。

さりとて鴉夜も、嫌ではない。

痛い思いをするわけでもなし。もとより拾われ育てられた身、こき使われようが雛にされようが文句は言えぬ。それに道満の目指すものは、鴉夜の願いとも共通している。丈夫な身体が手に入るならいくらでも耐えられるというものだ。

そうしたことを伝えると、道満は腕を組んだ。

「よいことばかりでもないぞ。変化が止まるということは、月のものもなくなるということ。おまえは子を産めなくなる」

「子がほしくなれば、ドウ様のように拾います」

道満は苦笑いしてから、

「実はもうひとつ困りごとが」と、鴉夜の下腹を指さした。「これもそこに関することだ。子を生《な》さずとも、誰かと睦《むつ》むことはあろう。鴉夜がいまのままだと、そのたびにたいそう痛い思いをする」

意味するところはわかった。鴉夜は慎重にうなずく。

「ふもとの村の者でもよいし、好みに合うのを探してきてやってもよいし、ひとりで済ますなら何か道具を作ってやってもよい。好きなようにしなさい」

鴉夜は三日三晩悩んだ。家事をせぬので時間ならいくらでもあった。悩み抜いたうえで答えを出し、四日目の晩、隣で眠る道満の寝床に潜り込んだ。

山際が白み始めたころ、あの蠟梅の匂いが満ちた褥《しとね》の中で、道満は鴉夜の髪をつまんだ。

「おまえは私を怨むだろうね」

「怨みはしません」

「いいや」胸に抱かれているのに、その声はなぜか遠く聞こえた。「怨むことになるのだよ」

椋鳥《むくどり》が空を泳ぎ、爽籟《そうらい》が山を奏でる秋の日だった。

午後も過ぎたころ客鈴が鳴り、葛葉村の栃郎がやってきた。彼はいまだに道満を見捨てぬ数少ない客のひとりだった。鴉夜はいつものように薬草をまとめ、護符を貼りつけて渡した。

「法師様、最近顔を見かけぬが」

「お元気です。修行に励んでおられます」

「そうか……。これ、二人で食べてくれ」

花菱《はなびし》模様の布包みを残し、栃郎は去ってゆく。中身はいつもの蕾《おおね》だった。

鴉夜が蕾を床に並べていると、道満が小屋に戻ってきた。湯の用意が済んだのだろう。

遠慮し合うようなわずかな間のあと、道満は尋ねた。

「よいか」

「はい」

昨日、道満から「術が完成した」と伝えられた。

残るは鴉夜にそれを施すのみである。道満に好きなときを選べと言われ、鴉夜は明日《あす》の夕刻と答えた。きりがよいと思ったのだ。

鴉夜が慈石を持ったあの日から、今日で丸一年が経つ。

「本当によいか」

「すぐにでも。栃郎様が蕾をくださりました。術が済めば、また厨《くりや》に立ってもよろしいのでしょう? ドウ様に汁を作ってさしあげたいです」

「楽しみにしていよう」

二人は手をつなぎ、輪堂へ移った。

道満はまず、桶に張った湯で鴉夜の髪と身体をくまなく洗った。生え始めていた腋《わき》と股の毛は丁寧に剃《そ》られ、眉毛や鼻毛に至るまで整えられた。柔毛を植えた妙な器具で歯を磨かれ、腹が膨れるほどの水を飲まされた。

それから初めて、輪堂の地下に招かれた。

鴉夜は最初、白い葛が部屋を覆っているのだと思った。床や天井を人工の蔓のようなものが這い、いくつかの先には見慣れぬ箱が果実のごとくぶらさがっていた。玻璃でできているらしき驚くほど薄い器が机に並べられ、色とりどりの水が汲まれていた。酒を蒸したときのような独特の匂いがする。鍛冶場めいて炉を備えた一角もある。奥の壁には、上から運んできたあの畳の指図が貼りつけられていて、そのせいで天地が傾いたような心地さえした。

脇には、座棺じみた大きな桶が用意されている。道満が蓋を外す。

中身は水飴に似た、とろみのある藤色の液体だった。

道満は肌が透けるほど薄い手袋をつけ、その蜜をすくう。つう、と細い糸が垂れる。

「これを、おまえの肌に残らず擦り込む。夜通しかかるだろう。液がなじめば、おまえは死なぬ身体になる」

「それだけですか」鴉夜の予想とはだいぶ違った。「陣を書いたり、護摩を焚いたり、経を唱えたりはせぬのですか」

中央には場違いな帳台*が設けられており、鴉夜は裸のまま褥に寝かされた。


*帳台……帳《とばり》で囲った貴人用の寝所。

「おまえの前でまやかしはいらぬ」道満は薄く笑い、「動いてはいけないよ」

右腕から、擦り込み始めた。

藤色の蜜は人肌のように生ぬるく、滑りもよく、塗られたところで何も刺激はなかった。だがしばらく経つと、妙な感覚が身体の芯のほうから湧き出た。骨や臓腑の周りでぷつぷつと泡が弾けるような、こそばゆい心地だった。鴉夜が思わず身をよじると、道満に脚の位置を正された。

唐突に不安がよぎる。

「失敗したら、どうなるのですか」

「失敗はせぬ」

ぷつ、ぷつ、ぷつ。

泡がひとつ弾けるたびに、鴉夜の中をあらゆる感覚がかすめていった。それは煮えるような熱さになり、溺れるような息苦しさになり、かゆい場所が見つからぬようなもどかしさになった。針で刺される痛みになったかと思えば、官能の大波となって吐息を震わせた。事前に水を飲まされた理由がわかった。鴉夜は滝のように汗をかいた。頭に霞がかかり、ドウ様、ドウ様、と呼びかけたが、道満は黙々と術を続けた。足の先から耳の裏、腋の下から毛先に至るまで余すところなく指が這った。天井に吊られた行燈《あんどん》が急激に眩しく感じ、鴉夜はきつく目を閉じた。やがて泥のような眠気がやってきた。

闇の中でもなお、天地が回り続けていた。

7

目を覚ます。

どのくらい経ったのか。行燈はいまだ煌々《こうこう》と地下の部屋を照らしている。不思議だった。蜜を塗られたのだから全身がべとついているはずだが、肌も髪も、何もなかったかのようにすべすべとしている。頭も嘘のように晴れやかだ。汗を吸った褥がじっとりと濡れており、それなら喉が渇いていてもおかしくないのだが、欠片もそんな気が起きなかった。

身を起こすと、大桶は空になっていた。腰かけで道満がうたた寝をしている。

「ドウ様」

呼びかけると、道満はすぐさま跳ね起き、鴉夜に近づいてきた。鴉夜の顎をつまみ、左右を向かせ、最後に正面からしげしげと眺めた。

「うむ。うまくいったようだ」

「私には、何が変わったのかわかりません」

「何も変わらなくしたのだから、わからぬのは当たり前だ」道満は長い安堵《あんど》の息を吐いた。「外はもう夜かな？　腹が減ったな」

「あ……何かおつくりします」

鴉夜は衣を着込み、輪堂の上へ出た。

丸一日地下にこもっていたようで、外はすでに日が傾いていた。通り雨が降ったらしく水たまりができ、黒竹の葉からは滴がぽたぽたと垂れていた。

小屋に戻ると、さっそく囲炉裏で火を起こし、鉤棒《かぎぼう》に水を汲んだ鍋をかけた。栃郎にもらった蕾の皮を剝《む》き、銀杏《いちょう》切りにし、塩と米とともに煮込む。待つ間に蕨《わらび》と茄子の漬物を切り、道満用に酒も出した。

煮立った汁を杓子《しゃくし》ですくい、味見をする。充分に冷まさず飲んだため、舌に熱さが走った。だが、気泡が弾けるような感覚が走ったかと思うと、すぐに痛みが消えた。気のせいだったかもしれない。

汁はいい味だった。鴉夜の腕は衰えていない。

椀に汁をよそったころ、地下の後片付けを終えた道満も戻ってくる。二人は囲炉裏を挟み、つつましやかな夕餉を始めた。

「本当に百年も生きられるのですか」

「もっとかもしれぬな」

「では、ドウ様と同じように修行ができますね」

「そうだな」

「ドウ様に負けぬような陰陽師になります」

「うん」

「妖をたくさん祓います。人をたくさん救います」

「楽しみだ」

活き活きと話す弟子と、穏やかに応える師。一年続いたひりつきが失せ、平凡な母娘《おやこ》のような時間が戻っていた。鴉夜は心が満ちるのを感じた。己の身体がどう変わったかよりも、これからも道満と暮らしていけることが嬉しい。

鴉夜は自分用に煮汁のおかわりをすくう。

「ドウ様が秘術を成したと知れば、安倍晴明《あべのはるあき》も驚くでしょうね」

「晴明？　あやつなどどうでもよい」

「……あの方に勝つためにやっていたのではないのですか？」

ではなぜ――と、鴉夜は顔を上げる。

道満は、座したまま眠っているような様子だった。目を虚ろに細め、唇は半ば開いている。秘術に取り組み出したあのときに似ていた。いまにも口から涎を垂らしそうだ。

だが垂れたのは、

細く赤い川だった。

道満の手から椀が滑り、黒い僧衣を煮汁が汚した。彼女は斧《おの》で伐《き》られた樹木のように、真横に倒れ込んだ。鴉夜は呆然とその一幕を眺めてから、ぎょっと我に返り、師に駆け寄った。

「ど、ドウ様?」

肩をつかみ、揺り動かす。赤い川の筋が二本に増える。

「毒、のようだ」

他人事《ひとごと》のように道満が言う。鴉夜の足元で、転げた椀が音を立てた。

煮汁――

ついさっき鴉夜がこしらえた、蕾の汁。

「そんな」

ありえない、と思った。葛葉村の栃郎の蕾だ。いつもと同じように分けてくれただけだ。毒など入っているわけが。

――兆しは細部に潜んでいる。

昨日の蕾は花菱模様の布にくるまれていた。

栃郎の作物は、いつもなら簡素な麻紐でくくられている。百姓の彼にあのような都風の布を買う金があるだろうか。都風の、布――〝都じゃ賀茂一族の陰陽師が凄腕だって聞きますが〟。栃郎は平安京の噂に詳しかった。都に伝手《つて》があるのだ。安倍晴明が力を蓄えつつある、都に。

――名を刻む陰陽師は、この世に私ひとりでよい。

鴉夜が何か言うより先に、道満がうなずく。

「そうだな。大方、晴明であろう」道満はかすれ声で言ってから、「あやつめ」

どこか敵を讃《たた》えるように、口の端を曲げた。顔色は蒼白に変わり、額に玉の汗が浮かび始めている。

安倍晴明。渦巻く瞳に貪欲な野望と、無尽の才を秘めた男。都を統べる下ごしらえとして、自身と並びうるただひとりの陰陽師を、消しておこうと――。昨日の栃郎は少し様子がおかしかった。あの下男の少年のように。晴明が栃郎を脅し、毒を盛った。道満がそれを、口に。

いや――私が。

私がその毒を受け取った。

私がその毒で汁を作った。

私が師匠に毒を飲ませた。

私は、兆しを見過ごした。

「ど、毒なはずがありません」鴉夜はかぶりを振った。「私も汁を飲みました。味見だってしました。このとおり何も変わりません。ドウ様はきっと疲れが出たのです。しばらく横になれば」

「おまえが無事なのはな、鴉夜――おまえが〈不死〉になったからだ」

その名を聞かされたのは、このときが初めてだった。

荒波しぶく鴉夜の胸に突如凪《なぎ》が訪れ、石が投げ込まれたように、ゆっくりと波紋が広がった。

「フ、シ」

「百年生きる身体と言うたが――あれは嘘だ」

「嘘……? では、私は……」

「鴉夜」道満は、血に染まった歯をむき出した。「おまえは、決して死なぬ」

くけけけけけけけけけけ。

かん高い笑い声が、狭い小屋の中にこだまする。

一年ぶりに聞く、蘆屋道満という女の、大陰陽師にして大悪人の、人を騙くらかしたときの笑い声だった。

くけけけけ。くけけけけ。溜まっていた鬱憤を晴らすように道満は笑い続け、やがてひどく咳《せ》き込んだ。痰《たん》まじりの血が吐き出され、鴉夜の着物を汚した。鴉夜は理解が及ばず、何も言い返せぬまま、ただ呆然としていた。

ゼゼエと浅く息をしながら、道満は続ける。

「鵺夜。私が死んだら――輪堂の地下を、埋めてくれ」

「し、死ぬなどと何を」

「頼む」

「わ、わかりました。わかりましたから」

すがりつこうとする道満から離れ、鵺夜は薬棚に向かった。毒の種類はわからぬが、血《ち》止草《どめぐさ》と竜胆《りんどう》なら効くはず。きっとまだ助けられる。

「もうひとつ――言わねばならぬことがある」

「喋らないでください、いま薬を」

「私が月から来たという話――あれも嘘だ」

鵺夜から、涙とともに笑みがこぼれた。この期に及び何を言いだすかと思えば。

「とうに知っています。月に都などあるわけが――」

「私は八十万三千年後から来た」

鵺夜は手を止め、道満を振り返った。

胡桃色の癖毛と淡い空色の目を持つ女が、倒れ伏したまま鵺夜を見ている。一言ずつ、絞り出すように女は語る。

「遥《はる》か未来、人類は——地上の支配者、イーロイと、地底の捕食者、モーロックの、二族に分かれ——永い永い、戦を行う。そして、共に滅ぶ。私は、イーロイ族の——末裔《まつえい》だった。戦乱から逃れるさ中、出会った女に——船を与えられた。それは、時を旅する船だった」

舌を動かすだけでつらいのか、顎が震えている。しかし道満は話し続ける。

「私は、時を漂い、この国の——この時代に、流れ着いた。船は、壊れてしまった。なぜここに着いたかは、わからなかったし——意味などないと、思っていた。だが——意味は、あった」

すべては輪《まわ》るのだ、鴉夜。

道満はそう言って、片手を伸ばす。

吸い寄せられるように、鴉夜は道満の横に座した。この国の誰とも似つかぬ真っ白な手が、濡羽色の髪に触れた。指先がいつものように、柔らかに毛を梳いた。

「なぜ私が選ばれたのか、ずっと悩んでいた——何かここで、為すべき大事が、あるのではないかと——しかし、そうでは、なかった——私は主役ではない。ただ、悪を為す。身《み》儘《まま》にふるまい、情念に生き、か弱き娘を陥れる——それでよかったのだ。主役は、その、娘だ」

手は鴉夜の髪を這い上る。冷たい手のひらと熱い頬が、吸いつき合う。

「私のせいで貴方が死ぬのが、ずっと許せなかった」

女は菩薩のように微笑み、

「私は辻褄《つじつま》を合わせました。あとは、貴方の心のままに」

手が、鴉夜の膝の上に落ちた。

ドウ様——と呼びかける。

一度だけだ。何度も呼ぶような真似はしなかった。旅立った者は決して戻らぬことを少女は知っていた。あの軽命《かりのち》でそれを学んだ。

冷たさが残る頬を、涙が伝い落ちる。肩が震えだし、獣じみた嗚咽《おえつ》が漏れた。

夜が、過ぎてゆく。

酉《とり》の刻《こく》から戌《いぬ》の刻にかけて、鴉夜はひたすらに泣きはらした。

亥《い》の刻のころ。あとを追おうと思い立ち、残った煮汁を飲みほした。

子《ね》の刻のころ。梁に縄をかけ、首を吊った。

丑《うし》の刻のころ。炊事用の小刀を自らの首に突き立てた。壮絶な痛みで意識が飛び、とう
とう死ねたと思った。そのすぐあとに、何ごともなく起き上がった。

何度も何度も、刺した。死に物狂いで刺し続けた。涙はいつまでも流れるのに、血は一滴も床を汚さなかった。垂れたそばから鴉夜の中に舞い戻った。まるで慈石が引かれ合う

ように。

寅《とら》の刻から先は、ただ道満の横に伏し、死んだようにぼんやりとしていた。ときおり自分の身体のことや、安倍晴明のことや、道満が語ったよくわからぬ話のことを考えた。

庭に出たときには、東の空が明るくなっていた。

大地が、回っている——以前道満に教えられたことが、初めて理解できた気がした。星は回る。輪堂に掘り込まれた車輪に朝日があたっている。雨を降らし終えた雲がどこかへ流れ去ってゆく。虫が草を喰み、その虫を鴉が喰む。すべてのものは回っている。

喉が渇いた、という感覚がいまだにない。だが一晩中むせび泣いたのだから、飲んだほうがよいのだろう。鴉夜はふらふらと、川から引いている水汲み場に近づいた。水面を覗き込んだとき、そこに映る己の顔が見えた。

瞳が吸い込まれるような紫色に変わっていた。


少女は平凡だった。

世界を救おうとしたわけではなかった。世界を統べようとしたわけでもなかった。誰かを追いかけようとしたわけでも、誰かの身代わりになったわけでもなかった。真理の探求を目指したわけでも、無限の悦楽を欲したわけでも、永遠の罰を望んだわけでもなかった。大病を患っていたわけでも、ひどく飢えていたわけでも、重傷を負っていたわけでも、殺されかけていたわけでもなかった。何ひとつ呪っておらず、何ひとつ歪んでおらず、いかなる類《たぐい》の宿業も負わず、逸脱した才も持たず、焦がれるような恋も知らず、貫き通す信念もなく、山奥の小屋の中で、つつましくおとなしく生きながら、誰もが一度はそう願うように、死ぬのはいやだな、となんとなく思っていた。そんな十四歳の、少女だった。

ただ少女の隣には、蘆屋道満という名の女がおり。

その女の身勝手に巻き込まれ、少女は不死の怪物となった。

輪堂鴉夜はこうして生まれた。

8

蘆屋道満に関して、明治期にはわずかな資料しか残っていない。

『今昔物語集』には法力をもって海賊を捕らえた記述が見られ、播磨国の地誌『峯相記《ほうそうき》』には「晴明《はるあき》・道満」の二名について「一双の陰陽の逸物」、つまり両者が肩を並べる存在であったと書かれている。平安中期の女性貴族・高階光子《たかしなみつこ》の日記には天暦二年三月の訪問者に「僧道満」とあり、この年に都に現れたことがわかっている。

だがその後、一時的に一切の記録が途絶える。

再び記録に現れるのは、十七年後。

この出来事は当時の陰陽寮学生《がくしょう》・賀茂光栄《みつよし》の日記に最も詳しい。

九六五年——康保二年のこと。得業生の身でありながら陰陽頭をも凌《しの》ぐと言われ、都に名を轟かせていた安倍晴明は、帝の命を受け、南唐へ三年の留学をした。その間、蘆屋道満が都に戻ってきた。光栄の日記によれば、道満は「見目、聞き及びたる人言《ひとごと》と異なり」「うら若き女子《おなご》の姿に化して」現れたそうである。

道満は土御門の晴明の屋敷へ出入りし、まず彼の若き妻・梨花《りか》を身も心も虜《とりこ》にした。蔵に所蔵されていた秘伝書を強奪し、「怪しげなる外術」を用い、帰国した晴明を殺害。都を去っていった——とある。後世に成立した『古事談』、『宇治拾遺物語』、『十訓抄《じっきんしょう》』などにも同様の事件の記述が見られる。

将来を約束された天才陰陽師、安倍晴明。彼は大初位・得業生という道半ばにして命を落とし、生涯をかけ達成されるはずだった数々の偉業も歴史の狭間にかき消えた。蘆屋道満が悪逆非道として都の民から誹《そし》られたことは言うまでもない。

五条河原に埋葬された晴明の塚は、十年後の山城・近江地震によって消失している。

現在、明治の世に、安倍晴明と蘆屋道満の名を知る者はほとんどいない。陰陽師という職業の存在を知る者すら限られる。英雄の座が空席となり、知るきっかけが失われたからだ。ただいくつかの浄瑠璃に、賀茂忠行・保憲の親子が登場するのみである。

文字としての記録はないが、播磨国の各地には蘆屋道満（道摩《どうま》法師なる変名も見られる）にまつわる口伝や童歌《わらべうた》が残っている。その多くが怪物を祓った功績を讃えるものであるが、江戸時代の国学者・塙保己一《はなわほきいち》は「信に至らず」と断じている。各伝承の成立時期をまとめたところ、道満の活動期間が百年以上に及んだというのだ。

蘆屋道満がいつまで生きたかは、誰も知らない。

＊人言……うわさ話。

鬼人芸

1

「『酔っ払いの戯言《ざれごと》と聞き流してやっておったが、先ほどから無礼がすぎるぞ。お主、この大小が目に入らぬか』『えぇなんだって？』『この二本の刀が目に入らぬかと聞いておる』『目に入るかってェ？　入るわけあっかいそんなもん、んなもん入ったらおれぁ見世物に出てらぁ。二本差しが怖くて焼き豆腐が食えるかってんだ、刺さってんのが偉いなら鰻のほうがよっぽど偉《えれ》ェや四本も五本も刺さってんだから』あイテっ！」

脳天に拳を食らい、見せ場の長口上が途切れた。

涙でかすんだ目に、酒を呷《あお》る隊長の姿が映る。手の甲で拭った口にはあきれ笑いが浮かんでいる。荒屋《あばらや》苦楽《くらく》の一撃は戯れでも容赦がない。

「いい加減口ぃ閉じろ、津軽」

「こっからがいいとこなんですよぉ。酔っ払いの男が首を斬られたことに気づかないまま品川まで歩いて」

「『首提灯《くびぢょうちん》』くれぇ知ってるよ。名人はもっとさりげなくやるもんだ、おめぇの芸はどうも大げさでいけねぇ」

「首、きれたまま、歩くか？　その話、うそね」

伸脚運動しながら聞いていた黄狐《おうこ》が、片言で文句をつける。火沙《ひさ》は頬を緩めており、いつもより噺を楽しんだ様子だ。

「酔っ払いとお侍だなんて、隊長と副長みたいですわね」

「貴様らの首も斬ってみようか」

鈍重郎《どんじゅうろう》が冷ややかに言い、刀の鯉口を切った。「まあ怖い」と火沙がけらけら笑い、苦楽もそこに乗っかる。

「見ろ津軽、おめえよりドンのほうがウケてらぁ」

「副長と比べられちゃ敵《かな》わないなぁ芸風が違うもの」

「黙って待てぬのか貴様ら。隊長も飲みすぎです、こんなときくらい――」

「来やした」

双眼鏡を覗いていた座々丸《ざざまる》が言う。

全員が一斉に、無駄口をやめた。

鈍重郎は柄に手をかけ、火沙は武器を肩に担ぎ、黄狐は服の袖をまくる。苦楽は名残惜しそうに、酒の入った愛用の瓢簞《ひょうたん》を腰に結び直す。津軽は座々丸の隣へ行き、岩からひょいと顔を出した。

奈良と和歌山の県境に横たわる果無山脈《はてなし》——その最高峰、冷水山《ひやみずやま》。六人が隠れているのは、山裾の苔むした岩の陰である。標高一千二百メートルに及ぶ冷水山の頂は、いま、中腹からもうもうと立ち上る灰煙に呑まれつつある。

山火事ではない。

座々丸が数ヵ所に仕掛けた燻蒸丸《くんじょうがん》だ。二時間ほど前から燻し始め、すでに山全体が覆われ、においを嫌った鹿や狐《きつね》がふもとのほうへ逃げ始めている。その姿を見かけるたび、津軽は「ちょいとごめんよ」と念じていた。煙の効果は半日程度、夕方には彼らも棲処《すみか》へ戻れるはずだ。自分たちの仕事が首尾よく済めば。

どっ。

煙に隠れた七合目付近から、音が聞こえた。

どっ——どっ——どっ。

雪崩《なだれ》や地滑りを彷彿《ほうふつ》とさせる、重々しく不吉な音だ。

山林の中で数本の木が、ゆっくりと傾きながら倒れた。鳥が羽ばたくようにバサバサと葉が散る。破壊とともに、不吉な音も少しずつこちらへ迫ってくる。津軽たちは眉ひとつ動かさず待ち構える。

どっ——どっ——どっ。

どうっ。

まるで質量があるかのように、前方で煙が爆《は》ぜた。

背後に雲を引きながら、巨軀《きょく》の異形が姿を現す。異臭で混乱しているのか侵入者たちに怒っているのか、猛烈な勢いで斜面を下ってくる。

それは猪《いのしし》に似た巨大な顔を持つ生物だった。〝胴〟と呼べる部位がほとんどなく、通常の獣とはまったく異なる進化を遂げたことがわかる。けばだった朽葉色の毛皮をまとい、獅子《しし》のごとく裂けた口に上向きの二本の牙、赤く燃え盛る眼球がひとつ。体の左右から狒々《ひひ》じみた五本指の両腕を生やし、そして、一本足だった。どっ、という音の正体は、たった一本で巨重を支える筋肉質なその足が土を踏みしめ、跳ねる際の移動音か。

〈一本だたら〉という名に分類される、怪物である。

直後、山の主《ぬし》に追従するように、煙の中から四体の毛玉が転がり出た。

土埃《つちぼこり》を撒き上げ樹木にぶつかり、岩や段差で跳ねながら、なおも加速を続けている。どっ。どっ。どっ――音の正体は一本だたらだけでなく、この毛玉たちの転がる音でもあった。直径は大人の身長程度。よく見るとそれは、手足を抱え込んだ単眼の奇獣である。

津軽は西洋の荒野にいるという狁狳《アルマジロ》なる動物のことを思い出した。

「あれぇ？　一本だたらと……あれ？」

「一匹じゃないわ！」

「報告と違うな」

「うしろ、いる、何?」

「ありゃ〈土転び〉ですね」

「近畿にも分布してたのか」苦楽が、億劫《おっくう》そうに立ち上がる。「ザザ、左右から追い込め。本丸はおれとドンでやる。若手どもは土転びを。動きぃ止めてから仕留めろ」

指示を受け、全員が岩陰から動きだす。

今日の仕事が、始まった。

「フへ、無茶言うなァ」

ボサボサ頭に包帯じみた布を巻いた、眉のない、すきっ歯の男——座々丸が、手近な木をかけ上る。四肢を柔軟に駆使する、猿のような身のこなしだ。

すぐに、樹上から二方向へ矢が放たれた。

鏃《やじり》は殺傷目的の鉄鏃《てつぞく》ではなく、翡翠《ひすい》に複数の穴を穿《うが》った特別なものだ。矢は密集した枝と枝との合間を正確にくぐり、山肌に露出した岩にあたり、かすれた口笛のような反響を奏でる。座々丸考案の〝蟬鏑《せみかぶら》〟。人の耳には聞き取れぬ、高い音域の不協音を放つ。

座々丸は元山賊である。木曽山脈を根城とし、たったひとりで開拓団と渡り合っていた過去を持つ。毒、薬草、野矢、狩猟、登攀《とうはん》、野営、罠《わな》作り。山のすべてに精通している。

散らばろうとしていた怪物たちが、音の壁に阻まれたことでわずかに進路を変えた。集約された進路の先には津軽たちがおり、その背後には平原がある。

苦楽はすでに平原へと走りだしている。どうっ。一本だたらが津軽たちの頭上を踏み越え、鈍重郎がそれを追う。隊長と副長で挟み撃つ陣形だ。

残るは四体の土転び。どっ。どっ。どっ――緊急時、こうして転がり敵を押しつぶす習性なのだろう。圧殺兵器に等しい巨体が津軽たちへ迫る。

手前の一匹へ、茜色の影が躍り出た。

山姥《やまうば》じみた襤褸《ぼろぎ》着から生傷だらけの肌を大胆に覗かせ、きめ細やかな黒髪にしとやかな顔立ちをした、十九の娘だ。

「おぉおぉおぉ、らっっ!!」

その娘が、凶暴な笑みと粗暴な気合いとともに、己の上半身ほどもある大鉈《おおなた》を振るう。刃こぼれだらけの鉈は分厚い毛皮に深く食い込み、斬るのではなく肉を無理やりかき出すように、怪物の胴を裂いた。

斬撃軌道に沿って放射状に臓物が撒かれる。土転びは回転の勢いを残したまま近くの木に激突し、衝撃でさらに身体が裂け、鼓膜が破れそうな鳴き声があがる。体温を保った血液がプツプツと泡を立てつつ広がり、斜面を這い下りてゆく。

「あら、思いのほか華奢ですのね」

素手で鉈を拭いながら、火沙は涼しい顔をしている。

雅な言葉遣いの理由は、華族の子として生まれ三歳までよい暮らしをしていたからだ。

その後一家は没落し、巡り巡って阿蘇《あそ》山中の狩人《かりうど》たちに育てられたため、このようにちぐはぐな性分を得た。

二体目の土転びが迫る。地面を震わせながら、火沙の脇を転がり抜けようとする。

「火沙。隊長《タイチョ》、言《ゆ》たこと、聞いてた？」

――ずんっ。

異質な衝撃音が割り込み、急激に土転びの軌道が変わった。

「動き、止めなきゃよ」

中華服を着崩した短髪の少年が、体勢を崩しやすい真横から、背中と肘を同時にぶつけている。

長春《ちょうしゅん》八極拳、裡門頂肘《りもんちょうちゅう》。

踏み込みの威力を物語るように、少年の足元では土が爆ぜている。

十倍はくだらぬ体重差をものともせず、破城槌《はじょうつい》でも食らったかのように土転びが吹き飛ばされる。そちらには火沙の鉈が待ち受けていて、巨体が地面と接するころには、すでにとどめが刺されていた。

「いちいち聞いてられませんわ、あんな飲んだくれの指示」

「飲んだ、くれ？　何か、ほしい意味？」

黄狐は大陸生まれの混血児だ。拳法は祖父に習ったという。清《しん》国から日本へ流れ、高島炭鉱の飯場《はんば》で死にかけていたところを苦楽に拾われた。歳は十七、隊の中で最も若い。

どっ——火沙と黄狐の間を、三匹目の土転びが転がり抜ける。二人は動かず、にやにやと傍観している。

「津軽、何やるか、賭けるね」

「玉突きかしら」

「おしい」と、津軽は返した。「下からじゃ不利です。上を取らなきゃ」

片手では近くに転がっていた倒木を抱え、もう片手では、適当な長さに折った太い枝を握っている。

津軽は火沙のように愛用の武器があるわけでも、黄狐のように拳法を修めているわけでもない。体術はつけ焼き刃、流派はツギハギ、戦法は喧嘩。武器もありものを即席で使う。

真打津軽は不良品だ。

どっ——二間先で土転びが大きく跳ねる。ちょうどよい位置だった。津軽は目星をつけていた石の上に倒木を載せ、片方の端に、とんと立つ。

どうっ——巨体が、もう片方の端にのしかかり。

同時に津軽は、てこの力によって飛び上がった。

あきれ顔の火沙たちや木に登った座々丸の姿が、視界をかすめる。あっという間に樹冠の高さを越え、津軽は青空と濃緑の山麓を眺めた。いい景色だ。

「あっははは」

落下しながら、破顔する。屋形船で芸者とでも戯れているかのように、笑う。

身をひねり、着地点を調整。いましがた自分を飛ばした土転びの上にすとんと乗り、〝玉乗り〟の要領で足を動かした。枝に阻まれたり乗りそこねたりそもそも飛ばずに押しつぶされる可能性もあったが、津軽は考慮していなかった。こうなったら面白いだろうというほうに賭け、実際になった。

真打津軽は不良品だ。

ネジが、外れている。

おっとっと、とっ。両手で均衡を保ちつつ、足元に目をやる。土転びの頭部が通り過ぎる瞬間を見極め、体重を乗せて枝を突き刺す。ぐじゅ、と柔らかな感触があり、敵の防御体勢が崩れた。津軽は怪物と一緒に倒れ込み、勢いづいたままぼてぼてと斜面を転がり、ひっくり返ったまま木にぶつかった。

「あいたたた」

「こいつ、馬鹿ね」

「ほっときなさいな……わっ」

いつの間にか、四体目が間近に迫っていた。三人の若者の間を抜け、裾野へと転がってゆく。

おっといけねえ。津軽は立ち上がり、斜面を下った。見通しのよい草原では山の主たる一本だたらと、それを追う鈍重郎の姿が視認できた。

「すみませーん、一匹行きましたぁ」

「……っ、役立たずどもが」

津軽が声をかけると、鈍重郎は素早く振り向いた。

制動によって草鞋が土を削り、同時に鞘《さや》から『秋鋼《あきはがね》』が抜かれる。完全に停止するころにはすでに腰が落とされ、中段の構えが取られていた。まとっていた殺気が体内に凝縮されたかのように、男の身から存在感が消える。

副長の名は、榛《はしばみ》鈍重郎。

ならず者ばかりの隊の中で、彼だけは正当な地位を持つ士族だ。銀杏髷《いちょうまげ》に袴、腰の大小。帯刀禁止令が施行された当世ではほとんど見られなくなった、古風な出で立ちの侍である。歳は三十代、切れ長の目に痩せた身体つきをしている。

鈍重郎という名は、父がつけたのだという。

彼は尾張《おわり》で少しばかり名の知れた剣術一門の跡取りとして生まれた。その控えめな看板を背負うには、あまりにも才がありすぎた。嫉妬に狂った父は、息子の剣速が少しでも遅くなるよう神に願った。

回転を続ける土転びが、鈍重郎とすれ違う。

気合いも音も予備動作もなく、唐突に刀が揺らめき。

一呼吸遅れて、巨体が二つに分かれた。

ずり落ちた上半分が、勢いを残したまま地を滑る。断面を土とこするように停止し、染み出した血が静かに草を汚し始めた。火沙の一撃よりもはるかに深く、はるかに鋭い。

『首提灯』の一幕を見ているかのようだった。

言霊すら斬り捨てる、神速の剣である。

「……隊長ッ」

鈍重郎が背後へ叫ぶ。自分が本丸を削っておく段取りでしたが餓鬼どものヘマに対応したためそちらは間に合いませんあとはお願いします、そうした意味が込められた呼びかけだ。

「おーう」

草原の端に立った男は、ぞんざいに手を上げた。

荒屋苦楽。

齢《よわい》五十過ぎ。雑に結った白髪まじりの総髪と無精ひげ。左目を眼帯で覆い、右目には胡乱を宿し、着古した柚葉色《ゆずはいろ》の着物に愛用の酒瓢箪をぶらさげた、小汚い男。酔いが回っているのか、身体が微妙に揺れている。武器はない。津軽のように枝すら持っていない。

徒手空拳だ。

そんな男に、一本だたらが近づく。山の主の体軀は土転びよりもはるかに大きく、人間との差は二倍以上、口は扉のように広く足は丸太のごとく太い。どっ、どっ。その一本足が地を踏みしめ、草を散らす。苦楽の姿が巨体と重なり、見えなくなる――

直後、一本だたらの頭部が不自然な跳ね上がり方をした。

動力源は怪物の足ではなく、苦楽の右足だった。

真上に振り上げられた蹴りが、怪物の顎を砕いている。

苦楽は足を戻す勢いを利用し、前方に踏み込みながら拳打を放つ。風を切る大振りな拳ではなく、内に溜めた力を腕へ流し込むような最少挙動の打撃だ。

顎をかち上げられたことで一本だたらの足は伸びきっており、小さな人間の突き出した拳は、ちょうどその膝関節を捉えた。めきり、と、津軽たちの耳まで破壊音が届いた。

名人はもっとさりげなくやるもんだ。

たしかにこいつは名人芸だ、と津軽は思う。

距離が詰まった瞬間、滑るような歩法で獲物の下へ潜り込む。開口のために顎の力が緩められた一瞬を捉え、死角から防御不能の一撃を入れる。膝が伸びきると同時に追撃を放ち、移動手段を封殺。一手間違えば喰い殺されるその連携を、怪物相手に平然と行う。

苦楽の芸はまだ続く。

右の拳打と同時に、空いた左手を頭上へ伸ばしている。無害化した口から突き出ている牙をつかみ、引きつけながら身をひねる。

ずん――

巨体の倒れる音が草原を揺らした。

亀のように転がされても、一本だたらには防衛本能が残っている。汽車の車輪ほどもある両手が、死に物狂いで人間をつかみにかかる。苦楽は軽くいなしつつ、敵の側頭部から生える長く頑丈な毛をつかんだ。あとは縛法の実演だった。

津軽たちが追いつくころには、冷水山の主は顎と膝を砕かれた上、己自身の体毛によって両腕を拘束され、哀れにうめき続けていた。

鈍重郎が刀でとどめを刺した。酔っ払いの男はそれを見届けてから、ぱさついた前髪をかき上げ、また酒を飲んだ。途中で中身がなくなってしまったらしく、間抜けな顔で瓢簞の口を下から覗いた。

おぼつかなげに体を揺らしながら、口を開く。

「えーと、なんだっけ……あー点呼か。ドン」

「榛鈍重郎、故障なし」

明治三十年。

急速に近代化の道を歩む日本で、ひとつの計画が完了しつつあった。

「ザザぁ」

「へェ、おります」

重大指定害獣――〝怪物〟として分類されている規格外の生物たちを政府主導で撲滅し、国土平定と農地整備の推進を目的とする、大規模駆除計画。

「火沙」

「はいはい」

しかし先を行く欧米と異なり、発展途上のこの国には駆除のノウハウも費用もない。政策としての優先度も高いとはいえず、割ける資源は限られる。

「黄狐ぉ」

「いるね」

結果、単騎で異形に対処しうる無法者たちがかき集められ、非正規雇用の兵隊として、血みどろの仕事を担うこととなった。

「津軽は死んだか？」

「勝手に殺されちゃ困ります」

「おおそうか、くっちゃべってねえから死んだかと思った」

明治政府、農商務省、山林局、怪奇一掃特設隊。

通称《鬼殺し》。

「ようし、そいじゃ――帰って呑もう」

第六班、荒屋隊。

怪物殺しの専門集団である。

2

計画の立案はおよそ二十年前にさかのぼる。

発起人は政府要職のとある男だったが、立案の功績は彼の主だった仕事としては知られていない。男はほかにも数多の重要政策に関わっており、それらの輝きと比べれば、この計画はいかにも地味な、陰に隠れてしまう程度のものだったからだ。

たとえばその男は、〝東京を作った〟といわれている。

慶応四年、戊辰《ぼしん》戦争のさなか。天皇親政を整備する新政府内で、国の中枢を京都から一新するための奠都《てんと》計画が持ち上がっていた。江戸・大坂の二都市で奠都先の意見が割れる中、当時の太政官参与・大久保利通《としみち》は大坂奠都に前向きであった。その下地造りとなる天皇の大坂行幸に大久保が同行していた折、彼の宿に、ひとりの男が訪ねてきた。

江戸から来た役人だという。

一幕臣が参与に面会するなど、異例中の異例である。分不相応な客を怒鳴りつけてやるつもりだった大久保の奮気は、その男が入室するなり冷めてしまった。髪を七三に分け、純和風の平たい顔に、人好きのする柔和さをにこにこと貼りつけた男だった。

「大久保さん、帝都は江戸にするのがいいですよ」

「君たち江戸派の主張はわかっている。国土の中心に都を置けば地政学的に統治しやすいというのだろう。しかしね……」

「いやそうじゃない、そうじゃないんです。ほかの街にはないものが、江戸にだけはあるんですよ」

「なんだね」

「空き地です」

「空き地？」

「参勤交代なぞやってたせいで、江戸には大名屋敷がいくつもあるでしょ。幕府がなくなりゃ、あれがぜーんぶ空き地になりますね。議事堂も庁舎も裁判所も大学も、なんだって建て放題だ。大坂で土地を探すのは大変でしょう？　江戸は空っぽだ。空き地だらけだ。だから、帝都に向いてるんです」

「…………」

「ほらね大久保さん、江戸っきゃありませんよ」

男の名は、前島来輔《らいすけ》――のちの名を、前島密《ひそか》。

幼少より多くの学問を修めた、開成学校の元教師であった。

大久保は奠都先を江戸に決め、「東京」と改称。翌年、この前島を新政府民部省に招集する。前島はすぐさま頭角を現し、鉄道、海運、新聞、郵便といった近代化事業を推進してゆく。

明治十二年のある日。内務省山林局長・品川弥二郎の執務室に、ひょっこりと前島が現れた。このとき前島は四十五歳。内務少輔を務めながら勧農局長を兼任しており、開拓政策に口を出せる立場にあった。

「やあ品川君。いろいろ陳情を眺めてて思ったんだがね、田舎のほうにまだいる妖怪、ありゃいかんね。あいつらが邪魔するせいで開拓が進まないんだ。怪我人も多いようだしね」

「はあ……。怪物駆除ですか」この時代、異形種の名称は日本風の〝妖怪〟と英語のmonsterを訳した〝怪物〟が混在している。「各自治体で進めてはいますが」

「うん、だからね、それ中央でまとめちゃおう。一括でね、効率的にやろう効率的に」

「はあ」

「害獣駆除だから、君んとこの山林局、そっちのほうで組織を作ってさ。目撃例を集めて、指示を出して、派遣して、殺す。分布とか殺し方も共有してさ。二十年くらいかけりやひととおり片付けられると思うんだがね、僕は」

品川は難色を示した。念頭には噂に聞く怪物たちの手強さと、一昨年起きた西南戦争の混乱があった。

「上が首を振りますかね……。怪物を組織的に駆除するなら、武器と訓練した人間がいります。それこそ軍隊並みの規模でないと。いまは列強に負けぬよう国軍の土台固めに精一杯の状況です。怪物退治に割ける人手なんてありませんよ」

想定済みのように、前島は笑う。

「人が使えなきゃ化物にやらせよう」

「え？」

「さしあたり六匹、確保してるんだ」前島は一本ずつ指を曲げていく。「出羽の秘剣、大《だい》伽藍《がらん》流の拐塚凍土《さらいづかとうど》。蝦夷《えぞ》で暴れて捕まったアイヌの戦士フレカソヤ。京の女義賊・瑠璃《るり》天狗《てんぐ》に、駿河《するが》の極道・愛鷹爆千代《あしたかはぜちよ》。それから、化物殺しを生業にする古武術家の荒屋苦楽。元籬《まがき》水軍の大銛《もり》使い鱏三郎《えいざぶろう》の居所もつかんでる。こういう連中に部下をあてがえば大した金も人手も使わずに殺してくれると、僕は踏んでるんだがね」

「………」

「品川君、帯刀禁止令が出ただろ？　西南戦争も終わったね。巷《ちまた》にはくすぶった浪人とやさぐれた士族があふれてる」

「時代に捨てられた燃えカスどもだ、こういう危なっかしい連中を野放しにしちゃ犯罪が増えるだけさ。かといって突出しすぎて軍人にも向かんね。うちで飼いならしてさ、化物にぶつけてさ、駆除しちまえば一石二鳥だと、君はそう思わんかね」

「は、はい」

前島は机に手を置き、品川に顔を近づける。

「通称も決めてるんだ。〈怪奇一掃〉っていうんだよ」

品川はたくわえたひげの下で口をもごつかせ、思案した。性格は控えめだが固い意志を持つ男だった。彼は慎重に、八歳上の先輩を見つめた。

「前島さん、おたくの魂胆は読めてます。いま言ったのはみんな詭弁《きべん》でしょう」

「ん?」

「昔からあなたがこだわってることはひとつしかない。〝郵便〟だ。山奥に潜む怪物の情報を全国から集める……口で言うのは簡単だが、実現させるには国土全体を網羅するような郵便網が必要不可欠です。制度を作って八年経つがこの国の郵政はまだ甘い。その駆除計画が通れば、郵便拡充の材料のひとつにできる……違いますか」

前島密は柔和な目をさらに細め、笑う。

品川は寒気を覚えた。

東京を作った男——

海運も、鉄道も、新聞も、この男が進めてきた政策はすべて郵便と関係している。あるいは江戸奠都提言の裏にも、江戸からならば郵便網を敷きやすいという思惑があったのではないか。

この男は己の趣味のために、一国の歴史を動かしたのではないか。

「情報伝達の速さが国力を決めるんだよ、品川君」前島は穏やかに後輩の肩を叩いた。

「やるっきゃないだろ」

翌年一月。半年の準備期間を経て、山林局に怪奇一掃特設隊が設立された。

前島が声をかけた無頼漢たちが六つの班の長となり、中央との連絡員兼監視役として、役人たちが副長についた。各班の特色に合わせて部下が集められ、五～六人編成の小隊が組まれた。

品川の懸念に反し、隊員たちは従順だった。前科の帳消しや帯刀許可といった報労のせいでもあったが、それ以上に〝妖怪退治〟という目的が彼らを滾《たぎ》らせていた。燃えカスたちは強敵に飢えていた。日雇いにでも来たように、死と隣り合わせの仕事を受け入れた。

呑み屋で賭けでもするように、隊同士で討伐数を競っていった。

のちに内務省から農商務省が独立し、山林局もその下へ移る。

列強国には怪物おらぬ、並ぶためには我が国も――そうした精神性が広まり、〈怪奇一掃〉という標語も市井に浸透していった。前島の狙いどおり郵便網は国土の細部まで至った。当初六つだった班は徐々に増加し、十六の班が各地で駆除を行うようになった。

帝国憲法が発布され、衆議員選挙が実施され、日清戦争が起きたが、山奥を巡る隊員たちには関わりのないことだった。彼らは淡々と仕事を進めた。河童、雪人、夜叉《やしゃ》、土蜘蛛、精螻蛄《しょうけら》、管狐《くだぎつね》、海坊主、大蛇、化猫。国土に生き残っていた魑魅魍魎たちは、剣によって、毒によって、銃によって、拳によって、あるいは奇抜な独自武器によって、斬り殺され、挽《ひ》きつぶされ、撃ち殺されて根絶に向かった。生け捕りにされたごく一部のものも、大学の解剖室へ送られ切り刻まれた。

明治三十年。

怪奇一掃は完了しつつあった。

＊

三等郵便局の窓口では係員がうたた寝をしていた。

〈第六班〉宛の電報が届いていないか尋ね、それを待つ間、壁にかかった鏡をぼんやりと眺める。

薄汚れた紺の着物。ところどころ跳ねた黒い髪。鎖骨のあたりには先日の冷水山でこしらえた擦り傷が見えている。くまのついたような淀んだ印象の目は生まれつきだ。遊女からはよく色男だと囃《はや》されるが、それを真に受けるほど盆暗《ぼんくら》ではない。津軽は今年で二十三になる。ちょうど同い歳くらいの夫婦が、連れ添って隣の窓口に立っていた。愛想よく笑いかけると、二人はぎこちなく視線を交わし、逃げるように去っていった。

あいよ。どうも。電報は届いていた。津軽は内心で落胆する。次の仕事が待っているということだからだ。

生温かい陽気が早春を知らせている。瓦葺きに虫籠窓、中二階造りの古風な町家が並んだ通りを歩く。奈良県、五條新町。明治維新はこの町で起きた天誅組《てんちゅうぐみ》事件から始まったともいわれている。威勢のよい逸話だが三十年経てば熱も冷め、いまはのどかな宿場町でしかない。通りの向こうからは吉野川で遊ぶ子どもらのはしゃぎ声がよく聞こえた。

宿まで戻ると、隣の空き地に同僚たちの姿があった。

『秋鋼』を抜いた鈍重郎が、五歩ほどの距離を置いて、荒屋苦楽と対峙《たいじ》している。半身を引き、刀を肩に担ぐように持った右上段の構え。鈍重郎の流派では〝初霜《はっそう》〟と名付けられた初速重視の構えである。怪物とやり合うときのように、完全に殺気を消している。

苦楽は両手を垂らしたまま、いつものようにおぼつかなく立っている。そんな二人を、端に固まった火沙と黄狐と座々丸が楽しげに見物しているのだった。

酔っ払って機嫌がいいとき、苦楽はこうして隊員たちと試合を行う。相手や決め事は毎回変わる。おれは足しか使わねえから好きにかかってきていいぞ。全員対おれにしよう、林の中でおれから鉢巻きを取りゃ勝ちだ。サシでやろうか、真剣で斬りかかってきていい。

両者の間の緊張は本物で、津軽が見物に加わっても気にとめられた様子すらなかった。

鈍重郎は微動だにせず苦楽の隙を待っている。苦楽はおもむろに瓢箪を腰から取り、左へ放った。自然な動作の中に作為が透けていた。注意を引くための誘いだ。鈍重郎も見抜いており、つられない。

にらみ合いが続く。

空気が焦《じ》れ始めたころ、一匹の蜜蜂が両者の間を横切った。

刹那、苦楽の視線がそちらへそれる。

鈍重郎が動き、同時に刀が振り下ろされた。

だが、相手はわずかに速く動きだしていた。右足で斜め前に踏み込み、その足を軸に半身を切る。神速の斬撃が獲物を逃がす。

次の瞬間には両者の間合いが詰まり、鈍重郎の真横に苦楽が移動していた。

振り下ろされた刀の鍔《つば》を、苦楽の左手がつかんでいる。

「――ッ」

見えぬ何かに押されたように、突如、鈍重郎の身体が後ろへ崩れた。

侍はそのまま仰向けに倒れる。対応する暇もなく、刀を握ったほうの手首を苦楽の足がそっと踏んだ。実戦ならば勝負がついている。

「浅山一伝流の技だ」

苦楽は見物席の津軽たちへ言った。

「肝はおれが刀を押さえたときだ。こいつは馬鹿正直だから振り払うために腕を持ち上げた。おれは逆らわず同じ方向にひっぱり上げてやった。予想してた抵抗がねぇから体がつんのめる。あとは足をかけてやる。どんなデカブツでも倒せらぁな」

土を払いつつ、副長が立ち上がる。『秋鋼』を鞘に収め、無言で頭を下げた。悔しさは表に出ていない。苦楽のほうが格上であることは、これまでの経験から彼自身が認めている。

鈍重郎は剣の道において間違いなく傑出者だ。剣速のみでいえば総隊長の拐塚凍土にも比肩するだろう。

荒屋苦楽はその天才を、無刀のままにもてあそぶ。

「最初の踏み込み……なぜ先《せん》を取れたのですか」

「虫が来るのを知ってたんだよ」

「馬鹿な。虫を操れるはずが」

苦楽は先ほど捨てた瓢簞を拾い、鈍重郎に投げ渡す。

半分ほど溶けた飴玉が、瓢箪の底にくっついていた。

「手の中で溶かして、瓢箪の底にへばりつけといた。季節は春、空き地の向こうにゃ雑木林がある。しばらく待ってりゃ飛んでくるさ。あとはわざとらしく目をそらして、正直者がひっかかるのを待つ」

「……子どもの喧嘩だ」

「ならおめえは子どもに負けたってことだな」苦楽は瓢箪を取り返した。「浅山一伝流にや倒れてからの対処もあるが、背中が汚れるから今日はやめとく。対上段の無刀取りならほかの流派にも手軽なのがある。たとえば高木楊心流の――」

酒を呷りながら苦楽は饒舌に語る。飲んでいないと手が震え、足がもつれ、語りも支離滅裂になる。もはや病のたぐいだろう。

出身は日向国《ひゅうがのくに》、武術一門の末裔だが流派に名はなく、あえてつけるなら〝貧乏護身〟。武器すら買えぬ庶民たちにごった煮の体術を教えていたが、道場だけでは食っていけず祖父の代から化物殺しを請け負っていたという。〈怪奇一掃〉を個人で勝手に行っていたようなものなのだから、あきれてしまう。

火沙が肩をすくめた。

「意味ありますの、これ？　怪物は刀を持っていませんわ」

「人間同士でやることだってあるだろうよ」

「足、動き、蟷螂《とうろう》拳、似てた。どち、強い？」

「どれが強いかなんて知らねーよ。いいとこ取りで使い分けろ。生き残ったやつが強い」

通常、対人間用の武術で多様な姿の怪物と渡り合うのは難しい。苦楽はその差異を、膨大な技の選択と連携によって埋めている。津軽は苦楽の実力について考えるとき、花札のイカサマを連想する。袖に札を隠し持ち、素早く入れ替え、最強の役に仕立てる。

「京橋から電報がきてましたよ」

封筒を振ると、鈍重郎にかすめ取られた。

「津軽、また勝手に……。伝令は私が行うと言っているだろう。貴様らは人前に出るな」

「津軽や座々丸、見るからに堅気じゃありませんものね」

一番まずいのは火沙さんですよ、とは言わずにおいた。本人は気にしていないが、裾の短い襤褸着は見慣れていても刺激が強い。

「で、次はどこだ」苦楽が尋ねる。「たまには海でも行きてぇもんだ」

「あっしは山がいいですねェ」

「東京《トウキヨ》、戻って、休みたいね」

「目黒でサンマが食べたいな」

「岩手ですね。〈鬼〉の目撃例があるそうです」

軽口を叩いていた隊員たちの顔に、翳《かげ》りが差した。

「鬼、ってあの鬼？」火沙がつぶやく。「まだ生き残ってましたの？」

島国である日本には独自の進化を遂げた固有の怪物が多いが、中でもとりわけ希少な一種が存在する。

「ボク、知らないね。ザザさん、それ、強い？」

「あっしも実物は見たことねェです」

その生物はあらゆる怪物の中で最も強く、原初の時代から人類を脅かしてきたといわれている。

その生物に与えられた短く単純な名称は、本能の最奥に刻まれた恐怖そのものに由来している。

陰《おぬ》──正体のわからぬ、この世ならざるもの。

転じて、〈鬼〉。

彼らは個性的である。原色の体皮に耳障りなうなり声。牙や角を持つ個体もいる。

彼らは平等主義である。人も獣も怪物も分け隔てなく襲い、肉を食らう。

彼らは純粋無垢《むく》である。人型の怪物には人語を解す種も多いが、鬼には知性がない。欲望と本能のままに眠り、動き、暴れる。

そして何よりも、彼らは力自慢だ。他の生物を圧倒する筋組織の密度と膂力《りょりょく》。一説によれば、欧米の吸血鬼に備わる再生能力すら打ち消すといわれている。

全異形の代表格にして、代名詞。

そもそも津軽たち特設隊の通称も、そこになぞらえた《鬼殺し》である。

「鬼にゃ飛び度具のほうが有利だ。切星彩蔵《きりほしさいぞう》をいかせろよ」

「十一班切星隊は四国にて化獺《カボン》に対応しており、手が離せぬそうです」

「まいったな、どうも」

知性がないことは鬼にとって弱点でもある。

三百年前に銃が伝来したことで、人と鬼の関係は転機を迎えた。山中で罠にかけた個体を、安全圏から撃ち殺す。方法が確立してしまえば広まるのはあっという間だ。江戸期に鬼の駆除は一気に進み、〈怪奇一掃〉が始まった時点ですでに〝絶滅種〟とみなされていた――はずだったのだが。

その鬼が、まだ生きているという。

「あたくし見てみたいなあ」津軽が沈黙を裂いた。「上方に『鬼の面』って噺がありましてね、本物はどういう面《つら》をしてるのか一度拝んでみたかったんです。ちなみに『鬼の面』ってなぁ人情噺で大阪で奉公人をしてる女の子が」

「あーうるせえうるせえ」苦楽にさえぎられた。「おめーはほんとに怖いもん知らずというか考えなしというか」

きゅぽん、と音を鳴らして苦楽はまた酒を飲む。隊員たちを見回し、耳の裏をかきながら言った。

「ま、命令だしな。とりあえず行ってみるか」

いつもの調子で、話が決まった。

3

役人とはいえ実態は傭兵、《鬼殺し》の仕事は薄給にして待遇劣悪である。

東京へ戻った津軽たちは、京橋の農商務省庁舎に寄って報告を済ませ、その日のうちに上野駅から青森行きの汽車に乗った。

握り飯をかじる家族や出稼ぎを終えた男たちにまじり、下等車の片隅に陣取る。立ちっぱなしの母子がいたので津軽は子を膝に乗せてやり、歌と百面相であやした。母親の顔は険しかったが子はけらけらとよく笑った。

明治十四年に発足した日本鉄道は、新政府の援助のもと短期間のうちに線路を拡張し、現在は上野から青森までをつなげる一大路線となっている。蒸気機関の駆動音とともに、排気で煙る車窓の外を田畑が走り去ってゆく。西欧を必死に追いかけるこの国そのものを見ているようであり、人という種が持つ底力を見ているかのようでもあった。

二十年前は夢物語だった光景が、実現している。

未開の地とともに、そこに潜む怪物も消えつつある。

生き残ったやつが強い——

「隊長。怪奇一掃が終わったら、あたくしたちってどうなるんでしょう」

深夜。旅客たちが眠る車内で、津軽は苦楽に話しかけた。苦楽は起きていたらしく、目をつぶったまま答えた。

「んなこたぁ終わらせてから考えろ」

岩沼、増田、長町、仙台——汽車は夜通し走り続け、真新しい四十以上の駅を経て岩手県に入る。花泉、一ノ関、前沢、水沢——丸一日列車に揺られ、一行は花巻駅で下車した。そこからさらに猿ヶ石川沿いの旧街道をたどり、北上山地に踏み入る。

日暮れが近づいたころ、目的地に着いた。

岩手県、上閉伊《かみへい》郡、遠野町。

北上山地最大の盆地に築かれた、人口二万五千ほどの町である。四方を深い山に囲まれ、怪物の出没例も全国屈指の多さと聞く。山間《やまあい》から吹き込む風と、出処《でどころ》の知れぬ鳥の声。鬼が生き残っているという話もあながちデマではない——そう思わせる風土が、たしかにあった。

谷底平野から町の南側を望むと、予感はさらに強まった。津軽たちはしばし黙し、夕空の下半分を隠す黒い影と対峙した。

「報告があったのは、正面のあの山です」鈍重郎が言う。「二郷山《ふたごうやま》と呼ばれています」

左右の兄弟と肩を組みどっしりとあぐらをかいている——そんな印象の、腰の太い山だった。特徴的なのは露岩が目立つ山頂部で、峰が二又に分かれている。「猫耳山とも呼ばれているそうです」と鈍重郎が蛇足を加える。なるほど峰を耳に見立てれば猫に似ている。だが津軽は、別の生物を連想した。

「鬼の角にも見えますね」

同意が返らぬのは、全員が同じことを思っている証《あか》しだ。

陽が沈むに連れ、山岳はどす黒さを増してゆく。津軽たちの存在を察した山が威嚇を放っているかのようでもあった。背後では町の明かりが灯り始めている。その目と鼻の先に、人を拒む魔境がある。

座々丸が鼻を鳴らした。

「どうしたザザ」

「どうも妙な感じがしやす。山ん中に何かいるみてェな」

「鬼か」

「さァ……もっとやばいもんかもしれやせん」

「鬼よりも？　そんなものっていますの？　鬼が一番強いのでしょう？」

「殺し方を知ってりゃ、人間のほうが強い」苦楽が言った。「まあ気ぃつけとくか。明日から捜索に入る。今夜ぐれえは酒でも呑んでゆっくり寝よう」

「隊長《タイチョ》、呑んでる、いつもね」

町の通りには商店が並び、土蔵を備えた家もちらほらとあった。交通の要所としての歴史がうかがえたが、十年後には鉄道が通る町に客を奪われているのではないか。津軽たちと同じ、取り残されつつある町だった。野良犬が側溝の水を舐めていた。土産物屋の軒先では、眼鏡をかけた若者がじっとこけしを見比べていた。

川沿いの〈高善旅館〉という宿で部屋を取り（山林局には予算がないので大抵は一部屋だ）、温泉につかり、山菜と芋煮汁の飯を食った。旅人に慣れた中居はやくざ風の六人にも怯えず、酌や配膳を手際よくこなした。

苦楽は早々に酔いつぶれ、いびきをかき始めた。こんなときでも職務を忘れぬのはやはり副長の鈍重郎である。東京の話などで打ち解けたあと、さりげなく中居に水を向けた。

このあたりの山は壮麗ですね。二郷山に鬼が出ると聞きましたが。本当ですか？

ところが。

「出なくなった？」

「ええ。二月《ふたつき》くらい前までは、猟師さんが喰われかけたとか、牧場の牛《べこ》が襲われたとか、あったんすけどもね。最近は、とんと」

「……どういうことだ。棲処を変えたのか？」

「自然死かもしれやせん」

「鬼、冬、寝る？　でも、もう春ね」

「襲うのに飽きたんじゃないかしら」

「ほかの誰かに狩られちまった、とか」

苦楽を除く面々が予想を口にする。中居は気楽に笑った。

「わかんねすけど、出なくなったなら安心ですわぁ。政府のお役人さんたち来て、退治してくれたんかも。ちょっと前から、おら所《ほ》に、帝大の学生さんっちゅう人が泊まってらして。鬼んこと相談したら、官庁に投書をしますって言うてくれたんす」

鈍重郎は咳払いをし、若手組はにやにやと視線を交わした。目の前にいるのがその役人たちだとは夢にも思うまい。


深夜過ぎ、津軽は目を覚ました。

寝床があろうとなかろうと、隊員たちの寝方は雑魚寝と決まっている。高いびきをかく苦楽、布団を蹴っとばした黄狐、刀を握ったまま壁際で座すように眠る鈍重郎。

ひとりだけ、起きている者がいた。火沙が窓がまちに頬杖をつき、じっと外を眺めている。

「火沙さん、お乳がこぼれてますよ」

まだ中身の残っていた徳利《とっくり》を手に、津軽も窓辺に座った。いつもならにらみのひとつでも飛ばしてくるのだが、火沙は黙ったまま胸元を直した。月に照らされた横顔からはいつもの野性味が消えている。

短い沈黙のあと、火沙が言葉をこぼした。

「あなた昨日、隊長に、怪奇一掃が済んだらどうなるって尋ねていたでしょう」

「そうでしたっけ」

「特設隊は解散でしょうね」

「清々するってなもんです」

「そのあとは……私、何をすればいいのかしら」

火沙の問いは津軽へではなく、夜の闇へ向けて発された。

「秘壺《ひつぼ》さんが死んだときのこと、覚えてる？」

「そりゃもちろん」

洞柿《ほらがき》秘壺は二年前まで六番隊にいた古株だった。広島で雷獣《らいじゅう》の群れを駆除した折、火沙をかばって死んだ。穴を埋める形で加入したのが黄狐だ。津軽たちは別の場所で交戦していたため間に合わず、看取《みと》ったのは火沙だけだった。

「あの人ね、悪くない死に方ができるって笑ってらしたの」

「秘壺の姉御らしいや」

「私が自分を責めぬようにそう言ったのだと思っていた。でもいまは、本心だったんじゃないかと思う。秘壺さんがうらやましいの。……私もどこかで、あんな死に方がしたい」

このあとしたいことなんて、何もないもの。

隣にいる津軽にだけ聞こえるような小声で、火沙はつけ加えた。津軽は徳利にじかに口をつけ、すっかり冷めた酒を飲む。

「死なれちゃ困るなあ、お客が減るもの」

「お客？」

「あたくし、隊が解散したら浅草で寄席に出ようと思ってんです」

「……津軽の芸じゃ、さぞかし笑えないでしょうね」

「ですから火沙さんたちにサクラを頼むんですよ。それまでは生きててもらわなきゃ。隊長だって言ってたじゃないですか、生き残ったやつが強いって」

徳利を揺らし酒をちゃぷちゃぷと鳴らしながら、津軽は笑う。竹を割ったような悩み知らずの与太者の笑みをあえて作る。つられたように、火沙も頬から力を抜いた。

「そうね……女に戻って、黄狐とくっつくのもいいかもしれない」

「なんで黄狐さん？」

「消去法ですわ」

「あたくしは」

「だから消去法ですわ」

手厳しい。

4

翌朝。雉鳩《きじばと》の鳴き声とともに、津軽たちはのそのそと寝床を這い出た。苦楽は二日酔いで頭が痛え明日にしようと駄々をこねたが、毎度のことなので鈍重郎に布団をはがされた。窓の外はうららかな晴天、畳のへりには吹き込んだ藤の花弁が散っている。登山日和であり、鬼退治日和でもある。

出発した一行は、昨日と同じように二郷山の裾野に立った。広げた地図を六人で囲む。座々丸が地元民に山道のことを聞き、昨夜のうちに経路を詰め終えている。

短い相談のあと、苦楽が手を叩いた。

「よし、三手に分かれる。ザザと黄狐、ドンと火沙、おれと津軽。糞に足跡に食い残し、なんでもいいから痕跡を探せ。今日はとりあえず〝いる〟かどうかの確認だけだ、見つけても深追いはすんな。何かあったら笛を鳴らせ」

はい、ヘイ、はーい、うん、はいな。津軽たちはいつものように応じ、横並びで山へと歩きだす。被害が途絶えたという話を聞き、緊張感は薄らいでいる。一晩休んだことで足も軽い。いつもより楽な仕事かもしれない、と津軽は考えた。

朝日が照らす平原では菜の花や水仙が色とりどりに咲き乱れ、揺れている。

一陣の春疾風《はるはやて》が吹いた。

足元で芝桜が舞い、飛んでゆく。津軽の目が自然とそれを追う。

平原の中に、二人の男が立っていた。

地元民だろうか。雨でもないのに外套《がいとう》を羽織り、顔を隠している。片方の人物は小柄で、腰も曲がり、袖から覗くしわがれた手が西洋風の杖を握っている。

もうひとりは、若い男のように見えた。身長も体格も津軽と同程度。杖の男のかたわらで、両手を背中に回し、執事のように姿勢のよい立ち方をしていた。

若い男が、その姿勢を維持したまま、すっと前へ動きだす。外套の裾を風になびかせながら、津軽たちへ近づいてくる。

列の端にいた火沙が、男の接近に気づいた。

「何か、ご用？」

屋敷で客でも出迎えたように火沙が尋ねる。男の姿が彼女の背中と重なり、津軽の位置から見えなくなる。風がやむ。

津軽はそこで初めて気づいた。

男からは、足音がしない。

「火沙――」

苦楽が何か言おうとしたとき、
鈍い音が、三度、連なった。

野生を宿し怪物を叩き斬る大鉈使いが、糸の切れた人形のように崩れ落ちる。

「――火沙!」

黄狐が叫び、男へと駆けだした。

男は何ごともなかったように歩き続ける。背に隠していた腕を、前に出している。

両手に、津軽が見たことのない武器を持っていた。

一対の短刀である。

刃渡り一尺ほどの幅広の刀身。柄にはサーベル風の護拳を備え、鍔には十手に似た返しがついている。

黄狐が最後の一歩を渡る。大きく踏み込みながら震脚を用いて発勁《はっけい》し、敵の胸へ縦拳を放つ。八極拳の基礎にして真髄、〝冲捶《ちゅうすい》〟と呼ばれる打撃法。

その拳を、男の短刀が受け流した。

半歩ずれると同時に、右の護拳を黄狐の手首にあて、肘まで滑らせ軌道を変えている。

左の短刀を瞬時に順手から逆手へと持ち換え、黄狐の首裏に峰をつけ、手前へ引く。

演武のごとき、洗練された動きだ。

「ばっ……」体勢を崩されながら。驚愕に染まった声で、黄狐が武器の名らしき母国語を発した。「八斬刀《バーチャントウ》」

腹に、男の膝が叩き込まれる。

土を踏み砕き巨獣を吹き飛ばす、若き武人が倒れる。

弦のしなる音と、発射音が聞こえた。

座々丸だ。矢をつがえ、すでに放っている。音が消える間も置かず、さらに一射。筈巻《はずまき》の模様から矢の種類がわかった。附子《ぶす》を塗った毒矢だ。

男は短刀を振るうことすらなかった。射線を見切り、肩をしならすような最小限の動作で、近距離からの二射を回避する。

同時に、座々丸へと距離を詰めている。

「旦那ァ！　逃げ――」

警告の声は中途で途絶えた。首に突き込まれた護拳によって。

孤高にして歴戦の山賊が、泡を噴きながら気絶する。

――なんだ。

ようやく津軽の脳が追いついた。

――なんだ、こいつは。

襲ってきたのが鬼ならば、わかる。ほかの怪物でもわかる。自分たちはそれと殺し合うのが仕事だからだ。だがこいつは――少なくとも人に見える。人の姿をし、人の武器を使っている。何者だ。なんのために？

思考より先に動いている者たちがいた。

榛鈍重郎と、荒屋苦楽。

男の左からは苦楽が、右からは鈍重郎が。左右から挟み撃つ形で接近していた。鈍重郎は抜刀しており、苦楽も組みつくための前傾姿勢を取っている。

男は苦楽のほうへ身体を向けた。

素手の相手のほうが速く倒せると判断したのか。だとすれば見誤りだ。苦楽は隊の中で最も強い。攻防を交わす間に、鈍重郎が背後を取れる。

男の背中側――右腋下から、何かが放たれた。

短刀だ。

苦楽に対処すると見せかけ、左手で、背後の鈍重郎へ武器を投擲《とうてき》。

天才剣士は対応している。瞬時に構えを変え、刀身を体に引きつけている。

勝った、と津軽は思った。短刀は弾き落とされるだろう。男は挟撃にあせり、片方の武器を手放した。短刀一本で隊長・副長に勝てるはずがない。悪夢がやっと終わる――

男が、その場で回転する。

次の瞬間、全員が目を疑った。

遠心力を乗せ大きく振るわれた右手の短刀は、鈍重郎のほうへ飛びつつあったもう一本の短刀の柄をかすめた。切っ先が柄に深く食い込み、二本の短刀がひとつに連結する。

男はさらに身をひねり、苦楽のほうへ——

「……おっ」

苦楽は、おい、と言おうとしたのだろう。

荒屋苦楽は達人だ。敵までの距離と得物の長さを完璧に把握し、戦闘を組み立てていた。

だが膨大な戦闘経験をもってしても、この曲芸じみた技は想定できず——

男が一回転を終える。

連結によって全長の伸びた短刀は、文字どおり間合いの外から苦楽を強襲した。切っ先がこめかみを裂き、刃が頭蓋に食い込むメキリという音が鳴った。

血を噴きながら、隊長が横ざまに倒れ込む。

遮蔽物にぶつかったことで連結が崩れ、短刀が再び宙に舞う。男は左手でいとも容易くそれをつかみ、さらに半回転——二刀流に戻った状態で鈍重郎と対峙する。

鈍重郎は投擲防御のために一度刀を引き戻しており、再び斬りかかるためには振りかぶり、振り下ろす、という二動作が必要だった。

すべてを計算しているように、紙一重の差で、男は侍のふところに潜り込んでいる。

二本の短刀が『秋鋼』を挟み、斬撃の初動を止めた。男の腕が踊る。手首を返す一振りで鈍重郎の前腕が切られ、脇差を抜こうとした左手も柄の打撃で封じられる。

「く、ぉっ……」

顎と腹を順に打たれ、天才剣士が地に伏した。

取り落とされた日本刀が、墓標のごとく彼の前に突き刺さる。

直後、そこに突進してくる柚葉色の影。

荒屋苦楽だった。こめかみが深く裂け、眼帯をしていない右目にも血が流れ込んでいる。だが意に介した様子はない。かっとまぶたを開き、男をにらみつけている。

男は動じずに、ふわりと跳び上がる。超人的な脚力だった。その下をくぐる形になり、苦楽の奇襲は失敗する。

苦楽は速度を落とさず――土に刺さった鈍重郎の刀、『秋鋼』の鎬《しのぎ》を蹴り込んだ。

強い靭性《じんせい》を持つ日本刀がへし折れんばかりにしなり、即席の跳躍台となる。

苦楽は跳ぶと同時に大きく身をひねる。短刀使いの口元に、かすかな驚きがよぎる。

草鞋履きの回転蹴りが、空中で男を捉えた。

どっ――男は背中から野原に倒れ、芝桜の花弁が散った。苦楽がその上にのしかかり、膝で男の両腕を押さえ込む。

直後、右手に持っていた矢を男の肩に突き刺した。

座々丸の毒矢だ。先ほど倒れ込んだ際、苦楽のすぐそばには気絶した座々丸が伏してい
た。矢筒から拝借したのだ。

札を素早く入れ替え、最強の役に仕立てる——

「毒か」

男が初めて言葉を発した。蹴られた際に外套がはがれ、顔が見えていた。若い男だ。異人だろうか、豊かな亜麻色の巻き毛が目元を隠している。

動揺は一切うかがえない。座々丸へと顔を向ける。

「あいつは解毒剤を持っている」

「おー、たいした読みだ」苦楽が笑う。「で、どうやってそれを取る気……」

突如、彼の首に蛇が巻きついた。

それは驚異的な柔軟さで持ち上げられた男の両脚だった。背後から絡み、頸動脈を絞める。わずかに身体を浮かした苦楽の隙をつき、肩がするりと抜かれ、肘をつかんで引き、重心を崩し——一秒後には、上下が入れ替わっている。

剣技でも曲芸でもない、純粋な柔《やわら》の技術。

「津軽——」

苦楽の声を、ぐちゃ、という打撃音がさえぎる。

放心していた津軽は、その一言でようやく駆けだした。

目指すは倒れたままの座々丸。小瓶を割らなければならない。彼が持つ解毒剤の小瓶を。

草を蹴る。花を踏む。辿《たど》り着いた。腰にくくられた合財袋《がっさいぶくろ》の中。口を引き裂く。小瓶があった。間に合っ――

指先を短刀の峰が叩き、小瓶を払い落とされた。

すぐそばに、あの男が立っている。

背後では苦楽が気絶している。五十年間どんな怪物にも負けなかった男が。

「ふ、はっ――」

肺から息が漏れた。

白昼夢だ。現実ではない。悪い冗談だ。こんなことはあるはずがない。隊員たちがこんな容易く、台本でもなぞるように、倒されるなんて。

台本。

ああ、そうか。

これは茶番劇だ。

ならば自分も、おどけなければ。

「ははっ……ははは」

津軽は男へと踊り込んだ。苦楽から学んだ芸を、技術を、暴力を、存分に繰り出す。二本の短刀が、そのすべてを受け流す。

首筋を打たれ、津軽も地面に倒れ込んだ。

薄れゆく意識の中、男が解毒剤を飲み下すのが見えた。杖をつきながら、連れの老人が近づいてくる。外套の下の顔はやはり異人だった。

「Look like you had a bit of a rough time of it」

「No problem, sir」

なじみのない言語――英語を喋っている。杖の男はそのあとで、日本語を発した。「運んでくれ」。

数人の男が近づいてきて、津軽を持ち上げる。そのうちひとりに見覚えがあった。

昨日、土産物屋でこけしを眺めていた若者だ。眼鏡をかけた、賢そうな都会風の男。

――帝大の学生さんが、投書を。

ハメられた――その思考を最後に、意識が途絶えた。

5

まぶたの向こうが白百合《しらゆり》色に燃えている。

津軽はうっすらと目を開け、すぐにまたつぶった。放電灯だろうか、頭上からさがったランプがチリチリと音を発しながら、強い光を放っている。

まだ生かされていることは意外ではない。ナイフ使いの男は誰を相手取ったときも打撃で気絶させていた。最初から殺すつもりならあんな戦い方はしないだろう。

問題は、なんのために生かしたかだ。

周囲はレンガ壁で、窓は見当たらず、空気は少し湿っている。病院を彷彿とさせる薬品のにおい。身動きが取れない。四肢と首を革帯《かわおび》で固定されている。硬い寝台のようなものに寝かされており、尻が冷たい。全裸だ。

そして、喋ることができなかった。

口に布を噛まされている。

コツ、ゴッ、コツ、ゴッ——左右の歩き方が微妙に異なる足音が近づいてきて、眩しさを人の顔がさえぎった。あの老人だった。義足だな、と見当をつける。かたわらには短刀使いの巻き毛の青年も控えている。こっちには相変らず足音がない、まるで亡霊だ。

あたくしに一番効く拷問をご存じのようですね——津軽は冗談を言おうとしたが、あー
ふひひ、といった不明瞭な音にしかならない。

「君は実験体九号だ」

老人の薄い唇から日本語が発された。しわだらけの手が、愛おしむように津軽の髪を撫でる。光源に背を向けているはずなのに、落ちくぼんだ眼窩《がんか》の奥で、生気に満ちた黄土色の目が輝いている。〝好奇心〟を燃料に燃え続ける研究者の瞳だ。

遠くから、うめき声のようなものが聞こえた。

それは壁を反響しながら、幾重にも連なって津軽の耳まで届いた。外部からの痛みに耐えるときの悲鳴を押し殺すようなうめきではなく、内から湧く異常を抑え込もうとするような苦悶《くもん》のうめきだった。津軽は気づく。知っている声だ。

黄狐の声だ。

誰かが駆けてくる音が聞こえる。視界の隅に、あの眼鏡の若者が現れる。

「五号です。ひどく暴れてます」

「想定内だよ。観察房は頑丈だ、放っておきなさい」

日本語でやりとりしつつ、髪を撫でていた手が津軽の左腕へと移る。老人のもう片方の手には、いつの間にか注射器が持たれている。

ガラスの筒には液体が満ちていた。

紫陽花《あじさい》を擦りつぶしたような、青く淀んだ液体が。

「So, let's begin. No.9. Concentration 47. Healthy experimental subjects. Dosing point, left brachial vein. Dosing time, April 4, 1:13 p.m――」

左腕にチクリと痛みが走った。直接見えずとも感覚でわかった。老人の親指が押子に触れ、空気圧が青い液体を押し出す。少しずつ、少しずつ、不浄の青が針を抜け、正常な赤に混じる――

津軽の中に得体のしれないモノが入ってくる。

何を、されているのか。

黄狐は何をされたのか。

拘束を破るため身をよじろうとすると、嘲笑《あざわら》うように金具が鳴った。脅しをかけるように老人を凝視したが、それも無駄だった。注射針が抜かれる。息が荒くなり、脂汗が浮かぶ。ネジの外れた不良品が久方ぶりに抱く、心からの恐怖だった。

「His face has turned blue」巻き毛の男が英語で何かを言った。「But this change need not be recorded」

口ぶりから察するに、どうやらそれは冗談のようだ。

自分だけ言うなんて、ずるいじゃないですか――そんな思考を最後に、また意識が混濁する。

耳孔《じこう》には黄狐のうめき声が響き続けていた。

6

演芸場の二階の裏手には鍵の壊れた窓があり、そこが津軽の玄関口だった。いつものように塀から軒へと飛び移り、窓をくぐって中に入る。出番を終えた浪曲師たちが歓談する楽屋脇をそっと抜け、階段を下り、座敷のあいている場所に座る。客の入りは四割足らず、鮨《すし》をつまみながら見ている者や座布団に寝転がっている者もいる。頃合いよろしく桜葉亭沙魚太《おうばていはぜた》がマクラを終え、噺に入るところだった。沙魚太はまだ前座だが、とぼけたような声色が津軽のお気に入りである。

「『ウーン……いやァ、酔った酔った……いい心地だ。金があるときに飲む酒ってなァ心おきなく飲めて一番美味《うま》いってなもんだァ、ウン。ひとつこの勢いでもって、品川にでも繰り込むかな。愛しいあいつに無事な顔見せて安心させてやろう。あんまり安心をする面《つら》でもねェけど――』」

「金があるときに飲む酒ってなァ……ひとつこの勢いでもって……」

初めて聞くネタだ。耳をかっぽじって台詞《セリフ》をなぞり、小声でブツブツと反復しながら聞く。目をかっぴらいて身を乗り出し、表情や身振りを頭に叩き込む。

酔っ払った町人と、道を訊くために彼を呼び止めた田舎侍の噺だった。怖いもの知らずの酔っ払いが侍に啖呵《たんか》を切るたび、客席が大きく沸く。津軽の喉にも笑いがこみ上げ、口元がひくつくがぐっとこらえる。ここが〝稽古〟のつらいところだった、真剣に聞かねばならぬのに、つい面白がってしまう。

沙魚太の喋りに熱が入り、酔っ払いの長口上が始まった。どうやら見せ場のようである。「てめェの領地の百姓どかして道を訊くのたァ訳が違うんだ江戸っ子ァつむじが曲っててらァべらぼうめ、道の行き方を知らねェってんなら教えてやるから土下座して聞けこうやるんだ、そこをお行きのお方おみ足をお止め申しまして甚だ申し訳ございませんが」

覚えきれるだろうか――

ごちん、と頭を叩かれた。

もぎり役の男が、くわえ煙草《タバコ》の向こうから津軽を見下ろしている。

「ガキが、また入り込みやがって」

「頭はよしてくださいよ覚えたもんを落としちまいます」

「ふところをぶったってしょうがねェだろてめェは銭を落とさねェんだから」

男は木戸へ戻ってゆく。毎度見つかって殴られるが、一席終わる間は追い出さずにいてくれるのだから根はいいやつなのだと思う。

高座では噺が思わぬ展開を見せていた。首を斬られた酔っ払いがそれに気づかず歩き続ける。だんだんと首がずれてきて、そのたび男は手で位置を直し——滑稽な演技に、とうとう津軽も笑い声をあげた。

盛大に拍手を送ってやり、沙魚太が捌《は》けると同時に席を立つ。出ていくついでに、居眠りしている客の膝から巾着をスった。

表に出てから中を覗くと、小銭ではなく飴玉である。あいにく津軽は好きじゃなかった。舐めている間は喋れないからだ。いやァ酔った酔ったいい心地だ、金があるときに飲む酒ってなァ心おきなく飲めて——飴玉のかわりに覚えたばかりの噺を口の中で転がしながら、馬喰町《ばくろうちょう》の寺まで歩く。

境内に無断で建てた掘っ立て小屋に戻ると、寅吉《とらきち》と梅子《うめこ》が寄ってきた。二人ともべそをかいている。

「つが兄《にい》ぃ」

「おう、どしたい寅吉、泣いてんのかい」

「市場の千之助《せんのすけ》だよ、あいつ仕事が遅いって叩くんだ」

「おそくないもん、ウメ、ちゃんとやったもん」

「センもこりねえ野郎だなあ。ようしわかった、あとで言っといてやる。ほら泣くな泣くな。兄ちゃんがとっときの噺をしてやるぞ」

噺も飴玉も口に入れっぱなしでは溶けてしまう、形があるうちに外へ出すに限る。

津軽は本堂の前に正座すると、二人きりの客を相手に寄席を始めた。いやァ酔った酔った、いい心地だァ、金があるときに飲む酒ってなァ——

津軽には両親がいない。

父は暗い男だった。「戊辰戦争の折、咸臨丸《かんりんまる》に乗っていた」というのが口癖だったが、背を丸めボソボソと喋る様はとても船乗りには見えず、そもそも戸籍も持っていなかった。母と三人で隅田川沿いの貧民窟に暮らしていたが、三年前にその家が火事で焼けたとき、家族も一緒に消えてしまった。焼け死んで灰になったのか、津軽を捨てて逃げたのか、それすらもわかっていない。

あてもなく食いつなぐうちに似たような境遇の子どもが集まり、まとまって暮らすようになった。

十二歳の津軽は最年長。五人の弟妹《きょうだい》たちはしょっちゅうベソをかいており涙で手水舎《ちょうずや》が作れそうなほどである。よくないことだと津軽は思う。泣いているよりは笑っているほうがいい。笑わせるにはどうしたらいいのだろうか。本業ならば詳しかろう。

そんな道理でいつからか、暇さえあれば寄席にもぐり込むようになった。

「『ト、ト……あれェ？　やだね、いやに首の行儀が悪くて……オット……あれェ？　おれん首は、こんなにグラグラしたっけかなァ……ん？　変だぞこりゃあ、どっかから、息が、漏ってやがらァ』」

首がずれて慌てる様を、沙魚太よりも大げさに演じる。覚えきれていないところはあちこち飛ばしたが、どうにかサゲまでたどり着いた。「おあとがよろしいようで」と頭を下げたころ、梅子たちからは涙が消えていた。

「なにそれ、へんなはなしー」

「首が斬れても生きてるやつなんていないよ」

「無粋なことを言うんじゃないよ、どっかにゃいるかもしれねえぞ。世界は広いんだ、こんなよりも、もっと広いぞ」

津軽は大真面目な顔でうんと両腕を伸ばす。梅子が口を大きく開ける。

「ほんと？　どのくらい？」

「そうさなこっから新橋くらいだな」

「じゃあ新橋の外は？」

「新橋の外は浜松町だ」

「つが兄、首の落語、あとでみんなにも聞かせてやってよ」

「おう、いくらでも喋ってやるぞ。笑い転げて腹を下さねえように今日はあんまり食わねえようにしときな、なんたって兄ちゃんは真打ちだからな」

「食いたくたって食うもんがないや」

「無粋なことを言うなってのに」

「しんうちってなーに？」

「落語の名人をそう呼ぶんだ」

津軽が通う演芸場では、噺家を三つの位で分けている。下から順に〈前座〉〈二ツ目〉〈真打ち〉。昼間高座に上がるのは前座か二ツ目と決まっており、真打ちの出番は場が温まった夕方以降。夜は弟妹たちの世話があるため、津軽は真打ちの噺を聞いたことがない。

名人芸とはどんなものか、津軽はまだ知らない。

＊

洟垂《はなた》れだったころの夢を見た。

手足に革帯の圧迫がないことを認識し、はね起きる。

放電灯も老人たちも消えており、蠟燭《ろうそく》が一本灯っているだけだった。薄い着物を着せられ、藺草の莚《むしろ》に寝かされている。前方・左右はざらついた岩壁、かろうじて四角形を整えたといった風情の、地下を掘削したらしき狭い部屋だ。

背中側には壁がなく、かわりに鉄格子がはまっていた。

檻《おり》だ。

ほとんど無意識に格子をつかみ、揺すってみた。いかなる合金か格子には一切の遊びがなく、錆《さ》びている部分もない。老人が話していた日本語を思い出す。観察房は頑丈だ、放っておきなさい――

「こいつぁいいや、久々のひとり部屋だ」

昨夜の雑魚寝を念頭に、皮肉をつぶやく。

日課ともいえる軽口を放ったことで、津軽に平常心が戻った。さっと身体を検分、四肢と目玉はまだあり腹を裂かれた様子もなかった。思っていたよりは悪くない。

さしあたりやるべきことは、周囲の把握と同僚たちの安否確認。特に黄狐が気がかりだ。鉄格子の向こうは廊下が横に伸びているようだが、蠟燭だけではよく見えない。津軽は外へ呼びかけるために大きく息を吸い――

そのまま横にぶっ倒れた。

「――――っ」

気がつくと赤子のように這いつくばり、顔の下で反吐《へど》が爆ぜている。

舌がもつれ、身体が震え、眼筋が不随意にぴくぴくと蠢く。横隔膜の下から経験したことのない不快がこみ上げ、たまらず声を上げた。それは黄狐が上げていたような、あのうめき声に似ていた。

手足がバラバラな方向へ勝手に動くようで体を支えていられず、とうとう床に転がった。そのままのたうち回ったものだから自分の反吐に頬をなすりつけることになり、胃酸のにおいが鼻を刺激した。顔に浮かべていた笑みが、おどけたものから戸惑いをはらんだものへ変わる。

(こ——こいつは、妙だ)

何かがおかしかった。

ただの悪寒や吐き気ではない。

身体の中に自分以外が棲みついているような、生物としての本能が大声で異状を叫ぶような、そんな、自然に反した感覚だ。

視界が明滅し、天地が曖昧になり、時間の感覚も消えた。十分か、一時間が——悶《もだ》え続けていると、徐々に苦しさが薄れてきた。

汗を拭い、身を起こす。

「落ち着いたか、津軽」

檻の外——右側から声が聞こえた。

「……たい、ちょう? 隊長ですか」

「ひどいぜあいつら、おれの酒を捨てちまいやがった」

むかつきの残る津軽の胸に、安堵が満ちた。

いつもの苦楽だ。

異形殺しの達人が、荒屋苦楽が生きている。異質極まりないこの艱難《かんなん》も、きっと殺し尽くしてくれる。

「ほかのみなさんは生きてますか」

「いまんとこはな」

苦楽は津軽よりも先に起きていたらしい。推測も含めつつ、現時点で把握できている情報を話してくれた。

自分たちが運び込まれたのは病院の廃虚のような施設の地下。いくつかの区画を通路がつないでおり、ここには独房が二つ、つまり苦楽と津軽の部屋があるのみ。隣の区画には鈍重郎・座々丸・黄狐が、その向こうには火沙とほかの者たちが閉じ込められているという。

「ほかにも捕まってるやつがいるんですか?」

「尾去沢《おさりざわ》の鉱夫たちらしい。どの区画とも大声を出しゃギリギリ話せる。さっきまではザたちと話してたが、いまは無理だ、向こうが落ちちまってる。こいつは不定期に覚醒と気絶を繰り返すみてえだ」

「こいつ、って?」

「連中の英語、聞き取れたか」

「あいにく学がないもんで」

「おれは少しわかった。ここは二郷山の裏側らしい。鬼を狩ったのはあのじじいどもだ。連中は頑丈な人間を求めてた。おれたちは誘い出されて、ハメられた。飛んで火に入るなんとやらってやつだ」

「なんのために」

「混ぜるためだ。たぶんな」

混ぜる——。脳裏にあの青い液体が浮かぶ。

自分だけでなく、まさかほかの同僚たちも——

壁の向こうから苦悶のため息が聞こえた。

「ああ……また来やがった。くそ……」

ずる、と何かが擦れる音。壁に背をつけたまま床に倒れ込む、苦楽の姿を想像する。

「待った、これだけ……おまえ、あの短刀使いの動き、見たか」

「見ましたよ、すごかったですね」

「じゃ、おれの夢じゃねえわけか……最後の最後で、あんなのに出くわすたぁな」

まったく世界ってのは広えもんだ。

苦楽はどこかおかしがるように言い、それきり人語を発しなくなった。あのうめき声

——壁を反響し脳を蝕《むしば》む、あの振り絞るような声。

津軽の内からも、呼応するようにその感覚がぶり返す。

これ以上固い床で転げ回りたくはない、理性を振り絞って筵の上に倒れ込んだ。蠟燭の火が揺れている。どこかから風が吹いているのか。いや揺れているのは自分の視界だ。喧嘩の最中に一発喰らったときみたいに——

＊

「いくつだい」

背後で声がした。

頭を垂れたきり動かなくなった三人目を投げ捨ててから、津軽は振り向く。

いつの間に現れたのか、路地の塀の上で見知らぬ男が脚を組み、津軽を見物していた。短く刈った頭に糸のような細目、猫を思わせる風貌だ。

「急に数を尋ねてくるやつは相手しないって決めてんです」

「ずいぶん変わった決め事だね」

「勘定をごまかされるかもしれないので」

「ああ『時蕎麦』か」くっく、と男は笑う。「そうじゃないよ、坊やの歳を聞いたのさ」

「十四です」

「若いのに腕が立つね。そいつらうちの下っ端だよ、なんでやり合ったんだい?」

「妹が体を触られたっつったもんでこらしめたんです」

「三人がみんな触ったのかい」

「わからないので全員のしました」

「ぞろっぺえな勘定だねえ、時蕎麦のほうがまだいいや……ああ待った待った」

立ち去ろうとした津軽を引き止め、男は塀からするりと下りる。このあたりでは珍しく、洋ズボンに花柄のシャツをまとい、扇子で顔をあおいでいる。

「俺は鐘崎《かねさき》というんだ。おまえさん、名前は」

「津軽」

「うちに来ないかい。いまよか稼げるよ」

「仕事ぁなんです?」

「それさ」

鐘崎は、津軽の足元に転がった三人を指さす。ひとりは鼻血でひげを赤く染め、ひとりははずれた顎から犬のように舌を垂らし、もうひとりは尻の下に小便の池を作っている。

津軽は血のついた拳を着物で拭い、にへら、と笑い返した。

「寝る仕事ですか」

「おまえさん、しょうもないってよく言われないかい」

＊

こいつは不定期に気絶と覚醒を繰り返す。

隊長の見立ては正しかった。四畳に満たぬ檻の中で津軽はひたすらに身悶え、歯を鳴らし、げろを吐き、意識を飛ばし、また起きて身悶えた。仕事で鍛えた忍耐力も心労と無縁な性格も、まるで役には立たなかった。

視界は常に二択だった。靄《もや》がかかっているか、火花が散っているか。一日のうちまともでいられる時間は三、四時間といったところだ。窓のない地下ゆえ日付の境はわからなかったが、与えられる食事を数えることと、苦楽と感覚をすり合わせることで、曖昧ながらも把握はできた。

五日目、身体に変化が生じた。

腕に青い筋が現れたのだ。

こすっても舐めても消えない。静脈が浮いているのとも違う。皮膚に稲妻が走るように、亀裂めいた青い模様が現れている。着物を脱いで確かめると、その筋は胸にも、足にも、指先にも、枝分かれしながら全身に渡っていた。

気絶中に勝手に刺青《ほりもの》でも彫られたかと思ったが、そうでないことはすぐにわかった。六日目、七日目――日が経つごとにその青色は、くっきりと濃くなっていった。人体には絶対に現れることのない、藍で染め上げたようなどぎつい青色だった。

異変は、身体の内から生じている。

視覚的な証拠を突きつけられ、津軽は自分たちに起きたことを受け入れざるをえなくなった。注射器の液体。目の覚めるような青。「鬼を狩ったのはあのじじいどもだ」――


鬼を、混ぜられた。


そんな技術があるのかどうかはわからない。だが現実に、そうとしか思えない。

青い筋が濃くなるに連れ、症状も悪化した。苦悶の時間が増え、肉体的な苦しさだけでなく荒々しい衝動が湧くようになった。

壊したい。暴れたい。食いたい。犯したい。叫びたい――どれとも似ているようでどれともずれている、名状しがたい衝動だ。やがて津軽は、その大元に気づいた。

捨てたい。

理性を捨てたい。しがらみを捨てたい。己を人から解き放ちたい。狭い檻の中でさらに、全身を固い殻に押し込められているような閉塞感と飢餓感、圧倒的なもの足りなさ。

それに気づいてからが真の苦行だった。

何しろ捨てることなら簡単にできるのだ。ただ、衝動に身を委ねればいい。捨てればそれ以上苦しまずにすむという本能的な予感もあった。しかし同時に、一度捨てたら戻ってこられなくなるという警鐘も頭の奥で鳴っていた。正体不明の症状との戦いは、体内で手招きする誘惑との戦いに変わった。

同僚たちの状態もどうやら似たり寄ったりだった。火沙は犬歯が伸び、鈍重郎には角のようなものが生え、苦楽に現れた筋は緑色だという。最初に苦楽が言ったとおり、看守のいない時間なら声を張ることでやり取りができた。だが日が経つごとに体力が削がれ、思考力も落ちていき、会話は減っていった。

食事を運んでくる看守は、老人に雇われているらしき猫背の男である。耳が聞こえぬらしく、何を言っても一切反応がない。服のベルトに鍵束をぶらさげているが、津軽たちの手の届く範囲には決して近づこうとしない。握り飯は長い柄杓でもって鉄格子の隙間から差し込まれるのだった。一度先端をつかんで男を引き寄せようとしてみたが、すぐに柄が折れてしまった。わざともろい素材を使っている。

ときどき、あの短刀使いが様子を見にくることもあった。目元が巻き毛に隠れており、感情は読み取れない。おいくつですか？　お国はどちら？　あの杖のおじいさんが先生？　どこで鍛えたんです？　小噺はいかが？　津軽はあれこれと話しかけたが、返答を得られたのは一度だけだった。

「人と鬼を混ぜるなんざァなかなかできることじゃない、あたくし感心しておりますよいや本当に嘘じゃなくて、けどただ混ぜて終わりってわけじゃァないですよね、何を目指してんです？」

「Founding a nation」

英語なのでわからなかった。

数日に一度、区画内を煙が満たす。麻酔を焚いているらしく、吸い込むと深い眠りに落ちてしまう。どうもその間に檻から出され、あれこれと変化を調べられているようだ。津軽は最初その時間を嫌っていたが、いつしか待ち望むようになった。身体が動くときは〝捨てたさ〟に苛まれ、たまらなくなる。麻酔で寝ている間だけは、その衝動から逃れられる。

地獄だった。

一日目の楽観は外れた。振られた賽はひどい出目を見せた。思っていたほど悪くない？とんでもない、最悪だ。

しょっちゅう床とこすれるので着物はぼろ雑巾のようになり、垢と雲脂《ふけ》が身体を覆った。検診中に聾唖《ろうあ》の看守が檻を掃除してくれるが、杜撰《ずさん》であり、窓もないので糞尿の臭気がこもるようになった。やがて房の角が津軽の定位置になった。壁に背中を押しつけ、膝を抱えて座るのだ。身を縮めていたほうが身体も汚れないし、衝動にも耐えやすくなるような気がした。

まともでいられる時間でも、隣の房から、あるいは離れた区画から、同僚たちのうめき声が聞こえてくる。心の休まる暇がなかった。特に女性である火沙の悲鳴はよく通り、悲痛さもひとしおで耳に残った。ずっと聞いていると、それだけで発狂しそうになる。

苦悶の奔流の中で津軽はとうとう両手を合わせた。神も仏も信じたことはないが、もはやそうするほかになかった。生まれて初めて自分以外の何かにすがった。もうたまりません、あの声を消してください。なんでもします。お願いします。お願いします。

十日目に、火沙の声が消えた。

＊

仕事は楽なものだった。

鐘崎の兄貴は美笠《みかさ》組というやくざの若頭で、日本橋の裏街にある賭場《とば》のひとつを仕切っていた。丁半や花札のほか、秤《はかり》の両側に賭け金を入れその金額を当て合う「皮算用」という博奕が売りだった。

イカサマやツケの踏み倒し、負けて自棄《やけ》になり暴れる者など、賭場を荒らす者が現れると津軽の出番となった。四方を建物に囲まれた裏庭が主な仕事場だった。

求められるのは単純作業だ。よけて、受けて、殴って、蹴る。そのうちに相手が倒れる。待っても起き上がらなければ仕事は終わりだ。起き上がれば、また倒れるまで続ける。相手が巨漢でも複数でも武器を持っていても、やることはそう変わらない。

鐘崎からは「どんな相手も殺すな」と言いつけられていたが、それを守るのも難しくはなかった。荒事をこなすうちにわかったが、人の頭の中には〝線〟のようなものが引かれている。それを踏み越えぬ限り、どんなに熱くなってもどんなに殴り合っても、命に関わるようなことはない。人間とは面白いものだと津軽は思った。頭の中の、一本の線。少なくとも津軽にとって、殺意とはそういうものだった。

賭場自体は違法であり、客もきなくさいやつばかりだったが、鐘崎には昔ながらの仁義があった。貧しい客は支払い期限を延ばしてやり、賭け事はやめろと諭すことさえあった。小さなイカサマも機敏に見抜き、高飛車な客には容赦をせず、客同士の喧嘩や裏方の揉め事もきちんと話を聞いたうえで収めた。ゆえに誰からも慕われていた。

激変する時代でも己を曲げぬ、古きよき任侠《にんきょう》。

その類型に漏れず、鐘崎も背中に刺青を入れていた。山河を駆ける猛虎の図案である。銭湯へついていったときなど背中を流すので間近で見る機会があったが、毛並みの細部まで活き活きと波打つような、一瞬の迫力を写し取った代物だった。

「津軽も何か彫るといい。贔屓の彫り師を紹介しようか、好きな図案を言ってみな」

「『あたま山』のサゲなんてどうでしょう」

鐘崎はしらけ顔を返し、それ以来刺青の話は出ない。

三年が経ち、四年が経った。

裏町には顔見知りが増え、ちょっとばかり大きな顔もできるようになった。遊廓の姐《ねえ》さん方の何人かに好かれ色事も覚えた。だが、よく通う場所といえばやはり寄席だった。弟妹たちはみなひとりで稼げるようになり散り散りになっていたが、それでも話芸は津軽の一部だった。木戸銭を払って入り、最前列にあぐらをかき、初見のネタがかかったときは以前と同じようにじっと見入って、噺を覚えた。

賭場は夜に開くので、夕方には帰らねばならない。

津軽はまだ、名人芸を見ることができていない。

「津軽もだいぶ貫禄《かんろく》がついたね」

ある年の暮れ、帳簿をつけながら鐘崎がぼそりと言った。

「なんです藪から棒に」

「そろそろ用心棒以外をやらせてもいいと思ってね。別のシノギを手伝わせようかって組のほうで話してたのさ」

ぽかんと聞いていると、鐘崎が肩を小突いてくる。

「もっと喜びな、出世だよ」

「二ツ目昇進ってわけですか」

「なんでも落語にたとえるんじゃないよ。今夜、波止場のほうへつき合え」

へーい。承諾しつつ津軽は頭をかいた。大晦日《おおみそか》は一年で唯一、賭場が閉まる日だ。今年こそは真打の噺を聞きに行けると思っていたのだが。

夜、外に出ると雪が舞い始めていた。津軽は傘を広げ、鐘崎の上にかざし、並んで越中島方面へ歩いた。遊女たちの笑いも喧嘩の叫びも野良犬の鳴き声も聞こえない静かな夜だった。津軽も喋らず静けさに浸った。たまにはこんな散歩も乙だ。

波止場に並んだ家屋のひとつに入る。組の持ちもので、名目は倉庫のようだった。入口付近には洋酒の箱が積まれていたが、奥へ行くと棚が途絶えた。

突き当たりには金属製の引き戸があった。

「津軽にゃ言ってなかったが、賭場は副業みたいなもんでね。ここ十年ほど、ウチの目玉はこっちなんだ」

鐘崎が引き戸を開ける。

踏み入ると、むき出しの床板が軋《きし》んだ。かなり広い部屋のようだが、薄暗いためよく見渡せない。働いていた数人の男が手を止め、鐘崎に頭を下げる。みな顔の下半分を手ぬぐいで覆っている。男たちの向こうには、何やら箱のようなものの輪郭が見えた。

妙なにおいがする。堆肥のような、藁くずのような、湿った岩場のような。それに混じって嗅ぎなれた血のにおいと、そして――

「そら、こいつだ」

鐘崎は床に置かれていたランプを持ち上げる。

二つのぎらついた目が、津軽をまっすぐに見つめていた。

＊

仲間の声はひとりずつ消えていった。

火沙の四日後には黄狐が。その三日後には座々丸が――いずれの場合も苦悶のうめきが数時間続き、極限に達したかと思うと、ぴたりとやんだ。そのあとは、こちらからいくら呼びかけても反応はなかった。

駆除されたのであろうことは容易に想像がついた。

耳の平穏は数日しか続かなかった。杖の老人たちは新たな〝実験体〟を作り、空いた檻にはそいつらがぶちこまれた。うめき声がやまない。衝動がやまない。苦痛が終わらない。希望が見えない。捨てたい、捨てたい、捨てたい。

宿での火沙との会話を思い出した。私もあんな死に方がしたい――先輩の散りざまに憧れていた娘は、暗い檻の中で苦しみ抜き垢と糞尿にまみれ獣同然になって死んだ。津軽たちの仕事は死と隣り合わせだ。覚悟がなければやっていけない。しかしこの死に方はどうだ？　誰かがこれを〝覚悟〟していただろうか。津軽たちは甘かったのか。それとも世界が辛すぎたのか。わからない。うめき声がやまない。衝動がやまない。苦痛が終わらない

――

一ヵ月後。

同僚の中で残っているのは苦楽と津軽だけになった。

「『どうだろうこれから直にあいつん家ィ行って取ってこようと思うんだがねおまえさんついてきちゃくれないか』『ああ左様ですかそれじゃお供させていただきます』『よしそいじゃ行こう朝っぱらから余計な用をさしちまってすまないね』『いえいえこれもみんな務めでございますから』『ああそうかいイヤァとにかく夕べは面白かったよだいたいねこういう遊びなんぞをしたあくる朝ってのァああよしゃよかった無駄な金を使っちまったってェ思ったりなんかするんだが』」

「こんなときまでくっちゃべるんじゃねーよ」

隣から苦楽が文句を言う。昨夜ひどく叫んでいたため声は嗄《か》れ果て、かすれている。

「今日は調子がよさそうですね」

「日によって、むらがあるな――ひと思いに狂わせてもらいてえもんだ」

「落語を喋ってると気が紛れていいですよ。『ああまだ寝てるなァしまったこりゃァちょいと早すぎたかな』『どこのお宅です』『どこってほらあの家だよ見えねェのかい』『家はたくさん見えますが旦那がどこを指してるんだか』」

「おめえは鬼になってもおどけてそうだなァ」

津軽も高座気取りで正座しているわけではない。房の右側の壁に背をつけ、脚を投げ出すようにして座り、だらりと頭を垂らしている。直接は見えないが、壁のすぐ向こうで苦楽も同じ姿勢を取っている気がした。

「今日で四十日目です。中央のほうじゃ、あたくしらを探してますかね」

「そんな義理堅ぇ連中じゃねえさ」

「因果なもんです」

「何がだ」

「《鬼殺し》のあたくしたちが、鬼になって殺される」

「因果だったらどうする。受け入れて死ぬのか」

「ただの言葉遊びですよ」

「因果応報なんざねーよこの世には。人の頭ってなァときどき手ごろな記憶をつなぎ合わせてそういうもんを見せてくる。〝不運〟に理由をつけようとする。受け入れるな」

「……生き残ったやつが、強い」

「そういうことだ」

視界の隅を小さな影が横切る。二、三日前から一匹の鼠が紛れ込み、同居人となっていた。視界に入るたび、かぶりつきたい、とむしょうに思う自分がいる。

「連中の目的はなんですかね？」

「軍事研究かもな。鬼と人をうまく混ぜれりゃ、たいそう強え兵になる。ただ、兵に人語が通じなきゃ宝の持ち腐れだ」

ありそうな話だと思った。頑丈な人間を集めて混ぜる配分を試しているわけか。自分たちは配分が多すぎた。ゆえに、失敗した。

——不良品。

こんな状態でも、津軽の口は笑みを作っている。髪をかき上げると、抜け毛が一本指に絡みついた。その色は黒から青へと変わっている。

「一度、真打ちの芸を見てみたかったなあ」

「なんだって？」

「実はまともに見たことないんです。いっつも前座か二ツ目で」

「道理でおめえの芸がつまらねーわけだ」

近づいてきた鼠を手で振り払う。チュウと一声鳴き、檻の隙間から逃げていく。ああよかった、食べずにすんだ。先週は気がつくと蝙蝠《こうもり》を食べていた。

「津軽。その身体、もうしばらく持ちそうか？」

「どうでしょう。慣れてきちゃいますが」

「東京に戻って見てこいよ、名人芸を。今晩すぐ出りゃ、死ぬまでにゃ間に合うだろ」

「いよいよ年貢の納めどきだ、隊長までおかしくなっちまった」

はっは。苦楽の笑い声が聞こえた。

空元気の無理な笑い方ではなかった。月の下で座々丸の鍋を囲みながら酒をかっくらうような、なつかしい笑い方だ。場違いにもほどがある。幻聴か——きっとそうだ、先ほどから、いやに思考が淀んでいる。

体内の鬼とやり合う時間がやってくる。津軽が津軽でなくなる。

身を横たえる。鉄格子の輪郭がぶれる。鉄格子——あのときの檻に似た——

＊

狭い箱型の檻が、ひとつ、二つ……二段に積まれ、十個ほど。

中にいたのは人間よりも一回り大きな、見たことがない生き物だった。

頭部は猿によく似ており、胴は狸《たぬき》めいてずんぐりと長く、手足には虎を思わせる模様と爪がついている。背後で揺れる尻尾に至っては蛇風の鱗に覆われていた。そいつは背を丸め、鉄格子の隙間から、〝世界〟という名の部屋に忽然《こつぜん》と現れた二人の男をじっとうかがっていた。警戒しているのかもしれないし、意味もなく眺めているのかもしれない。しわくちゃの老人じみた顔からは一切の感情が読み取れず、それがなおさら不気味だった。

一匹が、きゃう、と鳴く。かん高い怪鳥じみた声だ。ほかの仲間も追従し、きゃう、きゃうという合唱になる。

働いていた男のひとりが棍棒《こんぼう》で檻を叩いた。くわん、と耳障りな音が反響し、静けさが戻った。

「なんですか、これ」

「〈鵺《ぬえ》〉だよ」

「本物ですか」

「着ぐるみや人形じゃないって意味なら、本物さね。だが天然モノかって意味ならそうじゃない。俺たちはこいつを養殖しているのさ」

鐘崎は一匹ずつ状態を確認するように、部屋を歩く。

「生ませて育てて、清とインドに輸出してる。日本の妖怪が海外《そと》でどれくらいウケるか知らないだろう、一匹でも飛び出た目玉が壁にめり込むような高値がつくんだ。〈怪奇一掃〉で野生はかなり減ってきてるしね、価格もうなぎ上りだ」

特に鵺なんかは、珍品中の珍品ときた——得意そうに鐘崎は話す。江戸育ちの津軽は妖怪を見たこと自体初めてだ。値段やら希少価値やらの尺度はわからなかった。それよりも気になることがあった。

男のひとりが、木桶を運んでくる。

どうやらそれが異臭の源だった。山盛りの、刻まれた何かの肉だ。ところどころに黒ずみが見え、独特の臭気を——焦げくささを、放っている。

「……そいつは？」

「餌だよ」

「豚ですか、鳥ですか」

「東京に一番多い生き物だよ。下請けの連中から買い取ってる。ああお上の目は心配ない、底辺のやつらの死体だからね。鵺は腹が膨れ俺たちは儲かり東京の景観もよくなる、三方三両得というわけさ」

せっかくの落語ネタにも津軽は反応できなかった。ただ、木桶を見つめている。

「生肉じゃないんですね」

「鵺は焦げた肉が好きなんだ。好物を食わせないと毛並みが悪くなる」

「死体を焼くんですか」

「焼けた死体を買うんだよ。火事場から持ってきた死体を」

「火事ってなぁ、そう起こるもんじゃないでしょう」

「そこはまあ、下請けがひと手間加えるのさ」

男が火箸で肉をつかみ、鉄格子の隙間から差し込む。すぐに鵺がかぶりついた。感情のなかった目が血走っている。家畜にとって唯一の娯楽の時間。肉からにじみ出た血と垂れ落ちた涎が、鵺の顎下でまだら模様の小池を作る。きゃう、きゃう、きゃう。待ちきれない仲間たちが再び鳴く。

世にも醜悪な景色を背に、古きよき任俠は肩をすくめる。

「実のとこ、役場からも黙認されててね。東京はこれから日本の顔になるんだ、貧民窟だってなくさないといけないだろ？ 埋葬代も馬鹿にできんこのご時世、食わせちまえば綺麗に片づくってえわけさ。このシノギはまだまだ伸びるぞ。美笠組は安泰だ、明治維新万々歳だ」

鵺の養殖を、ここ十年。

貧民窟の、底辺の死体。

火事場から持ってきた死体を。

下請けがひと手間加えて。

「それでな津軽、おまえさんは清との取引に加えようと思ってるんだが」

「…………」

「おいおい、なんだいその顔は。笑ってんのかい？　……津軽？　おい、津軽？」

「………」

「津軽？」

＊

へェ立派なしつらえですなァこういう棺桶ってのァどういうお宅に卸すんですか。どういうお宅っておまえさんのお宅だよ。エ？　うち？　そうだよおまえさんの兄《あに》さんてのが夕べ流行り病で死んだんだろ。エ？　あたくし兄貴なんていませんよ。いねェって？　おかしいなさっき来た若えのがそう言ってたぜ。

頭の中で落語を喋る。意識は比較的はっきりしている。

腹の虫が鳴る。這うように、鉄格子に身を寄せる。カツン、カツン。聾唖の看守が近づいてくる。片手にランプを、片手に長い柄杓を持って。飯の時間だ。カツン、カツン。苦楽の房の前で立ち止まる。ランプが置かれる。聾唖の看守は服を探り、不格好な具材のない傷みかけた握り飯を取り出す。ベルトからぶらさがる鍵束がランプの光を反射している。柄杓に握り飯を入れ、鉄格子から差し込む。看守は決して檻に近づかない。単純ゆえに完璧な対策。

さっきって、あの人ァあれでしょお宅のご親戚の方でしょ。いやァちがうよ。だってあーた叔父さん叔父さんって呼ばれてあいよあいよって返事してたじゃないですか。そりゃァおじさんってよばれりゃ返事するよおばさんって呼ばれりゃしねェけども。

頭の中で落語を喋る——

＊

湯呑みをつかむため手を開くと、指の節で固まっていた血が剝がれ、パラパラと机に落ちた。

いまさらこの程度で叱られはしまい。床はすでに赤い足跡まみれだし、腰を上げれば椅子の背だってペンキを塗ったような塩梅になっているはず。尻の下には垂れ落ちた血が溜まっていて、ちょっと姿勢を変えるたびにねちゃねちゃといやな音が鳴る。

湯呑みを口に運ぼうとしたところで、気が変わる。頭の上に持っていって、ばしゃばしゃと髪に茶をかける。盛大に湯気が立ったが熱は感じなかった。凝固した血液が帽子がわりになっている。焼け石に水とはこのことで血はろくに落ちなかった。いやこの場合は水でなくお茶か。今度刑事が入ってきたらもう一杯くださいと所望しないと。「熱いお茶がこわい」のほうがいいかしら。

聴取室の扉が開く。

津軽は口を開きかけ——そのまま固まった。

入ってきたのは刑事ではなかった。

灰色の髪に眼帯、柚葉色の着物、片手には酒瓶。隙だらけなのに倒し方が想像できぬような、津軽がいままで感じたことのない空気をまとう男だった。

「芸が粗い」

男はぼやくように言うと、反対側の椅子に座った。

「まあ素手でひとりでやったにしちゃ工夫したほうか。名前は……ええと、津軽か。警官たちがうめいてたぞ津軽。壁から天井まで血まみれで死体も鵺か人か区別がつかねえって。見た目ばっかり派手なのはおれァあんまり好かんけどな。暴れ方は誰に習った？」

名乗りもせず、ずいぶん気さくに話しかけてくる。

津軽は手錠の鎖に目を落とす。

「わかりません。ただ——考えたんです」

「考えた？」

「八《は》っつぁんや熊さんがキレたら、どんなふうに暴れるかなって」

「八っつぁんって落語のか？　へぇ」

感心したのか呆れたのか。男は机に頬杖をつく。

「あんた、どなたです」

「おめえを騙す悪い大人だよ。いまから仕事を持ちかけるが、おれがおめえなら断るね」

「そういうのはもうこりごりです」

「それでいい」

男は椅子を引き、立ち上がる。

義務を果たしたとでもいうように、そのまま聴取室の扉へ向かう。津軽はぼんやりと彼の背中を見ていた。扉が閉じようとしたとき、とうとう焦れ負けた。

「どんな仕事です?」

「ブチギレた八っつぁんや熊さんがやる仕事さ」男はくるりと振り向いた。「おめえじゃすぐ死ぬと思うが、ついてくるなら、まあいまよりゃましな芸を教えてやってもいい」

男は戻ってきて、椅子に座り直す。酒瓶を置き、腕を組み、十八歳の血まみれの少年と向き合う。金網を張った窓の外には、どこかの幼児が上げたらしき正月の凧《たこ》が浮いている。

「津軽。怪物が憎いか」

「いいえ」

「人が憎いか」

「べつに」

「国が憎いか」

「ぜんぜん」

「なら……暴れ足りたか？」

津軽の頬から血の粉が落ちる。

気づけば口の両端が持ち上がり、噺家まがいの呑気《のんき》な笑みを取り戻している。

少年は男の目を見つめ、軽やかに答えた。

「足りません」

合格、と男が言った。

7

「これはこれは……あきれたな」

地下第三区画の通路で、ジェームズ・モリアーティはかぶりを振った。

彼は他人を賞賛するという行為をめったに行わない人間だったが、いまだけは主義を曲げてもよかった。怒りよりもエキゾチックな興奮が胸を満たしている。宣教師たちが苦労したという話にも納得だ。非文明圏の民族の野蛮さを侮っていた。

アジロが――雑用として雇っていた聾唖の男が、通路で死んでいる。血液の色はまだ新鮮で、頸動脈に刺突創が見られる。片手には長い柄杓を握っており、食事を配給する最中であったことがわかる。実験体に殺されたのだ。

だが、アジロには鉄格子に近づかぬようきつく言いつけておいた。現に倒れている場所も通路の中央だ。観察房の中には道具もない。

いったいどうやったのか。

「くっ、ひひ」

観察房から笑い声が聞こえる。

糞尿と垢と血の臭気が混じりあう薄暗い檻の中で、鬼人混合種実験体第八号――眼帯をつけた中年の男が、あぐらをかいている。

男からは左腕がなくなっていた。

右手には細い槍のようなものが握られている。よく見れば部屋の端には、赤黒い肉の小山が堆積している。

上腕骨、尺骨、橈骨《とうこつ》、各指の中手骨。腕をもぎ、肉を削ぎ、分解した骨を髪の毛で結び、即席の槍に――

ジャックが戻ってきた。

「外でヤナギダが殺されていました。九号の姿は見当たりません。足跡を追うことはできそうですが……」

「いや、放っておこう。第二期の実験体はどれも濃度を高くしすぎた、長くは持たない。九号も、八号もね」

八号の顔は出血多量によって真っ白になっている。実験とは無関係に今夜あたり絶命しそうだ。それでも笑っている。まるで酒に酔ったように。

〝槍〟の用途はただアジロを殺すだけではなかった。アジロがベルトに挟んでいた檻の鍵、それをすくい取る鉤針としての役割も兼ねていた。

だが、脱走したのは八号ではない。

隣の房――九号の部屋が、空になっていた。

ヤナギダの話によれば、第二期の実験体たちは怪物駆除の傭兵部隊で、この八号が隊長だったという。リーダーが身を呈し、部下を助けたというわけか。くだらないことだ、とモリアーティは思う。精神性も合理性も理解に苦しむ。使えぬ部下は切り捨てたほうがいいに決まっているし、そもそも助けたところでなんだというのか。鬼の侵食を受け続ける九号はやがて完全に狂い、裸で涎を垂らしながら人を襲うようになるだろう。その残酷さに比べれば、檻の中で駆除されたほうがどれほど幸せか。

ヤナギダを殺されたのは少々痛手だ――彼がいなくなると物資調達などに支障をきたす。だが、ちょうど拠点も移そうとしていたところである。むしろ処理する手間が省けた、と考えるべきか。

「俺たちと戦うこともできたはずだが……一目散に逃げるとはな。臆病なやつだ」

空の房を見ながらジャックがつぶやく。

「生き残ったやつが強い」

八号が、英語で応えた。

モリアーティは苦笑する。ちょうど今朝、ジャックと「死なない生物」の所在について話し合っていたからだ。〈鬼〉に続く第二の研究対象。〈不死〉と呼ばれるその怪物は千年近く、この世界で生き残っているという。

八号の主義に沿うならば、最強はその不死か。

否。

「一番強いのは、世界と混ざり合えたやつだ」

ジャックが言い、通路を歩き始める。モリアーティも愛用の杖をつき、義足をひきずりながら続く。

濃度のデータはほぼ取れた。バランスのいい配合もわかってきた。不死の所在もようやくつかめた。ジャックの身体に鬼を混ぜ、不死を襲撃する。半人半鬼の細胞ならば再生力を打ち消せるので、不死の肉体を採取できる。

ジャックを使えばヨーロッパで〈組織〉を作り直せる。私はまだまだ先へ進める——若者の背中を眺めながら、老人はほくそ笑む。

探求心は枯れていない。あふれ続けている。あのスイスの滝のように。

8

岩手県飛龍山《ひりゅうざん》の川辺に、杣人《そまびと》の親子が暮らしていた。

冬の間はふもとの集落に住み、雪がとければ山小屋に移って木を切り、花巻や遠野の材木商に卸すという昔ながらの生活を営んでいた。父はたくましい身体を持つ村一番の働き者だった。六歳の娘はフキといい、髪をおかっぱにした活発な子だった。母を腸チフスで亡くしていたが、父と飼い犬のジローがいるので寂しくはなかった。

五月のある朝、フキが起きると、小屋の外でジローがひどく吠えている。

目やにをこすりながら外に出たところで、フキは固まってしまった。

父親が頭から血を流し、川原と庭の境に倒れていた。かたわらには水汲み用の桶がひっくり返っている。

フキ、来るでねえ。娘に気づいた父は追い払うように手を振った。フキ、逃げろ。ジローはまだ吠え続けている。フキはそちらへ顔を向ける。

川原には二匹の生き物がいた。

一匹は、赤い毛に覆われた大きな化物だった。猿に似ていたが、鳥のような嘴《くちばし》があり、手足に水かきと鱗がある。爪から滴っているのは父のものらしき血――。〈淵猿《ふちざる》〉だ、とフキは思った。昔は水辺によく出て人を襲ったという話を、村のばっちゃから聞いていた。まだ生き残っていたのだ。

もう一匹は、フキに背中を向けていた。人間の男によく似ている。身体は薄汚れ、腰に布を一枚だけ巻いていた。髪は真っ青で、肌にも青い筋が刻まれている――人に似た姿でこんな色をしている生き物といえば、フキはひとつしか知らなかった。

「鬼……」

高い鳴き声をあげ、淵猿が爪を振るう。

青鬼はひょいと身をそらし、腹に拳を打ち返す。

どう――と、巨体が浮いた。鼓の革に載せたように河原の小石が跳ね回った。

青鬼は淵猿に躍りかかった。踏み砕き、へし折り、耳や嘴をちぎり取り、腹を裂いて中身をかき出す。相手がどんなに悲鳴をあげても容赦しなかった。楽しむ様子も猛る様子もなく、ただ淡々と破壊を続けた。

やがて川原が血まみれになり、淵猿がその姿かたちごと、この世からいなくなる。フキは呆然とそれを見つめ、ジローも鳴くのをやめていた。

青鬼がこちらを向く。

昔話で見るようなしかめっ面ではなかった。鬼にはなんの表情もなかった。顔に飛び散った血の中で、フキを見つめる青い瞳だけが印象的だった。

フキは一歩さがり、懇願する。

「こないで……」

頬を恐怖の涙が伝う。

回復した父が駆け寄り、フキを抱き上げた。青鬼を一瞥し、「ひいっ」と叫んで、ふもとへ走りだす。ジローも全力でついてくる。

獣道を遠ざかる間も、父に抱かれたフキには青鬼の姿が見えていた。血と臓物の中で青鬼はただつっ立っている。フキは目をつぶり、父の肩をぎゅっとつかんだ。彼女はこの先何度も何度も、この光景を夢に見ることになる。寝物語をせがまれるたび、息子たちに語ることになる。お母さんはね、青鬼と淵猿の喧嘩を見たことがあるの。それはそれは怖かったよ。鬼は血も涙もない目をしていてね――

＊

「ウケてないな」

親子と犬が逃げ去ったあと、真打津軽は頰をかいた。

「よくないな……ウケないのは、よくない」

派手さを排し平気な顔でやってみたのだが、女の子を泣かせてしまった。泣いているよりは笑っているほうがいい。

「ウッ……」

膝をつき、うめく。頭の奥をまた誰かがつついてくる。川に顔をつっこんでがぶがぶ水を飲むとだいぶマシになった。なるほど暴れたりして興奮すると膨らむんだな。冷やせば戻る。うまく扱えそうな気がした。津軽の股の間にも似たようなものがついている。

とはいえ、長くは持たぬだろう。

「どうしたもんかなぁ……」

生き残ったやつが強い。

ならば死期が迫る者は、残りの生をどう使えばいいのか。

死に方――そう、死に方が大事だ。火沙が憧れた姉御のように、満足できる死に方がしたい。津軽にとっての満足とは芸を成すことだ。このまま北上山地を巡って怪物殺しはどうだろう？　もともとそれが仕事だし。いやだめだ、誰にも知られず野垂れ死ぬ可能性が高い。そんな死に方じゃつまらない。さりげなく終える名人芸は、やはり自分の器じゃない。

もっと滑稽で、派手で、悪趣味で、最後にぱっと一花咲かせるような芸を。見聞きした人間が思わず笑ってしまうような、自分にしか成せない、鬼人ならではの芸を――

この大小が目に入らぬか。んなもん入ったらおれぁ見世物に出てらぁ。

「あ」

おそろしいほどに馬鹿げた、馬鹿げるほどにおそろしい案が、ふと浮かぶ。

うん……うん、うん。雁《がん》が舞う空を見上げながら、吟味し、うなずく。悪くない、と思った。前座の頭でひねり出したにしては上出来だ。芸として一級品なうえ、ちょっとした世直しにもなる。

死に方が決まった。

目指すは東京、浅草。

探すのは演芸場ではなく――とびきり下世話な、見世物小屋。

そこに雇われ、怪物殺しの芸を見せよう。評判を呼び、客が集まるだろう。安全圏から化物を見て笑おうという卑劣を極めた連中が。そいつら囲む舞台の上で、待ってましたと満を持し、鬼に身体を明け渡す。突如始まる惨劇は、命乞いなぞ聞きゃしない、阿鼻叫喚の地獄絵図。

真打津軽は歩きだす。

死期の迫る失敗作が、ネジの外れた不良品が、無様に逃げた敗北者が、歩きだす。
ヘラヘラと、笑っている。

「あ、小屋で服を借りよう」
そしてすぐに戻ってくる。

言の葉一《ひと》匙《さじ》、雪に添え

1

赤味噌を、大匙六杯。

酒を大匙六、味醂《みりん》も大匙六。鍋に入れ、中火で煮溶かす。

味噌と水分が充分になじんでから、黍《きび》砂糖を大匙六。くつくつと沸いてきたら鍋を火から持ち上げる。隠し味に練り辛子を小匙四、風味づけとして炒《い》り胡麻《ごま》を大匙四。火を止め、余熱を使いつつかき混ぜる。ムラを作らぬよう機械のように無心になって手を動かす。カラ、カラ、カラ。匙が鍋底の槌目《つちめ》とこすれる規則的な音。立ち昇る味噌の香り。

田楽味噌が出来あがったころ、隣で出汁《だし》を作っていた志磨子《しまこ》がつぶやく。ありゃあ、カツブシが足らんわ。

「取ってくるけん、皮、剝いとき」

「はい」

素早く位置を変わる。まな板の上には厚めに輪切りされた大根が四十ほど。回しながら桂剝きにし、面取りをし、味が染みるよう十字に隠し包丁を入れておく。調理用ストーブの熱がこもる台所は初冬でもむっと暑い。先ほど父と打ち合ったので着物の下も汗ばんでいる。四つ目を終えたところで頰を拭う。

「静句」

包丁の動きが、止まる。

耳に涼風が吹き抜けるような、心地よい少女の声がした。

「夕飯はなんだ？」

「ふろふき大根と、鰯《いわし》のつみれ汁です」

「和風だな」足袋を履いた、軽い足音が近づいてくる。「大根、昔は嫌いだったんだ」

「昔、ですか」

「源平合戦のころまでは。ちょっと嫌な思い出があって。でも、結局好物に戻ってしまった。美味さには勝てん」

振り向くのは不真面目だと思い、静句は皮を剝き続けている。五つ目を終え、六つ目へ。

「もっと薄く剝いたほうがいい」

今度の風は、肩のすぐ横から吹いた。

背中越しに体温を感じる。同時に、名状しがたい甘やかな香りが鼻をくすぐった。仙境に実った桃の果汁、美酒で満たした月の海、蜜で固めた砂糖菓子の都――それらすべてを思わせる、蠱惑《こわく》的な芳香。

背後から白い両手が伸びて、静句の手を取る。

「いまの時期の大根は若いから、繊維の膜もまだ厚くない……このくらいかな」

添えられた手にしたがい、包丁を動かしていく。教えていただくのだから、覚えなければ。静句は手元だけを見つめ、剝き方に集中しようとする。それでも、漂う香りから、触れ合う肌の感触から、硝子《ガラス》細工のような手の美しさから、意識が離せない。

少し前までは姉のようだと思っていた手が、いまは妹のように小さい。

ここ数年で、自分が追い越してしまった。

薄く剝かれた白い皮がまな板の上に重なっていく。背後で床板がわずかに軋む。つま先立ちの気配。右肩に、かわいらしいあごが載せられた。あごはそのままゆるゆると横に滑り、鼻先が、静句の後ろ髪をどかしてゆく。六つ目を剝き終える。すうう――ゆっくりと、鼻孔《びこう》から息を吸う音がする。

何か言わなければ、と思う。指を切りますから、では無駄だろう。

「鴉夜様」

「ん？」

「先ほど、稽古を、したので」

「うん」

汗ばんだうなじのにおいをまた嗅がれる。静句は目をつぶった。首筋が熱くなり、唾がわく。手はいつの間にか包丁から離れ、身体の横をさまよっている。硝子細工の指先は、静句の臍《へそ》のあたりで前掛けの布地をさすっている。

少しだけ、膝を折る。無意識に、背丈を合わせるように。

頬よりも鼻よりも柔らかい感触が首を上ってきて、耳元にか細く長い吐息がかかる。夜の湖面のように震わせた、艶を帯びた息。月の香りが脳を包み、意思を奪った。静句の両手は居場所を決め、背後へと回された。小さな両手も動きだす。右手は前掛けを這い上がり、左手は下がっていって——

「こら」

ぺし、と乾いた音が鳴り、手がひっこんだ。

「まったく油断も隙もない」

静句がようやく振り向くと、納戸から戻ってきた志磨子が腕組みしている。その横では、少女が頭をさすっていた。

「年寄りなら年寄りらしく、おとなしゅうしてもらわんと困ります」

「暇だったから」

「おひとりでなさったらどうです?」

「この歳でそんなことしてるのバレたら恥ずかしくて死んでしまうよ」

「基準がわからん」志磨子は静句へ顔を向け、「静句、あんたもあんたでしたがりがすぎます。年頃やからって年がら年中この人と乳繰《ちちく》り合《お》うとったら仕事になりませんよ」

うつむいて、前掛けをいじってしまう。実の娘にそんな言い方。声には出さぬが内心では自分に非はないと思っていた。拒める者など、いるのだろうか。

人間に仕えているのとはわけが違うのだ。

「槎京《さきょう》が若いころはもっとしたけどな」

夫の名を出された志磨子が少女をにらむ。

「なんです?」

「なんでもないです」

「邪魔やけん向こう行っとってください」

「はーい」

「静句、はよ剝き」

「は、はい」

少女はおかきをつまみ食いし、つっかけを履いて勝手口から出ていった。こら開けっぱ、と志磨子がまた文句を言った。静句がすぐ閉めに向かう。戸締まりに乗じて熱がわだかまる身体を外気にあてたかった。

外では陽が落ちたばかりだった。空は紫紺に染まり、連峰は薄明《はくめい》に包まれている。

橘《たちばな》模様の銘仙着物を着た少女が、静句のほうを振り向く。

絵巻物から抜け出したように均整の取れた、しなやかな身体。腰まで伸びた濡羽色に艶めく髪。大甘菜の花のごとき白く瑞々しい肌と、比類のないほど可憐な顔立ちと、きらきらと輝く紫色の両まなこ。

先ほどの妖しさが嘘のように――内緒ごとがばれた友達のように、屈託なく笑っている。

「初雪だな」

言われて初めて、空中に白いものが舞っていることに気づいた。

「庭の木に冬囲いをしてやらないと。明日、みんなでやろう」

「承知いたしました。縄を用意しておきます」

少女は空を見上げ、粉雪をまといながら歩いていく。深まる闇に、その輪郭が溶けてゆく。あるはずの質量を感じさせない、この世とあの世の境で遊んでいるかのような、儚《はかな》さと美しさだった。

輪堂鴉夜。

齢、九百五十六。

十四歳の姿を留めたまま決して傷つかず決して老いない、この世でただ一体、〈不死〉と呼ばれる生き物。

十七歳の馳井静句には生まれながらの仕事があった。

輪堂鴉夜の、手足となることだ。

2

静句が初めて喋った言葉は「あやさま」だった。

主《あるじ》に抱っこされているとき、髪をひっぱりながら発したのだという。「もう言葉を覚えたのかとみなで喜んでいると部屋の隅に這っていってな、しおれた花に向かって『あやさま』と言った。屑籠《くずかご》に向かっても、漬物石に向かっても言った」。自分では覚えていないが、鴉夜様からはよくその話をされる。いっそのこと土蔵にでも折檻《せっかん》してほしかったと思う。

鴉夜様の屋敷は赤石山脈・塩見岳の長野側、鹿ノ沼《しかのぬま》という小さな町から分け入った深い森の中にある。

黒板塀に囲まれた敷地はおよそ二千坪。主殿を中心に、湯殿、道場、工房、馬小屋、四つの土蔵と畑を備えた武家屋敷風の造りである。大座敷から望む庭園には水を引き込んだ池泉があり、蓬萊《ほうらい》を模した景石と石灯籠《いしどうろう》が配置されている。芝生には刈り込んだ躑躅《つつじ》のほか紅葉や蠟梅、山桃が植えられ、季節ごとに咲き誇る。

瓦葺きの主殿は一画が西洋風のテラスに改装されており、そこだけがややちぐはぐな印象だ。地元民からは〈馳井さんのお屋敷〉として周知されているが、本当の家主である鴉夜様の存在を知る者は少ない。

鴉夜様は五十年前にこの屋敷を買い、以来、ほとんどひきこもっている。

「老人は隠居をするものだからな」

陽のあたる縁側に寝転びながら、そんなことをうそぶく。

主殿の部屋数は鴉夜様の居室を除いても二十以上あるが、静句がもの心ついた時点で、屋敷に住んでいるのは九人だった。鴉夜様と、静句を含む馳井家が八人。

七十過ぎの当主・富尽《ふじん》を筆頭に、息子の槎京と娘の逸輝《いつき》。二人はそれぞれ志磨子と蒟次郎《こんじろう》という外の者を招き、夫婦になっている。槎京と志磨子には娘が二人おり、長女の名は七瀧《ななせ》。その五つ下の次女が、静句であった。叔母夫婦にあたる逸輝と蒟次郎にも、咬也《こうや》という息子が生まれたばかりである。

輪堂鴉夜に仕えるのは、馳井家代々の役目だ。

馳井家は子を生み、育て、世代交代をしながら。

鴉夜様はただひとり、しわ一本すら増えぬまま。

三百年近く――江戸時代初期から、主従関係が続いている。

といっても恩義を抱えた馳井家が勝手に仕えているだけであり、契約のようなものは存在しない。鴉夜様のもとを離れることも戻ることも自由だが、大半の者は一生をかけて添い遂げる道を選ぶ。

静句も、そうしたいと思っている。

鴉夜様が特別な存在だと教えられても、静句は最初よくわからなかった。諏訪《すわ》の町に出たとき見かけるような、良家のお嬢様。鴉夜様もそれと同じだろうと思っていた。もちろん鴉夜様のほうが何倍も美しいし、賢いし、ご家族がいらっしゃらないという違いはあったけれど。とにかく位の高いお方なので自分が仕えているのだろう。放つ空気が異なるのも高貴な身分ゆえだろう。

そして主としては、とても素敵なお方に違いない。

鴉夜様は静句たちを怒鳴りつけるような真似は決してしない。家のことに気を配り、常に的確な指示を出す。冗談が好きで父や母と気さくに話し、鈴のように笑う。しばしば静句と七瀧のもとにやってきては、歌や、遊びや、読み書きや、いろいろなことを教えてくれる。静句が風邪をひいたときなどは玉子粥に息を吹きかけ口に運んでくれた。幼いころの静句にとって鴉夜様は距離の近い存在だった。自分には二人の姉がいると思っていた。七瀧と、鴉夜様。

静句が六歳になった、夏の盛りのことである。

静句は姉の七瀧とともに、庭の片隅にある〈鬼事楼《おにごとろう》〉で稽古をしていた。鬼事楼というのは木材を不規則に組んだ、密林を模した櫓《やぐら》である。身軽でなければ通れない隙間や足場が多くあり、馳井の者たちは幼少よりこの櫓で鉢巻きを取り合い、俊敏さを鍛える。

稽古を始めたての静句に対し、五つ歳上の七瀧はずっと素早かった。追いついたと思っても蝶《ちょう》のように消え、背後を取られてしまう。

一度も勝てず息が切れ始めたころ、主殿から鴉夜様がやってきた。

「手本を見せようか。鉢巻きを貸してくれ」

静句は姉と視線を交わす。危ないので、と遠慮しかけたところで七瀧が了承した。「私が逃げます、鴉夜様は鬼を」わざと負けるつもりだろう。

鴉夜様は前髪をかき上げ、手慣れた仕草で鉢巻きを結ぶ。凛々《りり》しいお姿が新鮮だった。自分のしていた鉢巻きが綺麗な額にくっついていると思うと、静句はなぜかむずがゆい心地がした。

先に七瀧が櫓に入り、十数えてから鴉夜様が追う。

静句も七瀧も、目を見張った。

鴉夜様は着物姿のまま、父の槎京にも負けぬ体技を見せた。障害物をくぐり、三角跳びから回転し、一尺足らずの隙間を抜ける。疾風《はやて》のように七瀧に迫ると、次の瞬間には鉢巻きをかすめ取っていた。忖度《そんたく》の必要もなかった。

鴉夜様はそのまま櫓の頂点まで上り、対角に突き出た突起めがけ、大きく跳躍する。宙を舞いながら鉢巻きをかざし、静句に笑いかける。

そして、突起をつかみそこねた。

「あ――」

三階相当の高さから、主の身体が落下する。

大慌てで櫓を回りこんだ静句は、七瀧と声をそろえて叫んだ。砂まみれで横たわった鴉夜様は額から血を流し、左手首が折れていた。夏の暑さが一気に引いた。

お怪我を、させてしまった――

心臓がはちきれそうなほどの恐怖が静句を襲った。それは叱責の恐れや主の安否よりも深い、もっと根源的な、世界全体に対する罪の意識だった。この世で最も美しいものを傷つけてしまった、という罪。涙がにじみ、膝から崩れ落ちそうになる。

だが、

「うーん、しくった……」

呑気なぼやきとともに鴉夜様が身を起こし、左手で頭についた砂を払った。

――手首が、治っている。

槎京がやってきて何ごとかと尋ねる。静句がうまく説明できずにいると、かわりに鴉夜様が答えた。

「かっこいいところを見せようとしたら、落ちてしまった」

「お怪我は？」

鴉夜様は手首を振り、「さっきまではあった」と微笑む。

「着替えをご用意いたします。おひとりで立てますか」

「老人扱いするな。どっこらしょ」

「老人のかけ声ですな」

槎京も動じてはいなかった。まるで、いままでもこうした事故がしょっちゅうあったかのように。鴉夜様は槎京と並んで主殿へ戻りながら、静句のほうを振り返り、少し恥ずかしそうにつけ足した。

「や、できるときもあるんだがな。私の身体はいくら鍛えても筋肉がつかないから」

私がお仕えしているお方は、普通ではない。

この日静句は、はっきりと悟った。

自分たちが成長するにつれ、その事実はさらに目に見えるようになった。

静句と姉の身体は日々成長し、大人に近づいていく。七瀧は十三歳になり、十四歳になった。背丈は鴉夜様に近づき、並び——そして、すぐに追い抜いた。

鴉夜様は、何も変わらない。

十四歳のまま時が止まっている。

寿命が長いのでも成長が遅いのでもない。変化という概念そのものが、肉体に存在しないかのように。

理《ことわり》の舟から降りた生物。悠久の流れにたゆたう少女。

区分する名をあえてつけるなら、〈不死〉というらしい。

「世界を周られても、ご自身と同じ存在は見つからなかったそうだ」

〈鬼事楼〉で事故があった日の夜、静句は富尽に呼び出された。馳井家の当主は幼子《おさなご》と正座して向き合い、静かに語り聞かせた。

「世界にただおひとりということは、希少でもあるということ。鴉夜様を狙う輩《やから》はいつの時代も絶えぬ。我らでお護りせねばならぬのだ。死なぬ身とはいえ、お心を煩わせるべきではないからな」

静句はまだ手の中に鉢巻きを握りしめていた。にじんでいた鴉夜様の血は跡形もなく消えている。静句の目の前で、一滴残らず主の身体へ戻っていった。

「どんな、お気もちなのでしょう」

「ん？」

「何百年も変わらぬまま、生きつづけるというのは。鴉夜さまは腕がおれても平然としておられました。いたがるご様子もありませんでした」

「わからぬ」富尽は思案せず断じた。「短命な我らには決して近づけぬ域だ。我らの使命は身を寄せることのみ、心まで寄り添おうとしてはならぬ。それは無意味だし、不遜だ」

「……申し訳ありません」

「ひとつだけ、わかるとすれば」富尽の顔から当主の険しさが消え、祖父の笑みが戻った。「鴉夜様は、優しく聡明なお方だ。あの方が間違えることは、決してない」

3

馳井家の生き方は静句の性に合っていた。

八歳を過ぎると家のことを覚え、本格的に大人たちを手伝うようになった。掃除をし、買い出しにいき、薪を割り、食事を運び、洗濯物をたたむ。鍛錬と稽古をし、日用品の補修をし、馬や畑の世話をする。馳井家には当番制のようなものがなく、手のあいている者がなんでもやる。男たちも厨房《ちゅうぼう》に立つし、女たちも力仕事をする。

学を修めることも幼い静句に与えられた仕事のひとつで、蒟次郎に自転車で送ってもらい、鹿ノ沼の学校へ通った。大らかな性格の叔父は下手な教師より教え方がうまいし、鴉夜様も幅広い知識を授けてくれる。正直通う意味はないと思っていたのだが、言いつけなのでしたがった。休み時間には誰とも遊ばず、家事の練習のつもりで窓の桟を拭いたり水道の蛇口を磨いたりした。技術の向上に励むのは生真面目な性分ゆえでもあったが、もっと大きな理由もあった。

鴉夜様に、ほめていただけるから。

何かをうまくこなすたび、頭を撫でてもらえるのが嬉しかった。鴉夜様が向けてくれた笑顔のひとつひとつを静句は脳裏に焼きつけ、川原で拾った美しい石を収集するように、そっと胸の奥にしまった。

家事の中で静句が特に好きなのは、物置部屋の整理だった。

主殿の北にあるその部屋は、舶来品で埋めつくされている。千年近く生きているので当然だが、鴉夜様は大抵のものは見飽きていて、珍しいものが好きだった。欧米で新しい発明が生まれるたびに取り寄せ、矯《た》めつ眇《すが》めつし、実用的なら屋敷に導入していた。だから屋敷には調理用ストーブも、蓄音機も、ミシンも、電気式アイロンもある。自動車も一台あったそうだが、鴉夜様が庭で乗り回して早々に壊してしまったという。

物置部屋の奥にはそれらとは別に、鴉夜様の思い出の品らしき小物や、調度品や、反物がしまわれていた。それらひとつひとつを簞笥《たんす》から出して虫干しし、埃を払っていると、鴉夜様の過去に触れているような気がした。

この美しい綸子《りんず》の着物を、鴉夜様は身にまとわれたのだろうか。どのような方から贈られたのだろう。こうしてしまい込んでおられるのは、なぜなのだろう。この半分に欠けた安物の簪《かんざし》は、なぜ取っておかれているのだろう。この掛け軸の隅についた血のようなあとは、いつついた、どなたの血なのだろう――

鵺夜様の持ちものは、もちろんその部屋だけには収まらない。三番土蔵は書庫になっており、洋書を含む大量の書物が所蔵されている。ほとんどはここ五十年で集めたものだというが、それでも足の踏み場がないほどの量だ。暇を持てあましたとき、鵺夜様は大抵読書をする。居間のソファーや、テラスのベンチや、大座敷の広縁で。本をそのまま放置するものだから志磨子に勝手にしまわれ所在がわからなくなり、口喧嘩をすることもある。新聞が刷られるようになってからは《讀賣新聞》や《朝日新聞》を各都市からまとめて取り寄せ、カサカサとめくりながら読みふけったりする。

鵺夜様が屋敷から出ることはほとんどない。ほしいものは出入りの商人に発注するし、遊ぶときは庭に出て馳井の者たちに相手をさせる。月に一度は諏訪市街へ観劇に出向くが、その際も帽子を深くかぶる。まるで世間から隠れるかのように。

一度、父たちに理由を尋ねた。

道場での稽古後のことである。蒟次郎と槿京は汗を拭きながら顔を見合わせた。

「新政府の主導で〈怪奇一掃〉というものが始まっているんだ。欧米の世情に合わせ、人ならざるものを駆逐しようという運動だ」

「〈不死〉の所在が知られれば、鴉夜様も迫害を受けるかもしれない。開国の気配が迫った時点から、鴉夜様はこうした流れが起きることを予期されていたのだ。ゆえに隠居を――」

「気まぐれだよ、ただの」

少女の声が割り込む。

入口に、鴉夜様が寄りかかっていた。

「私はこもりたいときにこもって、出たいときに出る。証拠を見せようか？　槎京、私の旅行支度を頼む。遠照寺の村で天然痘が出たらしい。私なら感染《うつ》らないからちょっと行って様子を見てくる」

「……では、私も」

「天然痘だと言ったろ」

「せめて村の入口まで」

「好きにしろ」

歩き去る背中に向かって、静句は「鴉夜様」と呼び止めた。

「お屋敷に、こもられて……寂しくは、ありませんか」

尋ねてから、気恥ずかしくなる。「心まで寄り添おうとしてはならぬ」という富尽の言葉が脳裏をよぎり、竹刀を握りしめる。

「静句はいい子だな」振り向いた鴉夜様は、微笑んでいた。「おまえたちがいるから寂しくないよ。それに私には、昔なじみもたくさんいるんだ」

この言葉は嘘ではなかった。

手紙はしょっちゅう届いたし、頻度はそれに及ばないが、屋敷に鴉夜様を訪ねてくる者も絶えなかった。身なりのよい者も、素性の知れない者も、外国人も、人でない生き物もいた。客たちはみな、三つのもののうち二つ以上を必ず携えていた。手土産、思い出話、相談事。

たとえば、飯田町の警察官がやってきたことがあった。

「先代の部長から、行き詰まった際は助言を求めろと言われておりまして」

「楢田《ならた》のやつめ、にくい置き土産を。話を聞こう」

「上川路にある醤油《しょうゆ》工場のタンクから工員の死体が見つかりました。胃からは大量の醪《もろみ》が。工場側は事故だと言っておるのですが」

「指先は見たか？」

「指先……」

「事故ならばもがいた際、爪に醪が食い込むはず。そうでないなら死体を放り込んだということだ」

背広姿の年配の男たちが訪ねてきたことがあった。ひとりは日本人でもうひとりは西洋人だった。鴉夜様は欧米の令嬢になったがごとく丁寧な態度で歓迎した。鴉夜様も彼らも早口の英語で喋ったため静句はよく聞き取れなかったが、会話は大いに弾んだ。

「加藤君はダーウィニズムをはき違えておるのです、天賦人権論とは何も関係ないのに」

「そのバーナード氏らの社会改良主義はきっと支持を得ますね、私の経験上地道な運動に勝る改革はありません。団体名ですが古代ローマの持久戦略になぞらえてはいかが？」

「そうそう例の文通相手の著作を持参したのでご意見をうかがいたく。キルケゴールを彼に勧めたのは誤りだったかもしれない、特にこの永劫回帰という概念が私には受け入れがたく……」

身長八尺の大天狗《おおてんぐ》が傷だらけで転がり込み、静句たちが手当てしてやったことがあった。酒杯を指でつまみながら天狗は面目なさそうに笑った。

「《鬼殺し》の連中じゃ。あれは三番隊の爆千代《はぜちよ》というやつかな。たいした使い手で、山を追われてしもうた」

「そうか……気の毒に」

「いやァ、食って食われてが世の摂理。ワシらの力が弱まったというだけよ」

「お互い肩身が狭くなったな。しばらくうちで匿《かくま》ってもいいが」

「そこまでの義理はなかろう。それにワシの体とこの家では、お主の言うとおり肩身が狭い。ま、逃げられるところまで逃げてみるさ」

ぞっとするほど美しい中国人の女が、侍女二人とともに現れたことがあった。

「天慈尼仙教《てんじびせん》八代目教主、恵羅《けいら》と申します」

「白羅《はくら》の子孫か。面影があるな」

「呪桃山《じゅとうさん》はいまだ外敵の侵入を許しておりません。ぜひとも、鴉夜様を我が教団にお迎えしたく――この土地に潜むよりは、安全かと」

「魅力的な申し出だが、お引き取り願おう」

「……何故」

「私は神様じゃないから」

客人に対して鴉夜様はいくつかの顔を使い分けた。気心の知れた者とは親しく話し、敬意を払う者には敬意を返し、真意を隠した者に対しては〈不死〉らしい底知れなさを見せつけた。しかしどのような種類の客も退屈しのぎにはちょうどよいらしく、彼らと話す鴉夜様は常に楽しそうだった。静句にはそれが、どこか残念に感じるときもあった。川原の宝石を、自分以外も持っているだなんて。

静句が九歳のとき、富尽が死んだ。

数年前から患っていた肺が急に悪化し、道場にも出られず血痰を吐くようになった。鴉夜様が薬湯をこしらえ歯止めをかけたが、長続きはせず、往診の医者は明日まで持たぬでしょうとかぶりを振った。

夜、富尽の寝床にみなが集まった。鴉夜様は最も近くに正座し、年輪の刻まれた従者の顔をじっと見ていた。昔ながらの行燈の火が華奢な影を揺らしていた。

少女の手が、老人の手を握る。

「面目ない。もう少しおそばにいたかったのですが」

「充分だよ。世話になったな」

「向こうで、先にお待ちしております……と申したいところですが、鴉夜様が着かれることには待ちくたびれておりましょうな」

「向こうなんてないよ。死ねば無に還《かえ》る。どんな生き物もな」

「厳しいことをおっしゃる」

富尽は軽く笑い、そのまま咳き込んだ。鴉夜様はそっと富尽の身を起こし、骨ばった身体を母親のように抱きしめた。

「……みなの前です」

「見せつけてやろう」

富尽はそのまま、主の胸の中で息を引き取った。

鴉夜様は遺体を横たえてから、「葬儀を」とだけ言い、部屋を出ていった。もう祖父と話せぬのだと思うと静句の心は揺れたが、新当主となった槿京にあれこれと準備を命じられ、屋敷を走り回るうちに悲しみも消えた。

一日で葬儀と埋葬を終え、翌々日には、鴉夜様も大人たちもいつもの暮らしに戻っていた。富尽の死は季節の境にやってくる衣替えと同じ程度の出来事でしかないようだった。

心まで寄り添おうとしてはならぬ。

亡き祖父の言葉がようやくわかった気がした。

九百五十年を生きてきた鴉夜様。不変の身のかたわらで知人たちは老い、死んでゆく。これまで何人の死に立ち会ったのだろう。そのたび心を抉られて、いまはどれほどの傷がついているのだろう。不死ならば心の傷も癒えるのだろうか。感情はとうに麻痺《まひ》しているのか。それとも部屋を出ていったあとで――鴉夜様はひとり、涙を流したのだろうか。

心まで寄り添おうとしてはならぬ。

それでも静句には、〝気まぐれ〟の真意が垣間《かいま》見《み》えた気がした。

外に出れば、出会いが増える。

出会いが増えるということは、別れも増えるということ。

鴉夜様はもう、別れに飽きたのかもしれない。

4

人ならざる主を護るためには、人ならざる力が求められる。

十歳になったころから稽古はより実戦的になったが、静句は弱音を吐かなかった。姉の七瀧を見てその厳しさは知っていたし、鴉夜様のためならつらくはなかった。一日も休むことはなく、武芸十八般から組手、寝技、海外の足技まで多くのことを学んだ。

馳井家の源流は、戦国時代に越後上杉氏が擁していた伏齅《ふせかぎ》の一族であるという。伏齅とは上杉軍における忍びの呼び名。家系ごとに役目が与えられていたが、馳井家は実動部隊を支える鍛冶衆であった。苦無《くない》や手裏剣といった武器を鋳造する裏方だ。

戦国が終わり徳川の世が成ると、伏齅は上杉にとって邪魔な存在となった。幕府に取り入るためには軍の規模を縮小し、穏健派に鞍替《くらが》えする必要があった。そうした改革の際に切られる順序はいつの世も決まっている。

まず、馳井が切られた。

直属の上司であった従頭《かちがしら》殺害の濡れ衣を着せられ、奉行所で裁きにかけられた。馳井家は必死に抵抗したが、網目はすでに狭まっていた。

一族郎党の斬首が下ろうとしたとき、新装開店の茶屋をひやかしにでも来たかのように、群衆から美しい少女が歩み出た。少女は奉行側の論理の穴を指摘し、いとも簡単に下手人をあててみせた。

鴉夜様との主従関係はそこから始まったのだという。

伏齅の鋳造術は現在も受け継がれており、馳井の者たちは時代ごとに最新の技術を採り入れつつ、特殊武器を開発している。それらは総じて〈従具《じゅうぐ》〉と呼ばれた。馳井の子どもたちは十二になったとき、外から嫁いできた者は加入と同時に、自分だけの従具を選び、一生をかけてその扱いを磨く慣習であった。

たとえば槎京の『揺雲《ゆらくも》』は、刃と分銅に磁石を混ぜた鎖鎌だ。空中で埒外《らちがい》の軌道を取り、敵の予測を裏切る。蒟次郎の『泥法螺《でいぼら》』は片面にトリモチを仕込んだ大鎚《おおづち》。仕掛けは単純だが、叔父の腕にかかれば悪魔のごとき武器と化す。七瀧が選んだ『巡雷《じゅんらい》』は左右一対の湾曲《わんきょく》した小刀。カランビットと呼ばれる東南アジアのナイフを模しており、近接戦においては並ぶ者がない。逸輝の『幽月《ゆうげつ》』は不可視の日本刀であるらしいが、静句は詳細を知らない。控えめな叔母は稽古中も刀を鞘から抜かず、身内にもその正体を明かしてくれない。

十二歳の誕生日、静句も従具を選ばされた。

工房へ連れていかれると、机の上に従具の見本が並んでいた。蟬翅刀《せんしとう》風の両刃の槍に、鉄扇、暗器——その中でもとりわけ大きく美しい長物が、静句の目をひいた。

「それは比較的新しい従具だ」楼京が言った。「七十年ほど前に鴉夜様が考案された。三代前の当主百慧《ひゃっけい》が得意としたそうだが、それ以降使い手はおらぬ。見てわかるだろうが扱い難いのだ。刀身に反りがないため斬撃にもコツがいる」

静句は自分の身長よりも長いその武器を手に取る。見た目に反しずしりと重い。

鴉夜様が、考案——

「これをうまく扱えたら、鴉夜様は喜ばれるでしょうか」

「手を叩いてほめような」

「ならば、これにいたします」

父は渋い顔をしたが、うなずいた。まあすぐ決めずとも、色々試してみればよい。

「この武器の名は?」

「『絶景《たちかげ》』という。鴉夜様が名づけた」

それは小銃《ライフル》の銃身に日本刀の刃が溶接された、和洋折衷の銃刀だった。

数種類の銃を試した結果、スペンサー騎兵銃が静句に合っていそうだと楼京が見立てた。父は新品の銃を仕入れ、これを基礎に静句用の『絶景』を鋳造し、十二歳の贈り物とした。鋼には銀が混ぜられた。これはほかの従具にも共通しており、西洋の吸血鬼などにも対処できるようにするためである。強度の落ちない合金技術はヴァチカンの対異形部隊で培われたもので、数世代前の先祖がそれを持ち帰っていた。

静句は大いに苦労した。

広い用途を持ち多くの戦況に対応できる武器である、使いこなせれば強力だろう。しかし、それが難しい。初めは巻藁《まきわら》すら斬れなかった。重心も独特で棍《こん》や槍と同じふうには取り回せない。以前の使い手百慧は近・中・遠距離から銃撃につなげる三つの型を残していたが、基礎的な教本のようなものはなかった。とにかく稽古の中で何度も振った。

巻藁を空中で二度斬れるようになると、鴉夜様がほめてくれた。

槿京が言ったような手を叩くほどの喜びぶりではなかったが、静句は寝床で何度もそれを思い起こした。いままでよりも特別な輝きを放つ石——ほかの者では替えがきかない、自分だけに与えてくれた宝石だった。

十三になった夏、志磨子と咬也を除いた馳井家全員が京都へ旅した。

連れていかれたのは南禅寺にほど近い、古く大きな道場だった。

〈烏合廻同《うごうかいどう》〉。

馳井家と同じ忍びの家系や古流武術を継ぐ者たちが、四年に一度集結し、技術交流と試合を行う。静句はあとで知ったのだが、見合いの役割も兼ねた催しらしい。どの流派も継続に難儀しているため、鍛錬などの慣習に理解があり、かつ技術的下地もある〈烏合〉の参加者同士で契るのが一般的になっているのだとか。志磨子と蒟次郎も別の一族から馳井に移った口である。

初めて〈烏合廻同〉に来た静句は少なからず興奮した。町の子たちとは違う、自分と似た空気をまとった子どもが何十人も集まっている。

だが槎京の感想は「少ないな」だった。

「大伽藍流はどうした。荒屋《あばらや》一族も見当たらぬようだが」

「〈怪奇一掃〉で忙しいみたいですよ」主催者の瘡雉《かさきじ》という男が答えた。甲斐《かい》武田氏の透波《すっぱ》の末裔である。「ウチにも声がかかってましてね、応じようかなんて話しとるんです。戦は兵器と物量戦になっちまって人に技を使う機会は減りました。残るは化物くらいしか……」

あ、と声を出し、瘡雉は頬をかいた。

「おたくのご主人は、その、アレでしたな。とんだご無礼を」

「……いや」

固い顔で受け流す父を、静句は黙って見上げていた。

場内に八つの陣が描かれ、若年の部から試合が始まる。静句は歳の近い、岡山から来た少年とあたった。片手に忍刀を構えている。武器の使用は自由だが致命傷・後遺症を与えてはならないという規則だ。

少年は見慣れぬ形状の『絶景』を最初こそ警戒していたが、静句が未熟と見取るや否や、すぐに距離を詰めてきた。

刀の柄で親指を打たれ、『絶景』をはたき落とされて、顔面に掌底を食らった。鼻血を噴きながら倒れ込んだ直後、喉に刃を当てられる。一本目は相手が勝った。

「馳井のモンは軟弱じゃの」家族のもとへ戻った少年の、岡山訛《なま》りの声が聞こえた。「ひきこもって化物の金で暮らしとる、ええ気なもんじゃ」

痺れた鼻腔《びくう》の奥で、どくん――と、何かが沸き立つ感覚があった。

脱臼した親指を見ていた父が言う。

「手当てしたほうがいい。二本目は棄権しろ」

「――いえ」

静句は『絶景』も拾わず、鼻血を拭うことすらせずに、陣の中へ戻った。

二本目が、始まる。

先ほどと同じように近づいてきた少年に、口内に溜まっていた血を噴きかけた。

頬に拳を叩き込み、連打を放つ。腹を、股間を、鼻尖《びせん》を、ところかまわず打ち続ける。

猛攻の中、たまらず逃げようとした少年の耳をつかみ、思いきり引き寄せた。

血しぶきが、陣の中に点を散らした。

うずくまり泣く少年の横で、立ち尽くした静句の手には、彼の左耳が握られていた。

一日目が終わり宿に戻る人力車の中でも、まだドクドクと血の巡る音が鳴っていた。横に座す父は疲れたようにため息をついた。

「普段はおとなしいのに、熱くなると手がつけられぬ」

「……申し訳ありません。ですがあいつは、鴉夜様を……」

「おまえは鴉夜様を想いすぎている」

楼京は娘の言葉をかき消すように言った。

「よいか静句、我らは傀儡《くぐつ》であらねばならぬ。鴉夜様のそばにつき、命を聞く。それ以外のことは頭に入れるな」

「ですが、父様……」

「鴉夜様が『死にたい』とおっしゃったら、おまえはどうする」

静句の中から、音が消えた。

「鴉夜様はもはや生に飽いておられる、ありえぬ話ではなかろう。おまえはどうする。生きてくださいと懇願するか。だがそれは、おまえの我欲ではないのか」

「………」

答えられず、視線をそらす。道の下では夏の鴨川《かもがわ》が悠々と流れている。

慰めるように、父の手が肩に触れた。

「鴉夜様は特別すぎるお方だ。ゆえに我らは、傀儡であらねばならぬのだ」

5

静句が十四のとき、七瀧が屋敷を離れた。

見分を広めるために日本を周りたいという。おっとりした姉がそのようなことを考えていたとは寝耳に水だった。鴉夜様は気軽に了承し、「楽しんでおいで」と七瀧を送り出した。まだ幼い咬也だけが遊び相手が減ることを悲しみ、ベソをかいた。私と遊びましょう、と声をかけると、そっぽを向かれ、「静句姉《ねえ》じゃつまらない」との返事。

言われずとも、自覚はある。

「静句もついていきたかったんじゃないか」

見送りを終え玄関に戻る途中、鴉夜様に尋ねられた。

「私は鴉夜様のおそばにおります」

「それを義務だと思うなよ。私はひとりでだって生きられるんだから」

「……おそばに、おります」

「まあ好きにすればいいが」

七瀧の穴を埋めるため、静句はこれまで以上によく働いた。多忙な日々を生きることで思考を塗りつぶそうとした。それでも、床に就く前や、素振りの最中や、庭を掃いているとき――ふとした拍子に、己の内の空虚な景色を見ることがあった。

雪原だ。

しんしんと雪が降り続く、遮るもののない雪原。踏み出すたびに足跡が消え、居場所がわからなくなる。静句は迷子の少女となって、いつまでも呆然と立ち尽くす。

自分の気持ちが見つけられなかった。

心まで寄り添おうとしてはならぬ。祖父は言った。傀儡であらねばならぬ。父は言った。私はひとりでだって生きられる。鴉夜様はおっしゃった。そばにいたい、と思っている。強くなってお護りしたいと思う。お世話をしてほめられたいと思う。そしてときどき、笑いかけてもらいたいと思う。あの吸い込まれそうな藤色の瞳と、桜色の唇で。宝石のような、笑みを。

おまえは鴉夜様を想いすぎている。

想い――

これは、どこから来る想いなのか。

馳井家として生まれた者の本能なのか。

不死という存在への畏怖と敬意なのか。

あるいは、魔性に魅入られているのか。

「静句」という名は鴉夜様につけていただいた。

寡黙な自分に似合う、よい名前だと思っている。

けれど静けさの奥底で、降り積もった雪の下で、何かが声をあげ始めていた。

花の芽のように頼りない、けれどたしかな形を持った、なりかけの言葉。

それが本当の言葉に育つ日が、静句は、少しだけ怖い。

鴉夜様の寝室は主殿の最も奥にあり、ほかの部屋とは渡り廊下で隔てられている。

それは防犯のためでもあるが、声を漏れにくくするためでもある。

齢九百五十を超える少女。逸脱した価値観も当然持っている。人の基準に照らすなら、鴉夜様は好色であった。特に恋仲というわけでなくても、旧知の者が訪ねてきたときは大抵寝室に招き、一夜を過ごした。老若男女選《え》り好みはなく、抱き方抱かれ方も様々なようだった。寝乱れた姿で水を飲みに現れ、千年したって飽きぬのだからさすがによくできた娯楽だ、などとしたり顔でおっしゃったりする。鴉夜様にとっては房事も暇つぶしのひとつでしかないのかもしれない。

夜伽《よとぎ》を務めるのも馳井家の役目である。槎京も志磨子も、呼ばれれば寝室へ赴いた。夜だけならいいのだが仕事がある昼にまでちょっかいを出してくるのが困りものだと、大人たちはよく話していた。生真面目な静句は予習をしておこうと思い、七瀧にやり方を尋ねたことがある。姉の答えは「やめときなさい意味ないから」だった。「溶岩の津波に小石を投げるようなものよ」

背丈が鴉夜様と並んだころから、静句も寝室に呼ばれるようになった。

七瀧の言っていた意味はすぐにわかった。比喩ではなく人類史上最も経験豊富な娘の相手をするのだから、何を覚えたところで敵うはずがない。二、三割の技巧しか使われぬとしてもである。静句は溶岩の津波に呑まれた。痛みを伴う熱ではなく砂糖の甘さで焼き尽くされた。軟体の檻に揉みつぶされ蠱惑の香りで蒸し炊かれた。四肢が溶け落ち脳が煮崩れたと本気で錯覚するほどだった。肌から昇っていく蒸気はきっと飛散した魂だ。房中術というものなのか、気が狂うほど乱されるのに起きたときにはすっと余韻が抜け、身体もむしろよく動くので不思議だった。

五度、六度と呼ばれるにつれ、静句は鴉夜様と過ごす夜を待ち望むようになった。

鴉夜様と肌を合わせ、法悦の海で溺れることは――抗いがたい欲求だが――一番の目的ではなかった。静句の望む瞬間は、そこに至るまでの道中にあった。

夜の際、四肢は溶け落ち、脳は煮崩れる。理性が波にさらわれ、身分を忘れる。降り積もった雪がとけてゆく。

そこから意識を失うまでの間、静句はいつも、言葉を発した。

鴉夜様にしがみついたまま、無我夢中で声に出した。

何を口走っているかは自分にもわからない。答えを聞く余裕もない。そもそも記憶がおぼつかない。けれど、それは自分の本心だという確信だけがあった。

陽が昇るころには再び雪が積もり、心には雪原が戻っている。

隣で眠る鴉夜様を見ながら、静句は一握の虚しさを覚えるのだった。

九百五十年を生きた、美しい少女だ。

同じ種類の言葉など、何千回も聞いているのだろう。

6

十九歳になったある朝、稽古のために『絶景』をつかむと、異様さに気づいた。

銃身が、引き鉄が、銃床部《ストック》が、初めから腕と一体化しているように、まるで持っていないかのように手になじんでいた。日々の中で徐々にそうした感覚が芽生えたのではなく、突然、堰《せき》が切れたように来た。

ぽかんとしたまま庭に出て『絶景』を回してみる。片手で、両手で、背中を通し右から左へ、股下を抜いて、指の力だけで――意識せずに動かしても銃刀は思いどおりの軌道をなぞった。風に舞う紅葉の葉の一枚を狙って振ると、正確にその葉だけを両断できた。高速で取り回しても自身を傷つけることはなく、目をつぶったまま瓶を斬ることさえできた。

従具『絶景』は静句に頭を垂れ、美しい流線を描き続けた。

みながとおる道だ、と槿京はたしなめた。極めたと思うな、そこから始まるのだ。しかし静句の耳は、鴉夜様からの猛烈な賛辞を聞くのに忙しかった。やったな静句。すごいぞ。『絶景』を選んでよかった、凜《りん》としたおまえにぴったりの武器だ。ああ本当に綺麗だなあ——縁側に座った鴉夜様は足をぱたぱたと揺らしながら、花火でも眺めるように、静句の技のすべてに見入った。

内心ではわかっていた。強くなどなれなくても、鴉夜様はほかの分野で静句の美点を見つけ、ほめてくださるのだと。それでも、ほしかったものに手が届いた瞬間だった。稽古後、味噌汁に入れるネギを切れと言われた静句は心ここにあらずのまま十八本をみじん切りにし、志磨子にあきれられた。

同じ年、もうひとつ思わぬことが起きた。

七瀧が屋敷に戻ってきたのだ。

それも、夫を連れて。

東京で出会った、橙司《とうじ》という名の画家だった。馳井の男たちとも〈烏合廻同〉に集う者たちとも異なる痩せぎすの青年は、一族の前でぎこちなくお辞儀した。

「馳井家の事情は七瀧さんから聞いています。ぼくは絵さえ描ければ住む場所にこだわりませんし、家事でしたら手伝えます。護衛の仕事はできないけれど……」

「私たち、ここで暮らしたいんです。お許しいただけませんか」

大人たちは無言だった。これまでの馳井家には、堅気と結ばれた者は屋敷を離れるという暗黙の習わしがあった。槿京は鴉夜様を見やり、意見を仰ぐ。

「絵か」主はなんでもなさそうに言った。「絵は久しく描いてないな」

「ぼくは西洋画を描くのです。といっても、いわゆる騙し絵なんですが。アルチンボルドという人に憧れていて」

「ああ懐かしいな。あのころ私もウィーンにいてね、野菜で顔を描けと助言したのは私なんだよ」ぽかんと口を開けた青年に、鴉夜様は続けた。「洋間がひとつあいてるから、アトリエに使うといい」

それで話が決まった。

志磨子は娘の選択に戸惑っているようだった。廊下を戻る鴉夜様にささやきかけているのを静句は聞いた。

「ほんまにええんですか。戦力にならん者を……」

「なぜ私に聞くんだ？」

「この家のこと決めるんがあなたの仕事です」

「七瀧が決めたなら、私はそれでいい」

懸念とともに加わった新参者は、しかし二、三ヵ月経つと、すっかり屋敷になじんでしまった。

人柄は穏やかで、家事も充分にこなし、七瀧とも仲睦まじい。絵画への熱意も本物で、作品には一定の愛好家がついていた。アトリエという退屈しのぎの場所が増え鴉夜様も満足げだった。志磨子は早々に手のひらを返し、ええ人見つけたねえ、と七瀧をほめたたえるのだった。

「あんたが出てくゆうたときは寂しかったけど、行かせてよかったわぁ」

「べつに、夫を探しにいってたわけじゃないけど」

「静句。あんたもそろそろ、婿を取らななららんね」

ふいに話を振られ、襦袢《じゅばん》をたたんでいた静句の手が止まった。

来た、と思った。

恐れていたものが、来た。

「あんたも器量はええけん、伊賀の志葉族か馬陸流《やすで》あたりから寄こしてくれんかと思ちょるんやけどね。ほら志葉の波多助《はたすけ》さんなんてどう？　前の〈烏合〉であんたら話しちょったでしょう。ええと思とったんやない？」

「私は……まだ……」

「母さん、静句も自分で決められるから」

「そうはゆうてもねえ、静句まで堅気に嫁いだら、鴉夜様をお護りする役が続かんし……」

　母が去っていったあと、姉妹の間に沈黙が流れた。助け舟をくれた姉に感謝すべきかどうか、静句が迷っていると、七瀧のほうが口を開いた。

「静句は、殿方よりもご婦人が好き」

　子どものころから疑問系でも語尾を上げない、独特の喋り方をする。心の戸をすっと開けられるようなこの感覚は久々だった。静句はうつむいたまま、押し入れのへりを見つめていた。中と、外。しまうべきものと、そうでないもの。

「わかり、ません」

「なら、鴉夜様が好き」

「…………」

　私たちはみんなそうよね、と七瀧が微笑む。屋敷を出る前よりも世間慣れした、柔らかな笑みで。

「でも鴉夜様は遠すぎる。どこかで、気持ちの整理をつけないとね」

　気持ちの、整理。

雪原に立ち尽くす静句にとって、それはひどく難しいことだった。咬也と遊ぶよりも、武芸を極めるよりも、ずっと。人生を受け入れた姉を前に、静句は自分だけが幼い少女のままである気がした。

7

明治三十年。静句、二十二歳。

その日は朝から霧が立ち、五月にしてはひどく冷え込んだ。もともと気温の低い山間地域ではあるが、塩見岳の氷室から逃げだした空気が屋敷に舞い込んだかのようだった。汲み置きの水で顔を洗ったとき、つい肩をすぼめたほどである。

冷えるな。はい。槎京と話しながら馬たちに餌をやり、藁をかき、庭を散歩させる。切り分けた一斤パンに桃のジャムを塗って焼き、鴉夜様を起こしにいく。すでに起床しており、咬也に髪を梳いてもらっているところだった。寝ぼけまなこの主は静句の挨拶にも「おはよー」とぞんざいな返事だった。なんか寒くないか。寒いです。な。朝食のご用意が。うん。

大座敷に集まり、全員で朝食をとる。話題はやはり気温のことだ。雪になるかもな、と雲を見ながら鴉夜様が言う。この初夏に、と聞き返す者は誰もいない。九百六十年の経験則は大概の予報よりもあたる。七瀧に半纏《はんてん》を出してやれ。それと町まで出る者がいたら、仁丹《じんたん》書房で私の本を受け取ってくれ。今日の指示はそれだけだった。喫緊の用事がない平凡な一日である。鴉夜様は紅茶を一杯半、ほかの者は一杯ずつ。計算どおりの配分でポットを空にし、解散する。

洗濯物を庭に干し、工房の掃除をし、蒟次郎の縄綯《なわな》いを手伝ったあと、道場で咬也と稽古をした。十六本を取り、二本を取られた。咬也は今年で十五歳、精悍《せいかん》な少年に成長しめきめきと腕を上げている。従具は『列骨《れっこつ》』、かつて富尽が扱っていたものと同種の三節棍である。

志磨子と昼食を作る。温まれるよう〝おぶっこ〟にした。じゃが芋・人参《にんじん》・ねぎなどの味噌仕立ての汁に平打ち麺を入れた信州流の煮込みうどんだ。大鍋で人数分こしらえ、椀によそったものを鴉夜様のもとへ運ぶ。七瀧の部屋におり、出産の準備について話をしていた。七瀧は一人目の子を授かり、いまは八ヵ月目。腹もふくらんできて日がな安静に過ごしている。腕がなまっちゃう、とぼやきながら『巡雷』を手の中で回したりしている。

「部屋は三つか四つはいるだろう、静句もそう思うよな」

急に尋ねられ、要領を得ぬまま「はい」と返した。ちゅるちゅるとうどんをすすられるお姿がかわいらしい、などと余計なことを考えていた。

「そんなに大層では困ります」と、七瀧。「一間で充分」

「だって二人目だって生まれるかもしれない」

「気が早いですよ。橙司さんにも聞いてみないと」

詳しく聞けば、湯殿横の空き地に離れを建て、七瀧一家で住んではどうかという話が持ち上がったのだという。

「まったく浮き足立たれて。おばあちゃんじゃあるまいし」

「おばあちゃんだぞ私は」

「静句も言ってやってちょうだい」

「鴉夜様がおっしゃるなら四間にすべきです。明日《あす》、工務店に掛け合ってきます」

「もう、この子はこの子で……」

食器を洗い、服を取り込む。橙司のアトリエの前を通りかかったとき呼び止められ、新作の感想を求められた。ひっくり返すと犀《さい》になるというその油絵をじっと見る。「見えてくるかな？」「いいえまったく」「静句さんがそういうなら、この絵も上出来かな」苦笑を頂戴した。静句が幼少時から唯一上達しないものが、絵心である。

鴉夜様の言葉どおり、夕方から雪がちらつきはじめた。

根菜に霜が降りるといけない。ふと思い立ち、畑に籾殻《もみがら》を撒いておく。鴉夜様と樫京がテラスにいたので、深蒸し茶を出した。鴉夜様は白い息を吐きながら、機嫌よく庭を眺めていた。

「五月の雪は四十年ぶりくらいだ。しかも積もりそうだぞ」

「火鉢をお出ししましょうか」

「七瀧の部屋に運んでやってくれ」

逸輝・咬也と夕食を作る。鯛の味噌焼き、なめこ汁、ひじきの煮物、豆の炊き込みご飯。大座敷に集まり、全員で食べる。季節外れの雪、買い足したい日用品、橙司の絵の進捗、咬也のひじきの好き嫌い。ひととおり話題が尽きてから、鴉夜様は七瀧家増築計画を口にした。部屋数はともかく増築自体にはみな賛同した。七瀧はおとなしく控えていたが、ときおり夫と視線を交わしてはにかみ合うのだった。

夕食後は主な仕事をほかの家族に埋められ、手持ち無沙汰になった。警護を兼ねて屋敷を一回りする。鴉夜様が夜食を所望したときのため、羊羹《ようかん》と水差しを用意しておく。

裏庭に出て、筋力鍛錬と自主稽古。湯殿から鴉夜様の鼻歌が聞こえた。屋敷の風呂は主人用と使用人用で二つあるが、水と薪の節約のため馳井家も主人用を使う。順番は鴉夜様が最初で、以降は女連中、男連中。鼻歌が母たちの声に変わったので、自分も湯殿へ向かう。

脱衣所の戸を閉めようとしたとき、

「しーず、く」

耳にあの涼風が吹いた。

鴉夜様が、廊下の角から顔を覗かせていた。入浴したばかりの肌は剝きたての玉子のようで、ほんのりと赤みが差し、ほわほわと湯気をまとっている。玉結びでまとめた黒髪が、傾けた肩からぷらんと垂れ下がっている。

「今夜」

「はい」

静句は頭を下げる。やりとりはそれだけだった。

脱衣所の壁には大きな鏡がかかっているが、今日の静句はそちらに目を向けることができなかった。

湯から出て、髪を乾かし、寝支度を整えたころには、午後九時を回っている。

『絶景』と夜食の盆を携えて、渡り廊下を歩いた。

鴉夜様の寝室は二十畳の和室である。

水墨画と青磁の壺、蓄音機、帆船模型、金平糖《こんぺいとう》入りの菓子器《ボンボニエール》。琵琶に虫籠、蠟燭に香木、まどろんだ五感を楽しませる様々なもの。一画にはペルシャ絨毯《じゅうたん》と肘掛け椅子があり、書物の山が積まれている。美容の必要がないので鏡台周りはものが少ない。中央に石楠花《しゃくなげ》柄の羽毛布団が敷かれ、エジプト製のオイルランプが部屋を柑子《こうじ》色に照らしていた。

鴉夜様は雨戸と障子を開け、縁側から庭を眺めていた。雪は降りやみ、朧月が白銀の世界を浮き上がらせていた。くるぶし程度はあるだろうか。

「積もったな。珍しいこともあるものだ」

「はい」

「この歳になっても珍しいことに出くわすのだから、面白い。私もまだ若いのかな。星が言葉を喋れたら、このくらいはよくあるさと笑うのかもしれないな」

いつ持ち出したのか、片手にあんみつ用の匙を持っていて、庭の雪をすくう。桜色の唇がそれを食《は》み、こくり、と細い喉が鳴った。

「お水でしたらご用意が……」

「こっちのほうが風雅だろ」

「雪は、あまり清潔でないと聞きます」

「あいにく私は病気になりようがないからな」

鴉夜様は雨戸と障子を閉じると、静かに布団に入った。静句はそばに正座し、命を待つ。外気が入っていたため、少し寒い。鴉夜様に暖房はいらぬかと尋ねるべきだが、静句はそれを口にしなかった。必要なくなるとわかっている。

なだらかな山が、ゆっくりと動いた。

布団の横から静句のほうへ、そっと手が伸び――

「これを読み聞かせてくれないか」

一冊の本を差し出してきた。

簡素な装丁と、あて字らしき書名。紅葉・鏡花、共著――『那丹可志《なにかし》』。

「その泉鏡花という作家が最近気になってるんだ。注文品がやっと届いてな、今日中に読んでしまいたい。三十八ページの『義血俠血』という話から頼む」

「……承知いたしました」

「何か期待していたのかな？」

何も答えず、本を受け取る。

「火鉢は本当にいりませんか」

「静句が寒いなら持ってきてくれ」

「平気です」

鴉夜様は無垢な子のように目をつぶる。朗読は苦手だが、言いつけならばしかたない。

静句は咳払いをひとつすると、所望されたページを開いた。

「越中高岡より倶利伽羅下《くりからじた》の建場なる石動《いするぎ》まで、四町八里が間を定時発の乗合馬車あり――」

恩と道義にまつわる悲劇の小説だった。

金沢の町で、旅芸人の白糸という女が、法律家を目指す欣弥《きんや》という青年に出会う。彼の人柄を気に入った白糸は、学費の仕送りを申し出る。「しかし、縁も由縁《ゆかり》もないのに」「いいじゃないか。私はおまえさんはきっとりっぱな人物《ひと》になれると想うから」――静句は最初、女の気まぐれが理解できず、淡々と文をなぞっていた。だが、恩返しのための望みを尋ねられ、白糸がそれに答えるところで、目の動きが止まった。

私の所望《のぞみ》というのはね、おまえさんにかわいがってもらいたいの――

「あれ、そんなこわい顔をしなくったっていいじゃありませんか。何も内君《おかみさん》にしてくれというんじゃなし。ただ他人らしくなく、生涯親類のようにして暮らしたいと言うんでさね」

旅芸人の女はつながりを欲していた。

静句はその台詞を、少しだけ感情をこめて読んだ。

欣弥は白糸に感謝し、奇妙な援助関係が始まる。しかし三年が経ったある日、欣弥へ送るはずの金を強盗に奪われ、それを取り戻そうとしたことをきっかけに、白糸は殺人を犯してしまう。逮捕された彼女を裁くことになったのは、検事となった欣弥だった。

白糸は罪を認め、欣弥は死刑を宣告する。

「一生他人たるまじと契りたる村越欣弥は、ついに幽明を隔てて、永く恩人と相見るべからざるを憂いて、宣告の夕べ寓居《ぐうきょ》の二階に自殺してけり――」

読み終え、本を閉じる。

いつの間にか、鴉夜様はすうすうと寝息を立てていた。

力の抜けた可憐な寝顔は、歳相応の少女と大差ないように見える。睫毛の隙間にランプの光が閉じ込められ、ちらちらと瞬いている。髪からも肌からもあの月光のように蠱惑的な香りを感じる。艶めく唇についた水滴は、先ほどの雪の水分だろうか。

雪。

とけた雪――

静句は本を置き、そっと鴉夜様に唇を寄せた。すがるように、布団の端を握る。少女の寝顔に自分の影がかかる。雪の水滴と白糸の台詞が、背中を押す。

静句の中から想いがあふれた。

「鴉夜様――」

形を得た言葉を、自分の意志で、初めて口にした。

眠る主を見つめながら、滔々《とうとう》と話した。

鏡花の文章よりもずっと不器用で不格好なそれは、いつまでも宙に溶けることなく、質量を得て寝室を埋め尽くしていくかのようだった。

すべてを出しきると、すっとした心地と同時に胃が縮むような恥ずかしさに襲われた。無意味で不遜な想いだった。傀儡たる家訓への裏切りだった。鴉夜様にとっても傍迷惑だろう。だから、これでいい。直接はお伝えせず、ただ言葉にする。明日になれば、雪とともに言葉も消える。

これが私なりの、気持ちの整理。

深く頭を下げ、寝室を出ようとしたとき、

――りいん。

鈴の音が、鳴った。


〝客鈴〟と呼ばれる仕掛けである。

何者かが無断で敷地内に入った際、門や瓦に巡らせている糸が体重に反応し、鈴を鳴らす。伏龔にも似た技術はあるが、〝客鈴〟は鴉夜様が昔から用いているという独自の対策だった。その鈴が、鳴った。

素早く『絶景』を手に取る。襖をわずかに開け、主殿の様子を確認する。

「静句」

鴉夜様の声がした。一瞬、ぎょっとする。いつからお目覚めに？　鈴の音で起きただけだといいのだが――いや、いまはそれどころではない。

「何かあったのかもしれない。見にいってくれ」

「いえ、私はここに」

「大丈夫だ私は死なない。それよりほかの者が――」

雨戸の向こうから、いびつな音が鳴った。

石と刃がぶつかるような音。何かを振り抜く音。木の破壊音。叫び声——

鴉夜様が布団からはね起き、雨戸を開ける。「鴉夜様！」静句は駆け寄って、主を窓辺から乱暴にはがした。びゅう、と冷たい風が入ってくる。静句は庭園を見る。

白銀の世界が一変していた。

踏み荒らされ、泥で汚され、赤い花が咲き乱れていた。

槎京が——父が、倒れている。母が、咬也が、紅色の中に伏している。破壊された従具とともに。

月の下には、寝間着の逸輝と身重の七瀧が息を荒くしながら立っていた。七瀧は『巡雷』を構え、逸輝は『幽月』を抜いている。それは夜間戦闘のために作られた、漆黒の刃を持つ刀だった。少し離れた場所には橙司が尻餅をついており、顔をわななかせていた。自身の騙し絵の世界に迷い込んだかのように。

「静句さん！」こちらに気づいた橙司が言う。「逃げて！　駄目だ！」

静句の目は一点だけを——七瀧たちの視線の先を見つめていた。

池の前に、侵入者らしき二人の男がいる。

ひとりは、杖をついた老人。その前に立つもうひとりの男は外套で顔を隠している。武器を持たず構えも取らず、両手を垂らしているだけなのに、研ぎ澄ましたナイフのような異様な気配をまとっていた。

逸輝と七瀧が斬りかかる。

同時に、男の姿が夜と混ざるようにぶれた。

雪が爆ぜた――そう思ったときにはもう、男は二人の背後で血を拭っている。素手についた血を。

雪原に新たな花が咲く。逸輝はへし折れた刀とともに、七瀧は腹をかばうことすらできずに、その場に崩れ落ちる。

「な、七瀧……なぜ……」

夫がふらふらと、妻に歩み寄る。男が手刀を振るうと、橙司の首からも赤い絵の具が噴き出した。

「しずく」目から光が消える寸前。かすれ声で七瀧が言った。「あやさまを――」

信じられなかった。

たった二人の侵入者。従具の破壊。一族の敗北――それ以上に理解しがたいのは時間だ。鈴が鳴ってからは二分ほどしか経っていない。侵入者は、この武器すら持たぬ男は、そのわずかな時間で全員を殺したというのか。

雪を踏みながら、男が寝室へ近づいてくる。静句は『絶景』の銃口で男を狙う――だが、引き鉄を引けない。かわされる、という直感があった。

「鴉夜様！　お下がりください」

「私なら勝て――」

「下がって！」

静句は深く呼吸する。握りしめた『絶景』から必死に力を抜き、初速のための脱力を作る。頭の奥がどくどくと脈打っていた。初めて外部の少年と戦ったあの日のように。

男が、縁側に上がってくる。靴の雪をはたき、連れの老人に手を貸す余裕まで見せた。刺青だろうか、手の甲に奇妙な赤い筋が走っている。

「〈不死〉だな」

立ちはだかる女には注意すら払わず、男は鴉夜様に呼びかける――

『絶景』が空気を裂いた。

壁に阻まれない完璧な軌道で、致命傷を与える必殺の間合いで、反応を許さぬ極限の速度で。あの十九の朝からさらに研鑽を積んだ斬撃を放つ。

突如、下から持ち上がった畳が、盾となって刃を止めた。

静句は目を見開く。

へりを踏み込み、衝撃で畳を浮かせ、つま先で蹴り上げる――ことならば、理論上はできるかもしれない。だがそれを、こんな簡単に。踏み入ったばかりの寝室で、こんな正確に――

静句が『絶景』を自分のものにしたように。

まるで男が、世界そのものをしたがえているかのようだった。

男は畳を勢いよく回す。刃を食い込ませた『絶景』もそれに引っぱられ、静句の手から従具が逃げてゆく。

静句の決断は早かった。本能がそれを選んだ。

「鴉夜様――」

男に背を向け、駆けだす。主を抱きかかえ、逃げるために。

だが、手は届かなかった。

静句の背中で熱がほとばしり、身体から力が抜ける。鴉夜様のぬくもりが残る布団の上に倒れ込み、石楠花の園に血液がにじむ。

「――っ」

男は一瞬で距離を詰め、手刀で静句の背中を裂いていた。

ここに至ってようやく気づく。鍛錬や技術でどうにかできる次元ではない。人間業では、ありえない。

「〈鬼〉、か？」

呆然とした声で鴉夜様が言った。

「いい見立てだ」と男が返す。静句の横を通り、鴉夜様に近づく。静句は立ち上がれなかった。痛みで意識が薄れている。

鴉夜様は〈鬼事楼〉で見せたときと同じ速度で、相手のふところへ飛び込んだ。男の親指をつかみ、ひねろうとする。中国拳法の関節技――

「檎拿術《チンナ》か」その腕が、ぴたりと止まった。「理合《りあい》を知る者には通じない」

掌底が、少女の胸を軽く押す。

鴉夜様は紙切れのように倒れ込んだ。

不死はゼエゼエと喘ぎ、紫色の瞳を揺らす。静句へと、男へと、その背後の老人へと。

「な……なん、だ、おまえらは。目的は……」

「標本は喋れたほうがよいですか？」

男が、背後の老人に英語で問いかけた。老人はおかしがるように口の端を曲げ、首を横に振った。承知しました。男が答える。鴉夜の命を聞く静句と同じように。

最悪の予感が、血液とともに広がってゆく。

「ぁ……や、さまぁ！」

静句は叫んだ。唾を飛ばし、髪を振り乱し、畳とこすれた頬が血の跡をひいた。動け。動け。動け。動け――四肢はいうことを聞かない。視界だけが、残酷なほど澄んでいる。

男が少女に近づいてゆく。

鴉夜様の瞳の奥で、猛烈な速度で思考が回るのがわかった。

最後の一歩が踏まれると同時に、その思考が終わる。〝あの方が間違えることは、決してない〟。九百六十年を生きた頭脳は、常に最も賢い選択を取る。
鴉夜様は右手をうなじへ回し――長い後ろ髪を、持ち上げた。
自ら、供物を差し出すかのように。
男の口元がわずかに緩む。
見切れぬ速度で手刀が振られる。
そして、馳井静句の目の前で、ありえないことが起こった。

この世で最も美しい完全無欠の存在が、欠損する。
この世に二つと存在しない不老不死が、二つに分かれる。

輪堂鴉夜の首が、切断された。

男の赤い手刀によって、ギロチンのように鮮やかに断頭された。
寝間着をまとった身体は切断面からぷし、と血を噴き、壊れた人形のように崩れ落ちた。頭部は黒髪をなびきながら、放られた西瓜か南瓜《かぼちゃ》のようにごろりと畳に転がった。家族の死も背中の激痛も侵入者への敵意すらも、静句の中から消えた。鴉夜様だけが思考を埋めた。

治る——

静句がまず思ったのはそれだった。あの事故のときだって治った。鴉夜様は不死だ。四肢をもがれても、首を切られても、治る。すぐに、治る。

切断面から垂れ落ちた血液が、畳を、絨毯を、書物を、侵食し始める。

月光を固めたような残り香が、鉄錆のにおいにとってかわる。

男が、首のない身体を担ぎ上げる。「簡単な作業だったね」老人が満足げに言い、「さて、行こう」と杖をつく。そのにぎりには〈M〉という飾り文字が刻印されていたが、静句はほとんど見ていなかった。乱れた毛髪をまとい薄目を開けたきり動作を止めた丸い塊だけを凝視していた。治る。治る——願いをこめながら、見つめ続ける。あごから玉のような汗が滴る。

男と老人が立ち去り、屋敷に静寂が訪れた。

「あ——」

何分も経ってからようやく。

静句の喉が、機能を思い出したように蠕動《ぜんどう》する。

「あ——あぁぁぁあぁ……」

漏れ出たそれは絶叫でも嗚咽でもない悲痛な音にすぎず、金管を風に晒したかのようだった。血まみれの布団の上でもがき、赤子のように這って進む。あやさま。静句は頭部を抱きかかえた。自分が初めて喋った言葉を、声を震わせながら繰り返した。あやさま。あやさま。あやさま。あやさま。

パチパチと、何かが燃える音が聞こえ始めた。

8

雪が、とけていく。

正しい出勤日を思い出したように、季節外れの雪が消えてゆく。馳井静句は敷地の隅のぬかるんだ土に、うずくまるように座っていた。唇は渇ききり、目は光を失い、流れ出た血と引き換えに虚脱が身体を巡っていた。二つのものを胸に抱えている。静句に残されたただ二つのもの。静句のすべて。

銃刀『絶景』と。

輪堂鴉夜の、首。

涙と嗚咽はとうに涸れている。いまはただ、死のう、と思っていた。鴉夜様を埋葬して、私もその隣で死のう。土を掘るには体力を回復させないと。もう少しだけ休んだら立ち上がる。もう少しだけ、休んだら……けれど、このまま、眠ってしまうのも、いいかもしれない。鴉夜様を胸に抱き、髪を撫でながら逝けるなら、それで――

こ、ふ。

咳き込むような音が、自分の喉とは別の場所から聞こえた。

ひゅう――ひゅ、ひゅう――

胸元からだ。静句は信じられない気持ちで目を開いた。旅立ちかけていた意識が再び現世に舞い戻った。鴉夜様の頭部を、両手で持ち上げる。

首から下のない少女が、苦しそうに顔を歪めながら、血を吐き出していた。

「あぁーー……ぁ……けほっ。ハァ……ハァ……」

「あっ――、鴉夜、様」

場にそぐわない、ひどく間抜けな声が出た。

ぐ、ぐ……と、生首の表情筋が動く。ぎこちない笑みを作り、かすれ声で言葉を発する。

「な、なるほど……こうなる、のか……ふ、ふふ……こ、これは、けっさくだ……」

静句も弱々しく笑った。涸れたはずの涙が再びあふれ出た。

理の舟から下りた、不死の少女。

生きてらっしゃった。

生きて――

「しずくぅ……ぶじ？」

「無事です」

背中は深手だ、正直長くは持たぬかもしれない。しかしいまの鴉夜様に比べたら、軽傷でない者などこの世にいるだろうか。

「あ、鴉夜様も、よく、ご無事で……私は、てっきり……」

「あいつは、かんぜんな〈鬼〉じゃ、なかったんだ……人との、混ざりものだった……だから、わたしを、半殺しにしか、できなかったわけだ」

呼吸と発声に慣れたのか、少しずつ普段の声が戻ってくる。鴉夜様は瞳を下に向ける。

「静句……よければ私を、身体に戻してくれないか。近づければ、くっつくと思うんだ」

「……それは……お身体、は……」

「もしかして、あいつらに持っていかれたか？」

ためらいつつ、静句はうなずく。

そうか、とだけ鴉夜様は返した。なかば覚悟していたように。

「空はまだ暗いのに、ここはなんだか明るいな」

「……はい」

「なにか、散っている……雪じゃ、なさそうだ」

「……はい」

「屋敷のほうを見せてくれ」

見せては駄目。頭の片隅で姉の声が聞こえた。そのまま逃げて。ここから遠ざかって。それでも服従が染みついた身体が、言うことを聞いてしまう。静句は鴉夜様の頭部の向きを変え、自分が見ていた景色を見せた。

屋敷は燃えていた。

みなで食事した大座敷も、幾度となく立った台所も、物置部屋の思い出も、土蔵に積まれた知識の山も、汗が染みた道場も、美しい庭園とそこに倒れた家族たちも、忍びの技術を継いだ工房も、甘い夜を過ごした寝室も、鬼事楼も、湯殿も、畑も馬たちも、すべてが炎に包まれていた。侵入者たちが去り際に放火したのだろう。静句が気づいたときにはすでに火が回り尽くしていて、逃げることしかできなかった。

そうか、とまた鴉夜様が言う。

いつもの彼女とはまったく違う、生きてきた歳月の重みを乗せた一言だった。

「静句……すまなかった。私みたいな化物に仕えたせいで、大変な目にあわせてしまった。ほかのみんなにも申し訳が立たない……七瀧の腹には、赤子もいたのに……本当にすまない。許してくれ」

「そ、そんな。そんな……私こそ……わ、私たちがもっと強ければ、鴉夜様は、こんなことに……」

「もう、私なぞとは関わりたくないと思う。でも最後に、ひとつだけ……ひとつだけ、頼みをきいてくれないか」

手を震わせながら、静句は主の顔をこちらへ向ける。


「死なせてくれ」


鴉夜様は泣いていた。

美しい眉を曲げて、整った顔をくしゃくしゃにして、寂しそうに微笑みながら、大粒の涙を流していた。

鴉夜様が泣いているところを、静句は初めて見た。

「こんな姿になってまで生きている意味はない。……本当は、もっと前に死んでおくべきだったんだ。飽きるほど生きてきたくせに、だらだらと先延ばしにしてしまった。みんなと暮らすのが、楽しくて……いつまでも続かないことは、わかってたのに……申し訳ない」

「鴉夜様……そ、そのようなこと、おっしゃらないでください。私は、ずっと」

「死なせてくれ」うるんだ目で、鴉夜は情けなく笑う。「どうか、頼むよ。土下座したいところだが……いまの私には、手をつくこともできないんだ」

「鴉夜、様。私は——」

心まで寄り添おうとしてはならぬ。

視線を落とすと、足元にとけ残りの雪が見えた。渇ききった喉がその白さを欲していた。

静句は片手を伸ばし、冷たさの残るそれをつかむと、乱暴に頬張った。冷たさと一緒に感情を飲み下した。放ちかけた言葉を、自分の中にしまい込んだ。

「――承知、いたしました」

忠実なる不死の従者は、傀儡となって命に応じた。

雪が、とけていく。

炎が、雪をとかしていく。

とけた先にはむき出しの言葉と、その代償が待っていた。

馳井静句は首だけの主を胸に抱き、血の糸を引きながら歩きだす。命令を遂行するために。不死の殺し方を探すために。死刑台を上る囚人のように、一歩ずつ歩いていく。

罰だ、と思った。

これは罰だ。

わきまえなかった私への罰。許されぬ想いを抱き、それを口にした私への刑罰。

神様が私の言葉を、最悪の形で叶《かな》えたのだ。

鴉夜様の寝顔を見つめながらこぼした、あの言葉を。

鴉夜様。
愛しています。
あなたが好きです。
誰にも渡したくありません。
家族にも、他人にも、過去と未来の誰にも。
ひとりで生きられるなんて、おっしゃらないでください。
私だけを頼って。私だけに笑いかけて。私と二人だけで、生きてほしい。
私だけの鴉夜様に、なってください。

人魚裁判

1

吸い込んだ風はかすかに潮の香りがし、吐き出した息はほのかに白い。

暦は九月下旬だが、街はすでに冬の気配をまとっている。世界の果てから流れてくる無情な大気に撫でられて、旅人の頰は林檎《りんご》色に染まっていた。北へ来たのだ、とアニー・ケルベルは改めて思った。人の足音も馬車の車輪も、街全体がフェルトで覆われているかのように静かだ。区画整理された道と街路樹に沿って切妻屋根のかわいらしい建築が連なり、広場の向こうには修復中のニーダロス大聖堂が見える。

ノルウェー中部、トロンハイム。

入り組んだフィヨルドの峡湾に築かれた、歴史の古い都市だ。千年前ノルウェー王国が誕生したときの最初の首都。その後首都は南部のクリスチャニアに移動し、現在はスウェーデンと併合したことで、国そのものの存在も揺らぎつつある。スカンディナビア半島の国々は北海を漂う流氷に似て、数百年の間結合と分離を繰り返している。

二度、三度と、アニーは深呼吸をする。まだ余裕があるうちに、新鮮な空気をたっぷり肺に送っておく。

「六号法廷、開廷五分前です」

建物の中から、廷吏の声が聞こえた。

周りにいた人々が一斉に動きだし、その建物——トロンハイム裁判所の中へ吸い込まれる。アニーも踵を返し、アーチ扉の内側へ戻った。

ホールに据えられた聖オーラヴの石像を回り込み、年季の入った階段を上る。踊り場で男を追い越すとき、彼の腰とアニーの肩がぶつかった。

「なんだ、おい」

「すみません」

ガキのくるところじゃないぞ、と悪態が聞こえたが、気にせず進む。

二階廊下にも人がごった返している。地元の住民や、ゴシップ誌の記者たちや、女性の肩に手を回した身なりのよい男。

「街の英雄があんな死に方するなんて……」

「エイスティン卿《きょう》が敵《かたき》を討ってくれるさ」

「なあ、どうやって連れてこられると思う?」

「水槽か、でなきゃ、まな板に載せられるかだな」

「そう、本能的恐怖をテーマにした連作でね。この裁判からインスピレーションが得られる気がするんだ」

アニーは小柄な身を活かして彼らの間を抜け、〈六号法廷〉の開けっぱなしのドアをくぐった。

むっとするような群衆の熱気と、まざり合った煙草のにおいに顔をしかめる。

階段状に設けられた傍聴席はほぼ満員だった。人々は狭い座席で肩をくっつけ、パイプをふかしたり手で顔を扇《あお》いだりしながら、隣席の者と言葉を交わし、新聞をめくり、あるいは何かを書きつけている。法廷のほうはまだ無人で、縦長の窓から差した陽が、マホガニー製の机や証言台を淡く照らしていた。

「アニー」

最前列から腕が伸びた。

アニーはそちらに向かい、上司が確保してくれていた席に座った。チフォネリのスーツに身を包んだ童顔の男。名を、ルールタビーユという。

「いい記者になるなら、人ごみと副流煙にも慣れなきゃね」

「努力します」

「廊下にいた垂れ目の男、気づいたかい？　画家のエドヴァルド・ムンク氏だ。やはり各界から傍聴人が集まっているな」

「芸術にはうといので……」

「おやおや、珍しい巴里《パリ》っ子だ」

アニー・ケルベルは、パリの新聞〈エポック〉紙の新米記者だ。

二ヵ月前までは資料整理のアルバイトをしていたが、古い記事を読みあさる姿がルールタビーユの目にとまり、特派員室にスカウトされた。現在は研修を兼ねて彼にくっつき、ヨーロッパ各地を取材している。

抜擢の一番の理由はアニーが十四歳の少女だったことだと、ルールタビーユは言う。

「いいコメントを取るには、君みたいな見た目で意表を突くことが大事なんだ」。年齢や背丈が武器になるなら大いに使ってやろうと思う一方、記事そのもので認められたいという思いもアニーにはあった。この旅の最中に自分だけの取材対象を見つけられればいいのだが——まだ、運命の相手とは出会えていない。

「被告にはインタビューできました？」

上司は手帳を開き、白紙のページをアニーに見せた。

「古い規定があるそうだ。『捕獲から開廷までの期間、被告は審問官を除き、何人《なんぴと》とも面会能《あた》わず』」

「やっぱり、普通の裁判とは違いますね」

アニーは列車の中で受けたレクチャーを思い出す。

この制度の原形はおよそ四百年前、トロンハイムよりさらに北のフィンマルクで生まれた。ヨーロッパ全土で魔女狩りが過激化していた時代である。当時その辺境では、異形駆除を進めるカトリック教会と、精霊や魔女を崇拝するゲルマン系土着信仰とがぶつかり合っていた。血みどろの争いに辟易《へきえき》した司教たちは、なるべく宗教色を排し、かつ異形種の害悪性を大衆に示し、誰の目にも公正なように見せかけられる処刑の形を模索した。急場しのぎで作られたその制度は、長い年月をかけひとつずつ規定を足されながら、いつしかノルウェー全土に広まった。

それを言葉どおり「裁判」と呼んでいいのか、アニーには自信がない。

傍聴人たちに囲まれていると余計にそう思えた。弁論や論戦を聞きにきている者は、ここには誰もいない。

見世物を、嗤《わら》いにきている。

「下馬評どおり、審問官にはエイスティン・ベアキートが名乗りを上げたらしい。子爵家の長男で、陸軍省の若手ホープ。亡くなったホルト氏とも旧知の仲だ。普段から軍法会議を仕切っているから、この手の仕事もお手のものだろう」

「弁護人はどなたが？」

「名乗り出ないことがほとんどさ。その場合は審問官が弁舌をふるい、裁判長が有罪を下すだけの出来レースになる。まあしかたないよ」ルールタビーユは肩をすくめた。「誰だって、怪物の弁護はしたがらないからね」

これから行われるのは、最も緩慢にして最も倒錯した公開怪物駆除。〈異形裁判〉、と呼ばれている。

捕縛された怪物が——あるいは〝怪物が化けている〟と疑われた人間が——人語を発し、無罪を主張した場合、その生物を〈被告〉として法廷に引きずり出す。証人が喚問され、〈審問官〉と〈弁護人〉が争い、裁判長が判決を下す。

いうまでもなく有罪は既定路線。アニーが調べた限り、ここ二百年間無罪判決は一度も出ていない。そもそも異形裁判は回数自体が減っており、トロンハイムで開かれるのも十八年ぶりだという。人語を解す異形種は産業革命以降ほとんど駆逐され、現在は吸血鬼、人狼、人馬《ケンタウロス》などごくわずかしか生き残っていない。

今日、傍聴席を人が埋めている理由は主に三つ。そうした背景のもとで開かれる、久々の異形裁判であること。事件の被害者が街の有力者であること。そして、もうひとつ——ギイ。

軋みとともに、大扉が開く。

ざわめきに満ちていた傍聴席が、一斉に静まり返った。

三人の男が順に入廷する。先頭は黒い法服をまとった、ぽっちゃりした顔の男だった。

「ハルワルド・メリングか」ルールタビーユが言った。「ベテランの裁判官で、公明正大な人物という噂だ。少なくとも人間同士の裁判においては」

メリングは法壇に上がり、中央の裁判長席に座った。二番目の人物はどうやら書記官で、メリングの横に着席すると、分厚い記録帳を開いた。もうひとりの男は背筋を伸ばしたまま規則的に歩き、アニーから見て右側の机——審問官の席に着いた。

エイスティン・ベアキート。

歳は三十代前半。高貴と勇猛を兼ね備えた、秀麗な顔立ちの男だった。小鹿色の髪をうなじまで伸ばし、鋭い眉と瞳には揺るがぬ意志がこもっている。服装は襟の高いパーシアンレッドのカソックコート。異形裁判にかつらや服の規定はないが、審問官をまっとうするという決意の表れか、あるいは大衆の支持を意識してか。後者なら狙いは成功していた。色恋に興味がないアニーでも見入ってしまうほどの美丈夫だ。

腰には、柄にヒースが彫り込まれた大振りの剣を下げていた。異形裁判においては関係者全員が武器の持ち込みを許可されている。被告が暴れた際、制圧できるようにだ。

続いて二人の廷吏が、布で隠された巨大な箱のようなものを運んでくる。

静寂の中、車輪が床を滑る音だけがキイキイと鳴った。箱はエイスティン卿の横側——被告が控える位置で止まる。

廷吏のひとりが布に手をかけ、一気にはぎ取った。

餌にかぶりつくことを許可された犬のように、傍聴席からどよめきがあがった。男たちは身を乗り出し、女たちは口元を押さえ、記者たちはコダック社製カメラを構え、画家は帳面に鉛筆を走らせた。

それは一辺が一・五メートルほどの、四角い正方形の水槽だった。枠もガラスも真新しく輝いていて、この日のために用意した特注品であることをうかがわせた。水は七割ほど満たされ、その中に、人と同じ大きさをした一匹の生物が浮いていた。

二十年ぶりの異形裁判。

容疑は殺人。被害者は地元の名士、ラーシュ・ホルト。

被告は、人魚だ。

2

人魚は若い女の姿をしていた。

繊細そうな眉は力なく垂れ、ブロンズ色の瞳はなかばまぶたに隠れている。疲れきり、絶望した女の横顔だった。裸の乳房を隠すように、淡い金色の髪が水中で揺れている。青白くなめらかな肌に、肋骨の線が浮き上がっている。くびれた腰から下へ進むにつれ、その肌に光の粒がまじりだし、やがて完全な鱗へと変わった。彼女に脚と呼べるものはなく、下半身はまだらに光る巨大な魚類のそれだった。ひだのついた尾びれだけが、水中でのバランスを保つためにゆっくりと左右に動いていた。

手錠や枷《かせ》はついていない。

陸に引き上げられた時点で、もう彼女に逃げ場はない。

彼女は最初うつむいていたが、どよめきの声が水面を揺らすと、次第に傍聴席のほうを向いた。視線の集中砲火を浴び、すぐに顔を背ける。しかし反対側には、剣の柄に手をかけながら彼女をにらむエイスティン卿が待ち受けていた。安全地帯は足元にしかなく、人魚は再び目を伏せた。

場が落ち着くのを待ってから、メリングが咳払いをした。

「それでは、〈異形裁判〉を開廷します。裁判長は私、ハルワルド・メリング。審問官はエイスティン・ベアキート氏が務めます。弁護人に関しましては、応募者が現れなかったため、今回は――」

勢いよく大扉が開く。

その唐突な軋みと、三人分の新たな声が、メリングの発言をかき消した。

「ほーら、やっぱりここじゃないか。おまえの負けだ津軽」

「約束どおり耳からピーナッツを食べていただきます」

「おっかしいなぁ、あたくしのせいじゃないですよ受付のお姉さんが……やあ、どうもどうもすみません、遅れちゃいました」

つぎはぎだらけのコートを羽織った妙な男が、ぺこぺこと頭を下げながら入廷する。その後ろに、モノトーンのメイド服を着た黒髪の女性が続く。

アニーはあっけにとられた。

男はパリでも見たことがない真っ青な髪色で、何が楽しいのやら薄笑いを浮かべ、右手にレースの覆いをかぶせた鳥籠を持っていた。そして彼は、自然な足取りで法廷を横切り、アニーから見て左側の机——弁護人側の席についたのである。

メリングが声をかける。

「なんだね、君たちは」

「おや裁判長さん？　こいつぁ失敬とんだご無礼を、あたくし日本からはるばるやってまいりました流浪の芸人《鳥籠使い》真打津軽と申します。名は真打ですが器は前座ってぇちゃちな男で……」

「津軽」どこからか、少女の声が聞こえた。「もっと言うべきことがあるだろ」

「弁護人です。人魚さんの」

男はにっと笑い、水槽を指さす。

傍聴席が再び揺れた。先ほどとは質の異なる、戸惑いのどよめきだった。エイスティン卿はぴくりと眉をひそめ、裁判長は書記官と顔を見合わせた。

「本気で言ってるのかね」

「本気も本気、手続きも駆け込みで済ませました」

「あなたが、弁護をなさると？」

「いいえあたくしぁただの弟子でして、弁護はもっぱら師匠のほうが。まいっちゃいますよ、あたくしこういう堅っ苦しい場所は苦手なもんでやめましょうっつったんですけど師匠がどうしてもっておっしゃるもんでね」

「師匠とは……そちらの女性ですか？」

「こちらの女性です」

津軽と名乗った男が鳥籠を持ち上げ、レースの覆いを外す。

アニーを含め、法廷の全員が不意打ちを食らった。幾人かの女性が悲鳴をあげ、記者がペンを落とす音が重なり、エイスティン卿は口を開けた。無関心を決め込んでいた人魚も、とうとう目を見張り、ガラスに手のひらをくっつけた。

レースの向こうには、少女がいた。

黒く艶めく髪を持ち森羅を見透かす笑みを湛えた、世にも美しい少女の、頭部が。

鳥籠の中に、女の子の生首が収まっている。

「弁護人を務めます、輪堂鴉夜です」

その生首がなめらかに口を開き、耳に心地よい声を発したものだから、アニーはますますあっけにとられた。

「に、人間なんですか」と、メリング。「〈不死〉と呼ばれる生き物で、九百六十年ほど生きています。でも、怪物は弁護人になれないという規定はないでしょう？」

「さっき、日本から来たと言っていたようですが……」

「ええ、この街には昨日着いたばかりです。朝刊で事件のことを読み、被告は無罪だと思ったものですから」

「どなたか、証人を連れていますか」

「いいえ。でも審問官が連れてきているでしょ？　反対尋問をさせていただければ充分ひっくり返せますよ。私は〈怪物専門の探偵〉なので」

探偵――

大道芸人じみた彼らの見た目にはまったくそぐわない単語だった。パリの貴族オーギュスト・デュパン。ロンドンの傑人シャーロック・ホームズ。アニーが知っている探偵は、みなそうした紳士ばかりだ。

それに、言っていることもわからない。地元紙の朝刊にはアニーも目を通したが、遺体発見までのおおまかな流れしか書かれていなかったし、人魚が無罪だと思えるような要素はどこにもなかった。

それを昨日街に着いたばかりの探偵が、ひっくり返す？

「ふざけるな!」エイスティン卿の拳が、机を叩いた。「ここは見世物小屋じゃない。神聖な法廷なんだ。人類が培った法を尊び、言葉と理性の力によって真実を追究する場だ。ただでさえ異形で汚されているのに、もう一匹増えたうえ、生首が人魚の弁護だと? これは裁判所に対する、いや人類全体に対する侮辱だ。許されるはずがない!」

鴉夜と名乗った不死の少女は、余裕をもって返す。

「ご安心を。私はあなたのおっしゃるとおり、言葉と理性で戦うつもりです。それくらいはこの体でもできますから」

「なんだと……」

「痛っ! ちょ、静句さん、あたくしの耳にピーナッツを詰めないで! 痛い痛い痛い! いまはだめですって!」

「裁判長! 彼らに退廷を命じてください!」

エイスティン卿が促した。メリングは「しかし、手続き済みなら……」と尻込むが、そこに「そうだ」「つまみ出せ!」と傍聴人たちの声が重なる。声はすぐさま勢いを増し、ブーイングの嵐となった。紙くずやマッチの空箱が宙を舞い、誰が最初に弁護人席に当てられるかの競い合いが始まった。

「旗色が悪いな」

隣席からつぶやきが聞こえたかと思うと、ルールタビーユが立ち上がり、

「面白い！」

法廷中に声を張った。

群衆は彼に注目した。ルールタビーユは両手を軽く広げ、彼らに語りかける。

「紳士淑女のみなさん。我々はこの場に立ち会えた幸運を喜ぶべきです。その、どこの馬の骨とも知れぬ生首が、殺人人魚をかばったうえ、あまつさえ〝無罪にする〟と宣言しているのですから。こんなに滑稽な挑戦がほかにありましょうか？　たかが怪物の知性でどこまでできるのか、やってみせてもらおうじゃありませんか。彼らが狼狽《ろうばい》する様をこの目で見、この耳で聞き、ともに人類の偉大さを祝いましょう」

染み込むような間のあと、「たしかに」と誰かが同調し、追従の声が次々と上がった。嵐は勢力を保ったまま、風向きだけを正反対に変えた。制止できぬと悟ったエイスティン卿は、歯がゆそうな顔で腕を組んだ。

アニーは座り直した上司を白い目で見る。

「本心じゃないですよね？」

「もちろん」ルールタビーユはしたたかに答えた。「だが、面白いことはたしかさ」

メリングが木槌《きづち》を鳴らした。

「静粛に。みなさん、静粛に。……わかりました、アヤ・リンドウ氏を弁護人として認めましょう」彼は姿勢を整え、事務的な口調に戻った。「本公判では、審問官ベアキート氏と弁護人リンドウ氏が、ラーシュ・ホルト氏の死亡案件について主張を交わし、そこで明かされる証言と事実に基づき、責任者である私が被告の有罪、あるいは無罪を判決します。それでは規定にもとづき、審問官と弁護人は宣誓書の署名をお願いします。本書面は、各位が法への誠実さを貫き、この場において虚偽を語らぬことを誓うもので……」

「口づけでもよいですか？　あいにくペンが持てないもので」

鴉夜が言い、津軽が「ははははは」と笑う。傍聴席もつられるように、笑いの渦に包まれた。

アニーは気づく。

先ほどまで水槽に注がれていた不埒《ふらち》な視線は、いま、弁護人席へとそれている。人魚のことを気にする者はもう法廷に誰もいなかった。何倍も珍妙で何倍も謎めいた東洋の喋る生首が、何を成し、あるいは何を成せないのか。興味の対象はそこへ移っている。

道化を演じることで人魚を護ろうとしているようにも、見ようによっては見えた。

「《鳥籠使い》……」

津軽という男が名乗った呼称を、口にする。

理由はわからないが、少女の胸が高鳴り始めていた。

3

両者が署名を済ませる間に、年齢も身なりも様々な五人の男女が先導役の廷吏とともに現れ、エイスティン卿の背後の待機席に座った。どうやら彼らが審問官側の証人らしい。すべての準備が整うと、メリングが木槌を一度鳴らし、開廷を宣言した。

「異形裁判では被告の発言権を認めないため、意見陳述が省略されます。では審問官から、論告をどうぞ」

エイスティン卿は立ち上がり、まず、アニーたちのほうを向いた。

「ラーシュ・ホルト氏！　知の巨星にして無私の貢献者。彼は我らがトロンハイムを愛していました。現役時代は歴史学者として教鞭《きょうべん》を振るい、引退後は街の基幹事業である海運業の発展に努めました。波止場に倉庫を持つ者で、ホルト氏に援助を受けていない者はひとりもおらぬでしょう。現在進んでいる大聖堂の修復も発起人はホルト氏です。私自身、大学で彼から学んだ教え子のひとりです。分け隔てなく人に接し、救済のためなら金銭を惜しまぬ紳士でした。裕福な者も、労働者も、浮浪者たちでさえ、誰もが認める偉人でした。その彼が、亡くなりました」

軍人の瞳がうるみ、窓から差す陽を照らし返した。

「報《しら》せはその夜のうちに私の元へ届きました。私はサロンの個室で這いつくばり、年甲斐もなくむせび泣きました。恩師のもとを訪ねるたび、街の発展計画を聞かされていました。活気ある港を、復活した大聖堂を、彼に見せてあげたかった。彼の死は私の心の喪失であり、トロンハイム全体の喪失です。私の胸には寒風が吹き、同時に怒りが煮えています。私には、彼を死に追いやった者を罰する義務がある。この公判によって、みなさまに真実をお伝えします」

エイスティン卿が語り終えたとき、《鳥籠使い》の登場によってうわつきつつあった法廷の空気は払拭されていた。裁判長も、廷吏も、そして傍聴席の大多数を占める街の住人たちも、みなその勇烈な声に聞き入っていた。気まぐれでこの場に臨んだ弁護人とは何もかも異なることを、彼は全身で語っていた。

弁舌の効果を測るような間のあと、審問官は続けた。

「そのための第一歩として、シメン・バッケ氏を喚問します」

控えていた男のひとりが、中央の証人席へ進み出る。

白い口ひげを生やした初老の男だった。アニーの席は最前列の端のほうだったので、彼の細い目やイボのある鼻がよく見えた。男が規定どおりの簡潔な宣誓を済ませると、エイスティン卿は主尋問を始めた。

「お名前とご職業は」

「シメン・バッケと申します。ラーシュ・ホルト様の執事をしておりました」

「九月十九日の夜の出来事を、教えてください」

「あの日は……医師のハウゲン先生がホルト様の往診にいらっしゃり、そのまま屋敷で夕食を。食後にホルト様は、『湖のほとりで一服する』とおっしゃり、おひとりで外に出ていかれました。真冬以外は、いつもそうなさる習慣でした」

「待ってください。ホルト邸のことは、トロンハイムの住民ならばみな知っていますが……ここにはよそから来られた方もいる」皮肉をにじませ、エイスティン卿は弁護人たちを見た。「屋敷について説明していただけますか」

「はい。街から二キロほど離れた場所に、デセンベル湖という湖がありまして、屋敷はその北のほとりに建っています。近くに民家はなく、湖も、周囲の森も、すべてホルト様の所有地です」

「ホルト氏は、そのデセンベル湖のほとりに向かったわけですね」

「はい。屋敷からほとりまでは、歩いてほんの一分ほどです」

「ありがとうございます。先を続けてください」

「奥様とハウゲン先生と私は、談話室におりました。奥様がトランプのブリッジをしたがり、人数が足りなかったので庭師のジェイコブに声をかけ、四人でゲームを」

「邸内にはあなた方四人だけでしたか？」

「はい。コックとメイドは出かけておりました」

「続けてください」

「八時を過ぎたころでしょうか。廊下から、誰かが階段を駆け上がる音が聞こえました。二十秒ほどあとに、今度は下りる音が。そして、その一分ほどあとに……湖のほうから、銃声のような音が聞こえました。数秒ごとに、六発ほど」

淡々と答えていた証人は、そこで肩を震わせた。

「私たちは……私たちはすぐに見にいくべきでした。しかしブリッジの最中でしたし、風の強い夜だったので、何かと聞き間違えたのだと思ってしまい……」

「どうか落ち着いて。事実だけを話してください」

「十分ほど経ってから、奥様が『ラーシュはまだ戻らないの？』とおっしゃりました。そこで、私と先生とジェイコブが湖畔を見にいきました。ちょうど、雨が降り始めていました。湖畔には誰もおらず、桟橋の端に、拳銃が一丁落ちていました。弾は撃ち尽くされていました」

「あなたはその銃に見覚えがありましたか」

「ありましたとも。アメリカ製のスミス&ウェッソン3型。ホルト様の護身用銃です」

「ホルト氏は普段、その銃をどこに保管していたかご存じですか」

「二階にある書斎の、デスクの一番上の抽斗です。ホルト様は貴重品をそこにまとめられておられました。金時計や、眼鏡や、万年筆や、小切手帳……そして銃を」

「話が飛んでしまいますが、先に銃の件を片付けましょう。あなたは事件発覚後、その抽斗を確認されたそうですね」

「はい」

「銃はそこにありましたか？」

「ありませんでした」

周囲から、記者たちがメモを走らせる音が聞こえた。アニーも〈階段の足音〉と〈銃〉を線でつなげ、横に見解を走り書きした。〈ホルト氏が銃を取りにきた？〉

「では、時系列を戻しましょう。桟橋で銃を発見し、そのあとは？」

「私たちは湖を見渡しました。二百メートルほど離れた水面に、ボートが一艘《そう》浮かんでいるのが見えました。桟橋につながれていたはずの小舟です」

アニーは唾を飲んだ。ここから先が事件の核心であり、大々的に報道された部分だ。

「湖の中央には、小さな岩場が突き出ています。ジェイコブがそこを指さし、『誰かが動いた気がする』と言いました。屋敷からもう一艘ボートを運んできて、私たち三人はそれに乗り、岩場の確認に向かいました」

証人は息を荒らげ、苦しそうに続けた。

「岩場には、こと切れたホルト様が横たわっていて……すぐそばに、人魚が」

「その人魚はいま、この法廷にいますか」

「もちろんです！」執事は水槽に指を突きつけた。「こいつです。この人魚です。ハウゲン先生とジェイコブが二人がかりで縛り上げました」

人魚は反応を示さなかった。じっとうつむき、床を見つめている。

「遺体と人魚のほかに、岩場には誰かいましたか？」

「陰に隠れるようにして、幼女の人魚が一匹。そっちも捕まえようとしたのですが、水中に逃げてしまいました。鱗と髪色が同じでしたから、親子だと思います」

「湖に人魚の親子がいることを、あなた方はご存じでしたか」

「二十年以上屋敷に住んでおりますが、まったく知りませんでした」

「この人魚は何か言いましたか」

「片言で、ヤッテナイ、とだけ。何を尋ねてもその繰り返しで、そもそも人の言葉をよく知らぬようでした。私たちはすぐに猿轡《さるぐつわ》を噛ませました」

「ホルト氏の遺体はどのような状態でしたか。おつらいかもしれませんが、よく思い出してください」

「服はシャツとズボンだけで、身に着けておられたはずの上着と両足の靴が見当たりませんでした。顔が紫色になり、全身がびっしょりと濡れておりました。ハウゲン先生は、ひと目見て溺死だと」

「ホルト氏は泳ぎが得意でしたか？」

「苦手でした。ほとんど泳げなかったと思います」

「湖にボートが浮かんでいた、とおっしゃいましたね。そちらの確認は？」

「人魚を縛ったあと、警察が来るまでの間に確認しました。ボートにはホルト様の靴と、上着が置いてありました」

エイスティン卿は、織り込み済みのような所作でゆっくりとあごを撫でた。

「ふむ。ボートにホルト氏が乗っていて、転落したということでしょうか？」

「いいえ。私は、それにしては変だと思いました」

「なぜ？」

「ボートにはオールがついていなかったのです。もともと桟橋には三つのボートと六本のオールがありましたが、シーズンが過ぎたので、ジェイコブが自分の小屋に引き上げて、細かい補修などをしておりました。一艘だけしまい忘れて、それが桟橋に残されていたわけです」

「では事件当夜、すべてのオールは庭師の小屋にあったわけですね」

「そうです」

「ボートの周囲に、オールのかわりとなるようなものは浮いていましたか？」

「三人で目を凝らしましたが、ありませんでした」

「たしかですね？」

「たしかです。ですから、ホルト様がそのボートに乗っていたわけがありません。オールがないのにボートを漕ぎ出す人間なんて、いるはずありません」

「たしかに、そんな人間はいませんね。どうもありがとう、バッケさん」

エイスティン卿は体の向きを変え、再び傍聴席を視野に入れた。

「バッケさんの証言を聞いただけでも、起きたことは明白です。ホルト氏は湖畔での一服中、所有地である湖に不法に住み着く人魚を発見しました。彼は自力で駆除しようと思い、書斎から銃を取ってきて、桟橋から発砲しました。ところが、人魚が反撃を。ホルト氏は湖に引きずり込まれ、無残にも溺れさせられたのです。言うまでもなく、人魚ならばその犯行はたやすいでしょう。

そして人魚は、浅はかな偽装工作まで行いました。死体から脱がせた上着と靴をボートに乗せ、係留ロープをほどいて、ホルト氏がボートから転落したように見せかけました。悲しいかな、人の文化に無知な人魚では、オールの存在にまで思い至らなかったのです。桟橋の銃、オールのないボート、岩場で発見された溺死体。すべてが、人魚だけが犯行をなしえたことを示しています」

なめらかで威厳に満ちた声は、法廷の隅々まで染みわたった。肩書は伊達《だて》じゃない、とアニーは思った。さすがは軍法会議を仕切っているだけある。

「主尋問を終わります」

「では弁護人から、反対尋問をどうぞ」

メリングが促す。

「その前に、被告にひとつうかがいたいことが」鴉夜はそう言うと、裁判長の許可を待たず、「お名前は？　人魚さん」

全員にとって予想外のことを尋ねた。

「ずっとただの人魚呼ばわりじゃ失礼だからね。名前があるなら教えてほしいな」

人魚自身も、あっけにとられたようにまばたきをした。鴉夜は穏やかに微笑みながら、「な・ま・え」と丁寧に発音する。

異形同士、同性同士、あるいはもっと深い場所で、何かが通じ合うのがわかった。人魚は躊躇しつつ、水面からそっと顔を出し、そして初めて声を発した。

「……セラフ」

か細い声は、ガラスの檻の中で小さく反響した。

「ありがとう。ではそう呼ぼう」

「弁護人」メリングが咎《とが》める。「被告は審問官としか話せないという規定があります。次に言葉を交わしたら、退廷させますよ」

「失礼しました。さて、バッケさん」

鴉夜が本題に移ると、真打津軽はひょいと立ち上がり、師匠の頭部を鳥籠から出し、両手で持ち上げた。生首に話しかけられた執事は、とたんに冷静さを崩した。

「な、なんでしょう」

「事件当夜のことをお聞きします。屋敷を出たとき『雨が降りだした』とおっしゃっていましたね。その前は月が出ていましたか？」

「ほとんど出ていませんでした。雲がかかり、暗い夜でした」

「書斎のドアや抽斗に鍵はかかっていましたか？」

「かかっていませんでした」

「ホルトさんとあなた以外で、抽斗に銃があることを知っていた人はいますか？」

「屋敷の者や、ホルト様と親しかった方なら、みんな知っているはずです」

「書斎の抽斗に貴重品がまとまっていたそうですね。抽斗を確認した際、銃以外のものは無事でしたか？」

「はい」

「時計も、眼鏡も、万年筆も、小切手帳も、ちゃんとあったわけですね？」

「はい」

「異議あり」審問官が挙手する。「弁護人は無意味な質問で審議を妨害しています」

「異議を認めます。弁護人は質問を絞ってください」

「歳を取ると回りくどくなっていけないなぁ」

「津軽ぅ？　法廷では私語を慎むべきだぞ」

弟子のぼやきに釘《くぎ》を刺してから、鴉夜は咳払いをひとつ。横隔膜がないのにどう息を吸っているのだろう。

「さて、バッケさん。新聞でホルト氏の写真と経歴を見たのですが、彼は六十歳だったそうですね。写真では裸眼で写っていました。ご主人の視力はどのくらいでしたか？」

「遠くのものはかなり見づらくなっておられたようです」

「ご主人が遠くのものをよく見るときは、どうしていましたか？」

「眼鏡をかけておられました」

「もう一度お聞きしますが、抽斗からは銃だけがなくなり、眼鏡は残されていたのですね？」

「は、はい」

「不思議ですね。近眼のご主人が、月のない夜に、湖で泳ぎ回る人魚を撃つために、抽斗から銃を持ち出した。なのになぜ、同じ抽斗に入っている眼鏡は持っていかなかったのでしょう？　眼鏡がなければまったく狙いをつけられないと思うけどな。私に首から下があれば、腕組みして考え込んでいますよ」

「弁護人。あなたも私語は慎しむように」

「反対尋問を終わります」

メリングに注意され、鴉夜は引き下がった。バッケは頬をはたかれたかのようにまばたきを繰り返しながら、待機席に戻る。

「生首のお嬢さん、なかなか鋭いところを突くな」ルールタビーユが評した。「でも、有罪を覆すにはほど遠い」

「首だけの探偵が裁判をひっくり返したなんて、書いても信じてもらえるかな……」

苦情が殺到しそうだし、写真を載せてもトリックだと言われそうだ。アニーが悩んでいると、ルールタビーユがからかうように、

「よほど彼らが気に入ったんだね」

「え」

「もう弁護側の勝ちが決まっているような言い方をするからさ」

北風が吹いたわけでもないのに、新米記者の頬は林檎色に染まった。

4

「マルティン・ハウゲン。街の開業医で、ホルト氏の主治医です」

二人目の証人は、人のよさそうな太鼓腹の中年男性だった。法廷にも慣れた様子で名乗ると、彼は審問官に笑いかけた。

「エイスティン君としゃちほこばって話すのは、妙な気分だね。普段はもっと気さくなのに」

「私もです、ハウゲン先生。しかし法廷では親密さも不要です」

にこやかに返してから、エイスティン卿はきびきびと主尋問を始めた。まず、先ほどの執事の証言に齟齬《そご》がないことがたしかめられた。「記憶と矛盾はない」という言質を取ると、審問官は本題に切り込んだ。

「ホルト氏の死因は？」

「溺死です、間違いなく。顔にはチアノーゼが現れ、肺にも大量の水が」

「ホルト氏に持病はありましたか」

「狭心症を患っていましたが、命に関わるほどでは」

「とはいえ、冷水に飛び込んだとしたら？」

「もちろん自殺行為です。泳げるにしろそうでないにしろ、命に関わります。この季節、夜の水温は零度近くまで下がるからね」

「そんな水の中にホルト氏を引きずり込んだ者が、もしいたとしたら、あなたはどう思いますか」

「殺す気でやったのだろうと、そう思いますね」

傍聴席から一斉に、ペンを動かす音が聞こえた。

「遺体に外傷はありましたか」

「ひとつだけ。右手首に、濃いあざがついていました」

「どんな形状のあざでしたか」

「一センチ幅の線状の跡が、五つ。細い指で強くにぎったような跡でした。大人の女性の手ですな……ちょうど、彼女のような」

ハウゲンは水槽をあごでしゃくる。審問官は満足げにうなずいた。

「被告に明確な殺意があったことが、これで証明できました。主尋問を終わります」

「弁護人、反対尋問をどうぞ」

真打津軽が、先ほどと同じように師匠を持ち上げた。鴉夜は少し考えてから、声を発した。

「ハウゲン先生」

「はい」

「遺体の袖口はどんな状態でしたか？」

「……？　両腕とも、肘のあたりまでまくられていました」

「質問は以上です」

たったそれだけで、反対尋問は終わってしまった。

エイスティン卿の眉間にしわが寄る。傍聴席からも「なんだいまのは」「ひとつしか聞かないの?」「もうあきらめたんじゃないか」とささやき声が交わされる。

「ルールタビーユさん、いまのどう思います?」

アニーは隣席へ尋ねたが、上司は無反応だった。普段の穏やかな様子が失せ、手を口元にやり、じっと考え込んでいた。

たったいま、とてつもなく重要な何かが指摘された、とでもいうように。

次に喚問された証人は、五十代の痩せた男だった。くぼんだ目の奥で油断のならない瞳が光り、耳や頰には大きな傷跡が刻まれていた。

「お名前とご職業は」

「名はノルダール。怪物駆除をやってたが、いまは引退の身だ」

「ノルダールさんはこの道二十年のベテランで、怪物との豊富な戦闘経験があります」

「〈獅子鷲《グリフォン》殺し〉にそう言われるとは、光栄だね」

ノルダールはガラガラ声で、皮肉とも本心ともつかぬことを言った。アニーは上司に解説を求める。

「エイスティン卿の武勇伝だよ。スピッツベルゲン遠征時に、あの剣一本で獅子鷲《グリフォン》を仕留めたそうだ」

エイスティン卿は特に反応せず、厳正な審問官の立場を貫いた。証人席に近づき、主尋問に入る。

「人魚を駆除されたことはありますか」

「クリスチャニアで一匹、海外で四匹、この街で二匹」

「人魚の生態についてお聞きします。凶暴でしょうか？」

「個体差があるが、人間を襲って食うやつもざらにいる。特に子育ての時期の母親は凶暴化する。クマやライオンと同じさ」

アニーは執事の証言を思い返す。遺体発見時、岩場には人魚の娘もいた。

「それまで静かに暮らしていた人魚が、出産を契機に人間を襲うことはありえますか」

「大いにありえる。栄養が必要だからな」

「人魚の遊泳速度はどのくらいでしょう」

「おそろしく速い」

「たとえば直径一キロのデセンベル湖の場合は、何分ほどで横断できますか」

「健康体なら一分とかからんさ」

「人魚が人を襲うときは、主にどういった方法を用いますか」

「腕や足をつかんで、水の中に引きずり込む。それ以外の殺し方は見たことがない」

「犯行が可能なことと、人魚になら短時間での偽装工作も可能であったこと、すべての裏付けが取れました。主尋問を終わります」

すかさず津軽が立ち上がり、鴉夜の頭部をノルダールへ向けた。歴戦の男は殺し方を吟味するように、じっと不死をにらみつけた。

「人魚の生態なら私も少し詳しいんですが。彼らには息継ぎの必要がありませんよね？」

「ああ。エラ呼吸ができるからな」

「では人間に見つかっても、水に潜れば簡単に逃げられますね。潜行中の人魚を拳銃で撃とうとするのは、かなり不自然ではないでしょうか」

「普通はそうだな」威圧的なまなざしが、水槽の人魚へとずらされた。「だがさっき言ったように、こいつらには個体差がある。いたずら好きのやつは、わざと水から顔を出して人間を挑発したりする。チューリッヒ湖にいたやつがそうだった。ワシはライフルで湖畔からそいつを撃ち抜いた」

鴉夜の顔に初めて不満が現れた。エイスティン卿は、ホルト氏と同じやり方で駆除に成功した人物をわざわざ見つけだしてきたのだろう。

「では、質問を変えます。腕や足をひっぱるのが人魚の襲い方だとおっしゃいましたね。しかし腕をつかむ場合は、若い男などを誘惑して、水面に上半身を近づけたときに限るのでは？」

「まあ、そうだ」

「チューリッヒ湖にいたあなたのように、銃を構えている人間の腕をつかむことは考えられますか？　より水面に近い足をつかむほうが効果的だと思いますが」

証人はしばらく黙り込んでから、はねのけるように鼻を鳴らした。

「人魚にはジャンプ力だってあるし……ないとはいえないさ」

「反対尋問を終わります」

鋭い問答とは言い難かった。ノルダールは待機席に戻り、エイスティン卿が涼しい顔で書類をめくる。アニーは開廷前のルールタビーユと同じようなことをつぶやいてしまう。

旗色が、悪い。

セラフという名の人魚は変わらずうつむいて、床をじっと見つめていた。自分の置かれた状況にも弁護人の奔走にも、まるで興味がなさそうだ。

すべてをあきらめ、死を受け入れている——そんな素振りだった。

5

四人目の証人はたくましいドイツ系の男で、かびくさい背広に身を包んでいた。刈り上げた頭を落ち着かなげに左右に振り、宣誓は何度もつっかえた。エイスティン卿が名前を尋ねると、彼は「エイスティン様、あっしの顔を忘れちまったんですか？」と悲しそうに聞き返し、法廷から苦笑をさらった。

「そりゃ、私は何度も会っているけど、みなさんに紹介しないといけないからね」

「ああ……。ジェイコブ・ミュラーっていいます。ホルト様の、庭師です」

「お仕事の内容を教えてください」

「植木の手入れと水やりが主ですが、屋根の修理とか、ペンキ塗りとか、頼まれりゃなんでもします」

「たとえば、ボートの補修なんかも？」

「へい」

「九月十九日の夜、ボートのオールはどこにありましたか」

「六本ともあっしの小屋に置いてありました」

「ボートの本体だけが、桟橋につながれていたわけですね？」

「へ、へい。二、三日内にしまうつもりだったんですけども……」

「あなたの責任を問うつもりはありませんよ、ミュラーさん。さて、係留ロープはどんな結び方をしていましたか」

「それが、あっしは船のほうは詳しくねえもんで……適当に結んでただけです」

「では、たとえばですが——人魚などがロープをほどこうとした場合、簡単にほどけると思いますか？」

「ええ、子どもにだってほどけると思います」

アニーには、いまのやりとりは誘導尋問にあたると感じた。だが弁護人は異議を発しなかった。机の上に置かれた生首は、楽しそうにやりとりを聞いている。

「あなたはハウゲン先生と協力し、人魚を拘束したそうですね」

「そうです。ほっといたら危ねえと思ったもんで」

「それはなぜですか」

「あっしらが岩場に駆けつけたとき、人魚はホルト様に覆いかぶさってて……あっしにゃ、ホルト様を食べようとしてるように見えたんです」

傍聴人たちは低くうめいた。亜人種が害獣として扱われる最大の理由は、彼らが人肉を食すことにある。

被告への嫌悪を植えつけるには、その一言で充分だった。エイスティン卿は「主尋問を終わります」と告げた。

入れ替わるように、真打津軽が立ち上がる。首だけの少女が放つ紫水晶《アメジスト》色のまなざしに捉えられると、庭師は一歩しりぞいた。

「ご安心を。私は君にかぶりついたりしないよ」

「何せ胃袋がありませんしね」

「よせ津軽、笑ってしまうだろ」

ふふふふふ。はははははは。奇妙なコンビは不謹慎な笑い声を上げた。何か言いかけたメリングを制するように、鴉夜は反対尋問に入った。

「執事のバッケさんによると、事件当夜は風が強かったとか。ミュラーさん、あなたのご意見は？」

「……ええ、強かったですね。窓がガタガタ鳴ってやした」

「どの方角から吹いていたか、覚えていますか」

「このあたりじゃ、風はいつも北から吹きます」

「北風ですね。邸宅も湖の北のほとりに建っている。では、オールなしで岸を離れても、ボートは強風にあおられて、自然に岸から離れていくはずですね」

「そりゃあ、まあ……そうです」

「その点は私も見過ごしていたな」エイスティン卿が口を挟んだ。「人魚には、ボートを押して泳ぐ必要すらなかったわけだ」

鴉夜は受け流し、質問を続ける。

「執事さんたちと一緒に、ボートを確認したそうですね」

「へい」

「ボートがどんな状態だったか、なるべく正確に教えてください」

ミュラーは腕組みし、ひとつずつ記憶を掘り起こした。

「ええと……底に、雨が溜まり始めてて……舳先《へさき》のあたりに、ジャケットがくしゃっと丸まってたな。裏返しだった。ベンチの上にゃ、革靴が一組ひっくり返ってた」

「上着と靴は、たしかにホルトさんのものでしたか？」

ミュラーの頬が持ち上がり、不敵に笑ったことがわかった。彼は人魚を一瞥し、嘲るように答えた。

「あんたがこの化物をどう庇《かば》うつもりか知らねえけど、残念でしたね。ありゃ、絶対にホルト様のもんだった。神に誓えまさあ。あっしが靴を手に取ったとき、中敷きからハッカのにおいがしたんです」

「ハッカ？」

「ホルト様は近ごろ足のにおいを気にされてたんだ。で、中敷きにこっそりハッカ油を塗ってらしたのさ。おれがその油を作ってた。だから、間違いねえ」

ささやかな秘密の暴露に、傍聴席から忍び笑いが漏れる。ミュラーは仏頂面で背後を振り向いた。記憶力を賞賛してもらえると思っていたのだろう。

「どんな偉人も、寄る年波には勝てぬものだ」エイスティン卿は柔らかく言ってから、

「裁判長。弁護人は無意味な質問を繰り返したうえ、故人の尊厳を傷つけています」

「異議を認めます。弁護人は……」

「故人にとって最大の侮辱は、彼を殺した犯人が逃げおおせることですよ」

鴉夜のその言葉は、声を張ったわけでもないのに、不思議と法廷によく響いた。

アニーはまばたきをし、男の手の中に収まる少女を見つめた。

〈怪物専門の探偵〉を名乗る旅人たち。彼らは戯れでここに現れたのだと思っていた。

「被告は無実」という発言も、余裕あふれる態度も、虚勢にすぎないと思っていた。

そうじゃない、と直感する。

鴉夜は人魚の無実を信じている。本気でこの裁判をひっくり返そうとしている。

「いいかげんにしろ」怒りを秘めた声で、審問官が言った。「犯人は、この人魚だ」

「いいえ、セラフさんじゃない。私にはだんだん全体像が見えてきました」

「全体像など最初から見えている！ 人魚がホルト氏を溺れ死なせたのだ」

「シャツの袖」

唐突な一言に、エイスティン卿の気勢が減じた。

「ハウゲン医師が『遺体の手首に濃いあざが残っていた』と証言したとき、私は不思議に思ったんです。服越しに手首をつかんだとして、指の形まではっきりわかるような跡がつくだろうか？ そこで、袖口について質問を。医師の答えは『両腕とも肘までまくられていた』でした。つまり、セラフさんが手首をつかんだ時点で、ホルト氏は袖をまくっていたわけです」

「……それがどうした」

「どうしてまくったのだと思います？」

審問官は憐憫《れんびん》の微笑とともに、かぶりを振る。

「銃を撃てば火花が散る。袖口が焦げるのを防ぐため、紳士はしばしば袖をまくるものだ。首だけの君には銃を撃つ機会がないから、わからないかもしれないが」

「うちの弟子よりうまいことを言いますね。しかし想像力を使ってください。人魚を発見した紳士が、慌てて家に戻り、銃を取ってきて、桟橋から発砲する。その慌ただしい流れの中で、わざわざ両袖をまくるでしょうか？　焦げつきを防ぐため？　馬鹿げていますよ、そんなことをしている間に人魚は遠くへ逃げてしまうでしょう」

「詭弁だな。桟橋と屋敷の往復には一、二分かかる。その間に、走りながら袖をまくったかもしれないじゃないか。こんな些細《ささい》なことはどうとでも解釈できる」

不死の少女は目を細めた。桜色の唇が持ち上がり、三日月を横に倒したような美しいカーブを描いた。

「たしかに些細なことですね。上着の問題を別とすれば」

「上着？」

「エイスティン卿。あなたの主張によれば、セラフさんは殺害後にホルト氏の上着と靴を脱がし、それをボートに放り込んだわけですよね」

「……何が言いたい」

「津軽。私を置いて、前に出ろ」

「はあい」

津軽は師匠を弁護人席の卓上に戻し、法廷の中央へ歩み出る。

無防備になった鴉夜を護るように、メイドが一歩机に寄った。

「事件当夜のホルト氏になったつもりで動け。銃を持ち、駆け足で桟橋へ戻っている。服の両袖をまくってみろ」

真打津軽はやけに手慣れたパントマイムを始めた。老けたようなしかめ面を作り、その場で足踏みをする。銃（らしき架空のもの）を左右に持ち換えながら、片腕ずつ袖をまくる。

コートと、その下に着ているシャツが、一緒に肘までひっぱり上げられた。

「その状態で湖に引きずり込まれ、溺れ死ぬ」

かぼがぼがぼ、ぼぶげぼが、と喉のどこから出したかわからぬ奇声を発し、津軽は床に倒れた。床には埃が溜まっていたが、なんの躊躇もなかった。

「さて、審問官の推理では、このあとセラフさんは偽装工作を行ったという。ミュラーさんに協力してもらおうかな」

「へ？」

「犯人になったつもりで、津軽の上着をはいでください」

「裁判長！　こんな茶番には……」

「いえ」メリングは審問官の物言いをしりぞけた。何かを予感したように、彼は身を乗り出していた。「弁護人、続けてください」

アニーは水槽を見る。

セラフという名の人魚は、目を見開き、ガラスに顔を近づけていた。食い入るように、同時に何かを恐れるように、横臥《おうが》した青髪の男を凝視している。

協力を頼まれた庭師は、おずおずと動きだした。証言台から離れ、死体を演じている津軽に近づき、右腕から順にコートを脱がせた。

「……あっ」

法廷が、どよめきに包まれる。

津軽のシャツの袖が、伸びていた。

考えてみれば当然だった。腕まくりをした状態で、上着だけを無理やり脱がせば、下に着ているシャツの袖は引き伸ばされ、もとの位置に戻る。

「ご覧いただいたとおりです」と、鴉夜。「殺害後に上着が脱がされたとしたら、遺体発見時の袖の状態と矛盾します」

「……ホルトは、上着を最初から脱いでいたに違いない。人魚がそれを拾って……」

「いいえエイスティン卿。ご存じのとおり、人魚は内陸に上がれません。セラフさんが上着を拾えたとすると、上着は桟橋の上にあったとしか考えられませんね。つまりホルト氏は、桟橋に戻ってきてから上着を脱ぎ、それからシャツの両袖をまくったということになる。この場合、論理は最初の矛盾に立ち返ります。彼はとても急いでいたはずなのに、そんな悠長な行動をとるのは不自然極まりない」

「な、ならば、袖も偽装工作だ。人魚は遺体の上着をはいでから袖をまくったのだ！」

「ありえませんよ。お忘れですか？　溺死する時点でホルト氏の袖が伸びていたなら、指の跡がつくはずないんです」

エイスティン卿は声を詰まらせた。

誰にとっても信じがたい光景だった。子爵家に生まれ、軍法会議を仕切り、獅子鷲《グリフォン》殺しの伝説を持つ男が、叱られた一兵卒のように唇をわななかせている。

やっと絞り出された言葉にも、いままでのような鋭さはない。

「おまえは、悪だ。屁理屈で、議論を煙に巻こうとしているだけだ」

「いいえ。申し上げたでしょ、私には全体像が見えてきたと。もう一息で真犯人もわかりそうです。でも、それは次の証人を呼んでからにしましょう。反対尋問を終わります」

対する生首の少女は、審議の緊張感など欠片もにおわさず、くつろぐような笑みを浮かべていた。津軽が息を吹き返し、ミュラーからコートを取り戻すと、闘牛士のごとくお辞儀する。

形勢が動き始めていた。メリングが制止をかけてもなお、傍聴席は静まらなかった。ルールタビーユは満足げに脚を組む。証人たちは審問官の後ろで深刻そうにささやき合う。弁護人席に戻った津軽が、椅子にどかっと腰かけ――

「モウ、やめて！」

女の声が響いた。

「ワタシ、やりました。ワタシ、犯人。あのヒト、殺しました！」

その声は悲痛で、片言で、一言一言が四方のガラスに反響して奇妙な余韻を残した。

発言者は人魚のセラフだった。

叫び終えると、セラフは無抵抗な受刑者の顔に戻った。メリングもエイスティン卿も探偵たちすらも、全員があっけにとられ、最初と同じように水槽を見つめた。

笑い声が、静寂を破る。

それも女の声だったが、人魚よりも幼げな、可憐な少女のそれだった。今度の発言者は机の上に置かれた生首だった。弟子とメイドが顔を見合わせる中、鴉夜は目尻に涙すら浮かべ、なぜかひどく楽しげに言った。

「出来の悪い笑劇《ファルス》だな」

6

ゆっくりと、ヒールの音を鳴らしながら、五番目の証人が証人席に着く。

エイスティン卿は勝ち誇った顔で進み出ると、法廷をぐるりと見回した。

「裁判長、そしてみなさん。被告の自白によって事件はすでに決着しました。しかし制度上、異形裁判では被告への直接尋問ができません。この法廷は怪物の言い訳を聞くためではなく、人類のために設けられているからです。私はあくまで所定の手続きにのっとり、主観と客観の両面からこの事件を終わらせたいと思います。――というわけで、最後の証人です。お名前を教えてください」

「シリエ・ホルト。亡くなったラーシュの妻です」

まだ二十代の、美しい女性だった。

情報は事前に調べていたが、目の当たりにするとやはりアニーも驚いてしまった。化粧を落とし、喪服をまとい、目尻に泣きはらした跡をつけていてもなお、ウェーブヘアの彼女からは華やいだ雰囲気がにじみ出ている。それは決して落とすことのできない若さという名の花粉だった。

この人が、六十歳の男の妻——

「バッケ氏やミュラー氏の証言に、あなたの記憶と異なる点はありますか」

「ございません」

「事件に対する率直な気持ちをお聞かせください」

「悪い夢を見ているようです。わたしはラーシュの元生徒で、五年前に婚姻しました。遺産目当てとそしりを受けたこともあります。ですがわたしは、彼を心から愛していました。お互いの人格を愛し合っていたのです」

「遺書の開封は済まされましたか」

「二日前に。遺産の大部分は街の発展のために寄付されました。わたしの取り分も寄付するつもりです」

彼女は毅然《きぜん》とした態度で言い、傍聴席から拍手が湧いた。脱線気味なその質問の意図は明らかだった。エイスティン卿はシリエの心証を強め、群衆を味方につけた。

「常にホルト氏のそばにいたあなたにお聞きします。ご主人にとって、人魚とはどのような存在でしたか」

「ラーシュは、人魚を憎んでいました」

「といいますと?」

「夫はトロンハイムの海運事業に投資していました。事業の歴史を調べる中で、人魚による被害報告にも多く目を通していました。近年は目撃例が減っていましたが、再び被害が起きた場合に備えて、夫は様々な対策を提言していました。それは事業者のみなさまも証言してくださるはずです」

「以前から人魚駆除に熱意を持っていたわけですね。では湖で人魚を見つけたとき、ホルト氏は驚いたでしょうね」

シリエは水槽を一瞥し、か細い声で答えた。

「実は――わたしたちは、人魚のことを知っていました。二週間くらい前です。『湖に人魚がいるのを見た』と、ラーシュがわたしに相談を。彼はそれを不名誉に感じているようでした」

どの新聞も嗅ぎつけていない新事実だった。

エイスティン卿はたっぷりと間を取り、「ふむ」と続ける。

「つまり、人魚対策を推進していたさなか、自分の所有地に人魚が現れたことで、足元をすくわれる形になってしまった。それを誰にも知られたくなかったと、こういうわけですね」

「はい。『できるだけ内密に駆除したい』と、そう言っていました」

内密に。

アニーは手帳のページを戻し、その一言が持つ重要性に気づく。

「事件当夜、ホルト氏は人魚の発見を誰にも伝えず、拳銃での駆除を試みました。あなたはその行動に違和感を覚えますか？」

「いいえ。結果的には間違っていたと思いますが、夫の行動は理解できます」

「眼鏡を忘れたことに関しては？」

「気が急《せ》いていたのだと思います。人間なら、誰しもそういうことはあります」

「先ほど弁護人が主張していた、袖の問題に関してはいかがでしょう？」

「ラーシュは庭で射撃の練習をするとき、いつも上着を脱いで袖をまくっていました。わたしから言えるのはそれだけです」

「どうやら、すべてに説明がつきそうですな。主尋問を終わります」

後半のやりとりのいくつかは、打ち合わせにないアドリブだろう。シリエも問われるがまま素直に答えたのだろう。だが、すべては審問官の期待どおりに運んだ。エイスティン卿は審問官席のほうへ戻ると、悠々とデスクに寄りかかり、前髪をかき上げた。

アニーも椅子の背にもたれてしまう。

とどめが刺された、と感じた。

やはり有罪は覆せない。ルールタビーユは腕組みし、目をつぶっている。同業者たちも手帳を閉じ、判決だけを待っている。すでに興奮の火は消え、消し炭がプスプスとくすぶっているだけだった。

「弁護人、反対尋問を行いますか」

メリングもどこかおざなりだ。しかし、鴉夜は優雅にうなずいた、真打津軽が立ち上がり、宗教画の供物のごとく探偵を掲げた。

「シリエさん」

「……はい」

「旦那さんとは歳が離れているようですね」

シリエの眉に不快さがにじんだ。

「歳の差は三十二歳です。ですが……」

「お二人は、愛し合っていた」

「そうです。何か疑ってらっしゃるの」

「お二人の仲は疑っていませんよ。なぜなら、エイスティン卿は有能だからです。余計な疑念を生むような証人を、彼がここに呼ぶはずがない」

弁護人席の向かい側で、審問官が不本意そうな顔をする。

「だからこそお聞きしたいんです。あなたたちが結婚したとき、悔しがった者がたくさんいたのではないですか。意中の女性を、うら若く美しいあなたを、枯れかけた初老の男に取られた。それによって、ラーシュさんを憎んだ者がいたとは考えられませんか」

シリエの頬が紅潮し、同時にエイスティン卿が、今日一番の怒声を張った。

「証人に対しなんという侮辱だ！　裁判長！」

「弁護人、いいかげんにしなさい。あなたの話は事件とはなんの関係もない」

「関係は大いにあります。その人間がホルトさんを殺害したからです」

少女の声は再び魔力を発揮し、法廷から音を消し去った。

幼児のわがままにつきあうように、エイスティン卿が息を吐く。

「何を言いだすかと思えば……。君は聞いてなかったのか？　ついさっき人魚が自白したじゃないか」

「聞きましたとも。その瞬間、すべてがわかりました」

津軽は鴉夜を持ち上げたまま、飄々と法廷を歩き回り始めた。その足音とともに、鴉夜は話し始めた。

「夕食後、ホルトさんは習慣どおり湖畔で一服していました。そのとき、森の中から何者かが現れ、彼を殺害しようとしたのです。風が強い夜だったため、助けを求める声はかき消されました。ホルトさんは必死に逃げ、桟橋に追い詰められてしまう。逃げ道はたったひとつしかありませんでした。ボートに乗り、湖に繰り出すことです」

アニーの頭に、影絵めいた夜の一幕が浮かんだ。細い桟橋の先端に立ち慌てる男と、そこに迫るもうひとりの男。

「オールがないことはもちろんホルトさんも知っていたでしょう。しかし選択の余地はなかった。ボートは波に押され、少しずつ岸を離れていきます。難を逃れたかのように思えました。ところが、襲撃者が想定外の行動を。そいつは屋敷の書斎に拳銃があることを知っており、それを持ち出してきたのです」

アニーはメモを見返す。書斎にもデスクの抽斗にも、鍵はかかっていなかった。所在を知っている者なら、拳銃は誰でも持ち出すことができた。

「襲撃者は漂うボートを狙い、桟橋から銃を撃ちます。ホルトさんはあせったでしょう。このままでは撃ち殺されてしまうかもしれない。さらなる逃げ場が必要でした。そこで彼は上着と靴を脱ぎ、シャツの両袖をまくり、泳ぎやすい恰好になって、自ら水に飛び込んだのです」

湖畔の静寂をかき乱す銃声。そのさなか、ぼちゃん、と鈍い音が立つ。水面に波紋が広がり、無人のボートだけが残される——

「弾を撃ち尽くすまでの数分なら、泳ぎが不得手な自分にも持ちこたえられると考えたのかもしれません。しかし水の冷たさと着衣の重さが弊害になり、ホルトさんは溺れてしまいました。どうにか目的を達成できた襲撃者は、湖畔から逃走します。そこに——セラフさんが現れた」

ちょうど津軽は水槽に近づいていた。生首の少女は、至近距離でガラス越しの人魚に微笑みかけた。

「自分の棲処で銃声が鳴ったのだから、様子を見にくるのは当たり前ですね。ホルトさんを発見した彼女は、その手首をつかんで猛スピードで泳ぎ、岩場に引き上げました。もうおわかりですね、彼女は溺れた人間を助けようとしたんです。しかし、ホルトさんはすでにこと切れていた。そして彼女が必死に揺り動かしたり、心音を聞いたりしているとき、執事さんたちが岩場にやってきたのです」

　ホルト様に覆いかぶさって——食べようとしてるように見えたんです。庭師はそう証言した。だが、溺死した相手に覆いかぶさるのは、捕食するときだけとは限らない。

　心肺蘇生を試みるときも、同じような体勢になるのではないか。

「この推理なら、銃を取りにきた人物が誰にも声をかけなかったことにも、眼鏡を持っていかなかったことにも、まくられていた袖の問題にも、オールのないボートにも、そこに残されていた靴と上着にも、遺体発見時の状況にも、すべて合理的な説明がつきます」

　鴉夜は言葉を切った。メリングは話に聞き入り、書記官は必死にペンを動かしていた。セラフは同意も否定もせず、何かに怯えるような目で鴉夜たちを見つめている。

　肩を揺らし、エイスティン卿が失笑した。

「襲撃者？　なんたる詭弁だ。いかにも負け犬にふさわしい妄想だ。やはり怪物なんかに発言を許すべきじゃなかったな。裁判長、弁護人の主張にはなんの物的証拠もありません」

「審問官の言うとおりです。弁護人、あなたはその主張を証明できますか?」

「ハッカのにおいです」

人魚と静句を除く法廷内の全員が、外国語のジョークでも聞いたかのように口を開けた。

「先ほど庭師のミュラーさんが証言してくださいましたよね。ボートに残されていた靴の中敷きからハッカのにおいがした、と。でも変じゃないですか。靴が水に浸ったなら、においは落ちるはずなんですから」

アニーの隣席で、ルールタビーユがぐっと身を乗り出した。

「この事件の問題は、途中で降りだした雨にあります。雨がボートに残されていた上着と靴を濡らし、どの時点から濡れていたかがわからなくなってしまった。しかしただ一ヵ所、靴の内側だけは雨の被害を免れました。靴底を上にして、伏せるような形で放られていたためです。その靴の内側から、ハッカの香りがしたわけです。この事実から、ホルトさんの靴は一度も水に浸っていないことが証明できます。したがって、殺害後に人魚が靴を移動させたという可能性が消えます。当然ですね。陸を歩けぬ人魚には、泳ぐ以外に靴を移動させる方法がないからです」

人魚が偽装工作を行ったという審問官側の主張が、崩れた。

エイスティン卿の顔に明らかな動揺が走った。彼はすぐさま問いかける。

「それだけか。君が出せる証拠は、たかがハッカのにおいだけか？」

「それだけで充分なんですよ。いいですか、靴が水に浸っていないということは、ホルトさんは水に入る前に靴を脱いでいたということです。靴を脱いでから水に入ったなら、彼のその行動は自発的なものだったはずです。そして偽装工作の可能性が消えた以上、靴も、上着も、その持ち主であるホルトさん自身も、最初からボートの上にいたとしか考えられません。つまりホルトさんは、オールのないボートから自発的に水に飛び込んだ、ということになります。泳げない彼がそんな行動をとったならば、よほど切羽詰まった状況にいたに違いない。そして、桟橋には銃が残されていました。湖畔に襲撃者がいた、という結論にならないほうがおかしいでしょう」

ペンを持つアニーの指先が、震えた。

弁護人は、綿密な下調べの末ここに立っているわけではない。今朝事件のことを知ったばかりだという。袖の件もしかり、彼女の弁論のすべては、朝刊の記事と審問官側の証人たちから得た情報だけをもとに展開している。

ミュラーがハッカのにおいに言及した瞬間、輪堂鴉夜はいまの推理を組み立てたというのだろうか。被告が冤罪《えんざい》である以上尋問には綻びが生じるはずだと確信していて、その綻びを拾いながら即興で謎解きを？

そんなことが、可能なのか。

可能なのかもしれない——首だけになってもなお生きる、不老不死の少女になら。

一方に傾きかけていた秤が、再び逆転していた。いまや矛盾を抱えたのは審問官のほうだった。

だが鴉夜の主張は、ひとつだけ大きな問題を抱えている。

議論はそこに立ち戻る。エイスティン卿は水槽に指を突きつけた。

「自白はどう説明するのだ。こいつが言っただろう、自分が殺したと！」

「論理にそぐわないわけですから、セラフさんが嘘をついたことになりますね。そして嘘をついたという事実から、犯人が導けるのです」

セラフが顔を上げ、目を見開いた。

「法廷において被告が嘘の自白をする理由は、二つしか考えられません。誰かをかばっているか、誰かに脅迫されているかです。人間社会と接点のないセラフさんに襲撃者をかばう理由はありませんから、今回は後者、脅迫のほうです。セラフさんには幼い娘がいたそうですね。たとえば真犯人が、セラフさんにこう言ったとしたら？『おれには仲間がいる。不利な証言をしやがったら、湖を端から端までさらって、娘を殺してやる』。彼女は我が子を守るために沈黙を貫くのではないでしょうか。そして真実が暴かれそうになったとき、とっさに嘘の自白をするのではないでしょうか」

「ダメ！」セラフが叫んだ。「ダメです、それ言うの」

「大丈夫、犯人は単独犯だよ。それに、ここには津軽がいる」

鴉夜の言葉に合わせ、津軽が水槽に笑いかける。どういう意味の励ましなのかはよくわからない。

エイスティン卿が進み出て、大げさな身振りを取る。

「何を言いだすかと思えば……。裁判長、弁護人の主張は完全に支離滅裂です」

「真犯人はわかっているんですか」

メリングはいまや鴉夜だけに集中していた。鴉夜は数少ない関節のひとつを動かし、うなずいた。

「犯人の条件は二つあります。ひとつ目は、ホルト氏の夕食後の習慣を知っており、かつ、書斎に銃があることを知っていた人物──つまり、ホルトさんと非常に親しい間柄の人物です。二つ目は、セラフさんを脅迫する機会があった人物です」

「やめろ！」

「それは誰でしょう？　親しい人物の筆頭は奥さんやハウゲン先生ですが、彼らには不在証明があります。外出していた使用人二名には、被告と接触する機会がありません。異形裁判には古い規定がありますからね」

あ──と、アニーは声を漏らす。

捕獲から開廷までの期間、被告は審問官を除き、何人とも面会能わず——

「とすると、二つの条件に合致する人間はこの世にたったひとりしかいません。彼はホルトさんの元生徒で、ごく親しい間柄でした。彼だけが密室でセラフさんを脅迫し、審議中も無言の圧をかけ続けることができました」

「黙れ。黙れ！」興奮のあまり唇に泡を浮かべながら、男がサーベルを抜いた。「裁判長！　こんなやつの言うことを信じちゃいけない。人魚が犯人です！」

「彼は〝獅子鷲《グリフォン》殺し〟の武勇伝の持ち主。ゆえに銃ではなく、使い慣れたサーベルを凶器に選びました。事件当夜、彼はサロンの個室にいたそうですが、抜け出して屋敷まで往復することは簡単だったはずです。サロンの従業員に聴取すれば、目撃証言や、個室で喫煙した形跡がないことがわかってくるんじゃないかな。動機は先ほど指摘したとおりシリエさんへの恋慕でしょう。人魚が誤認逮捕されたと知った彼は、得意の弁舌で彼女に罪を着せるため、審問官に名乗り出ました——」

やめろ!!　という声が轟いた。

少なくともアニーにはそう聞き取れたが、実際のところ、それはほとんど言語としての体をなさない奇声に過ぎなかった。

ブーツの底が床を蹴り、雷撃のようなパーシアンレッドの影が、唖然としたシリエ・ホルトの前を横切る。

コートの袖に肉が隆起し、鍛え抜かれた構えから、サーベルの刺突が放たれる。銀色の切っ先が、青髪の男に抱えられた輪堂鴉夜の眉間を狙う。

ひょい――と、一斤パンでも放るように、生首が宙に浮いた。

真打津軽は大きく身をひねり、サーベルをかわした。群青色のコートがはためき、次の瞬間、エイスティン・ベアキート卿の身体は、特急列車の車輪にでもくくりつけられたような勢いで反転していた（あとからルールタビーユと話し合った結果、真打津軽は後ろ回し蹴りのようなものを繰り出した、ということで意見が一致した）。

審問官は猛烈な音を立てて床に倒れ、こぼれ落ちたサーベルも主人に続く。

一回転を終えてから、津軽は落下してきた鴉夜の頭部を受け止めた。

「もっと丁寧に扱え」

「床に放るよりゃマシでしょう」

メイドの女――静句がすぐにやってきて、乱れた鴉夜の髪を整える。

誰もが静まり返る中、鴉夜は気絶した男へ話しかけた。

「自白と受け取っていいかな、エイスティン卿。……エイスティン卿？」

「ああこれならあたくし知ってます。黙秘権ってやつだ」

「裁判長。審問官が犯人でかつ弁護人を殺そうとした場合の罰則規定は、異形裁判にありますか」

「ありませんよ」メリングは顔を青くしつつ、笑った。「こんな裁判は初めてです」

「では、あなたが判例を作ってください」

反対尋問を終わります、と鴉夜は律義につけ加える。

直後、抑えていた恐怖をあふれさせるように、法廷に嗚咽が響きわたった。

セラフが涙を流していた。

7

扉が開け放たれ外気が取り込まれてもなお、裁判所の玄関ホールには人々の熱気がこもっていた。

街の住人たちは三、四人ごとに島を作り、ある者は嘆き、ある者は興奮しながら、公判の感想を語り合っている。記者のひとりが「人魚が湖に戻されるらしい」と情報を仕入れてきて、手帳を構えた男たちは裏口への大移動を始めていた。ムンクという画家は連行されるときエイスティン卿が見せた絶望の表情について、連れの女性に熱弁を振るっている。

「リンドウさん――アヤ・リンドウさん！」

そんな大人たちを押しのけながら、アニーは《鳥籠使い》に駆け寄った。異形裁判の歴史を塗り替えた探偵一座は、その功績と裏腹に、群衆にまじって建物を出ていこうとしていた。

「誰だ君は」

「パリの《エポック》紙の記者、アニー・ケルベルです」

「ふーん」

反応が薄かったので、アニーは逆に驚いてしまう。「どうした」と鴉夜に尋ねられる。

「いえ……大抵の人は、その若さで？　とか聞いてくるので」

「私から見れば全人類が若いからな」

ふはっ、と津軽がふき出した。鳥籠が揺れ、鴉夜が「こら」と文句を言う。静句というメイドは無表情のまま背後に控えている。三者三様がおかしくて、つられてアニーも笑ってしまった。

アニーの中で目標が固まったのは、おそらくこの瞬間だった。

彼らの仕事を追いかけたい。《鳥籠使い》を取材し続けたい。

彼らの旅路の先にはきっと、世界をひっくり返すような嵐が待ち受けているから。

「で、パリの記者がなんの用かな」

「そのう、少しだけインタビューを」

「よかったですね師匠、新聞に載りますよ」

「喋る生首を記事にしても信じてもらえないと思うが」

「そうなんですけど、とりあえずインタビューを……。裁判の内容はいかがでしたか」

「津軽の小噺を聞くよりはましな時間を過ごせたな」

「逮捕されたエイスティン卿に対して、何か一言」

「斬りかかってきたことは気にしてないと書いてくれ。私は斬られても死なないからね」

記事にできそうなコメントではなかった。なかなか扱いづらい取材対象だ。アニーは矛先を変える。

「弁護を思い立ったのは、やはり異形差別に反対しているからでしょうか？」

「そんな立派な理由じゃない。ただ新聞を読んで、彼女はやってないと確信したからだ。ああ、そういえば裁判ではそのカードを切り忘れたな」

耳を疑ってしまった。切り札を残したまま勝訴したということか。

「そこ、あたくしも気になってました」と、津軽。「なんで人魚さんがやってないって思ったんです？」

「遺体が岩場で見つかったからだよ」

首をひねった津軽に、アニーも同調する。

少女の見た目をした不老不死は、桜色の唇をほころばせ、若者二人に説明した。

「おまえたちは人間の視点で考えているからわからないんだ。人魚にとって水中は自分の家も同然。人をさらって食べるなら、水に潜ればいいだけの話じゃないか。そうすれば誰にも見つけられないのだから。わざわざ岩場に上がっていたということは、人間に息をさせようとしていたからさ。彼女は無罪だよ。私には最初からわかっていた」

主要参考資料

『ラフカディオ・ハーンの思想と文学』大東俊一（彩流社）
『小泉八雲　日本美と霊性の発見者』池田雅之（角川ソフィア文庫）
『小泉八雲東大講義録　日本文学の未来のために』池田雅之編訳（角川ソフィア文庫）
『増補新版　文学アルバム　小泉八雲』小泉時・小泉凡共編（恒文社）
『明治の教養　変容する〈和〉〈漢〉〈洋〉』鈴木健一編（勉誠出版）
『写真で見る江戸東京』芳賀徹・岡部昌幸（新潮社）
『みる・よむ・あるく　東京の歴史4：地帯編1』（吉川弘文館）
『江戸→TOKYO　なりたちの教科書』岡本哲志（淡交社）
『迎賓館　赤坂離宮』田原桂一（講談社）
『日本民家の造形』川村善之（淡交社）
『陰陽師　安倍晴明と蘆屋道満』繁田信一（中公新書）
『陰陽師の解剖図鑑』川合章子（エクスナレッジ）
『平安時代の文学と生活』池田龜鑑（至文堂）

『平安京百景　京都市平安京創生館展示図録』公益財団法人京都市生涯学習振興財団
『別冊太陽　有職故実の世界』八條忠基監修（平凡社）
『新訂　官職要解』和田英松　所功校訂（講談社学術文庫）
『天文の世界史』廣瀬匠（インターナショナル新書）
『日本鉄道史　幕末・明治篇』老川慶喜（中公新書）
『古典落語１００席』立川志の輔選・監修（ＰＨＰ文庫）
『日本未確認生物事典』笹間良彦（角川ソフィア文庫）
『小泉八雲集』小泉八雲　上田和夫訳（新潮文庫）
『小泉八雲全集第三巻　知られぬ日本の面影』小泉八雲（第一書房）
『パリの憂愁』シャルル・ボードレール　福永武彦訳（岩波文庫）
『タイムマシン』ウェルズ　池央耿訳（光文社古典新訳文庫）
『新版　遠野物語　付・遠野物語拾遺』柳田国男（角川ソフィア文庫）
『鏡花全集　巻一』泉鏡花（岩波書店）

初出一覧

知られぬ日本の面影　小説現代2023年6月号
輪る夜の彼方へ流す小笹船　小説現代2023年7月号
鬼人芸　書き下ろし
言の葉一匙、雪に添え　書き下ろし
人魚裁判　小説現代2023年7月号

〈著者紹介〉
青崎有吾（あおさき・ゆうご）
1991年神奈川県生まれ。明治大学文学部卒業。学生時代はミステリ研究会に所属し、在学中の2012年『体育館の殺人』で第22回鮎川哲也賞を受賞しデビュー。平成のクイーンと呼ばれる端正かつ流麗なロジックと、魅力的なキャラクターが持ち味で、新時代の本格ミステリ作家として注目を集めている。〈アンデッドガール・マーダーファルス〉シリーズは2023年7月にアニメ化、同時に〈ノッキンオン・ロックドドア〉シリーズもドラマ化。

アンデッドガール・マーダーファルス　4

2023年 7 月14日　第 1 刷発行　　定価はカバーに表示してあります
2024年10月23日　第 4 刷発行

著者…………………………青崎有吾《あおさきゆうご》

発行者………………………篠木和久
発行所………………………株式会社 講談社
〒112-8001 東京都文京区音羽2-12-21
編集03-5395-3510
販売03-5395-5817
業務03-5395-3615

KODANSHA

本文データ制作……………講談社デジタル製作
印刷…………………………株式会社ＫＰＳプロダクツ
製本…………………………株式会社ＫＰＳプロダクツ
カバー印刷…………………株式会社新藤慶昌堂
装丁フォーマット…………ムシカゴグラフィクス
本文フォーマット…………next door design

ISBN978-4-06-532520-9　N.D.C.913　386p　15cm

アンデッドガール・マーダーファルス
1
SIRIUS KC
①～
絶賛発売中
定価：600円（税別） 発行：講談社

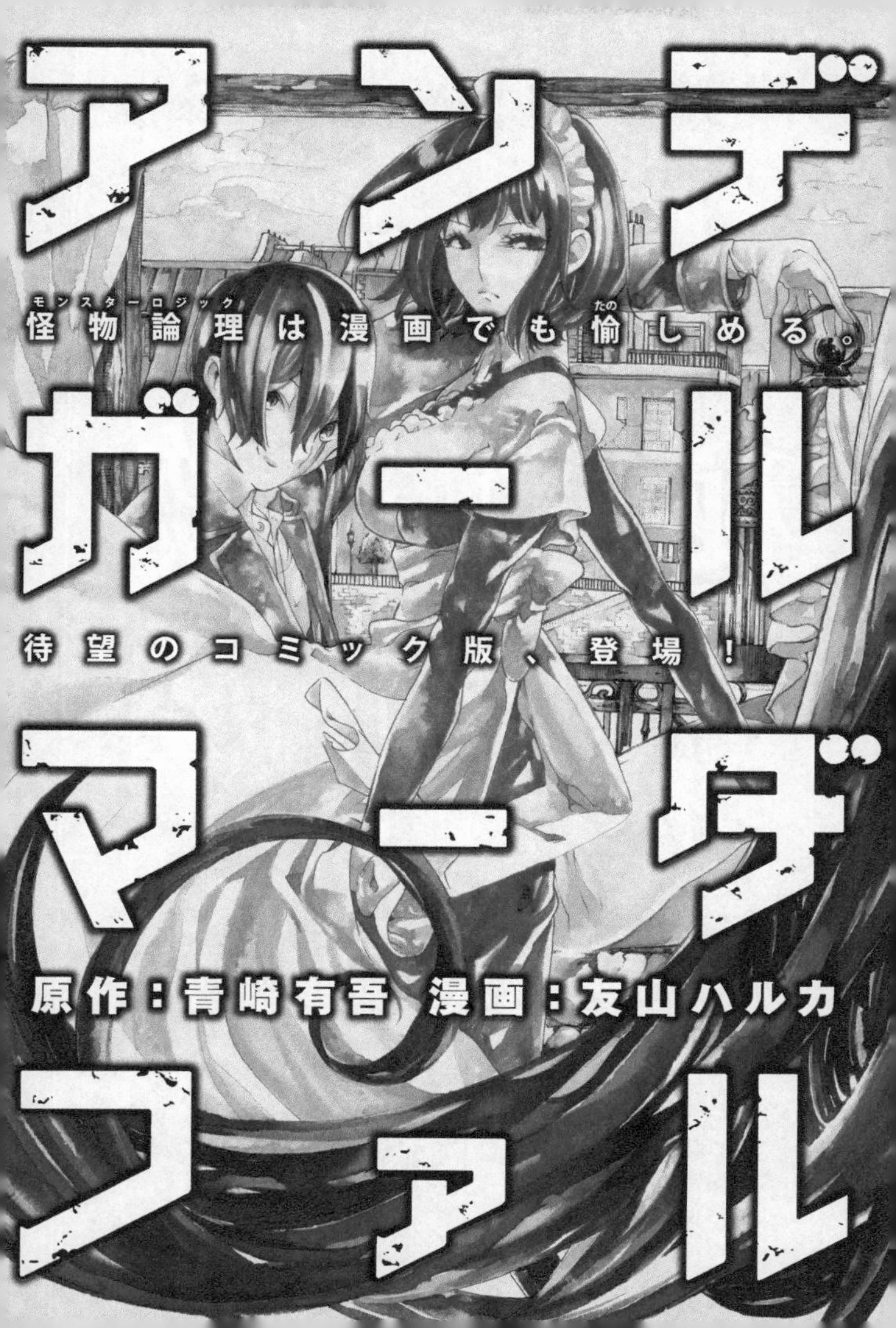
アンデ
怪物論理《モンスターロジック》は漫画でも愉《たの》しめる。
ガール
待望のコミック版、登場！
マーダ
原作：青崎有吾　漫画：友山ハルカ
ファル

次巻予告

アンデッドガール・マーダーファルス 5

第六章

秘薬

講談社タイガ

アンデッドガールシリーズ

青崎有吾

アンデッドガール・マーダーファルス　1

イラスト
大暮維人

吸血鬼に人造人間、怪盗・人狼・切り裂き魔、そして名探偵。異形が蠢《うごめ》く十九世紀末のヨーロッパで、人類親和派の吸血鬼が、銀の杭《くい》に貫かれ惨殺された……!?　解決のために呼ばれたのは、人が忌避する〝怪物事件〟専門の探偵・輪堂鴉夜《りんどうあや》と、奇妙な鳥籠を持つ男・真打津軽《しんうちつがる》。彼らは残された手がかりや怪物故《ゆえ》の特性から、推理を導き出す。謎に満ちた悪夢のような笑劇《ファルス》……ここに開幕！

講談社タイガ

アンデッドガールシリーズ

青崎有吾

アンデッドガール・マーダーファルス　2

イラスト
大暮維人

1899年、ロンドンは大ニュースに沸いていた。怪盗アルセーヌ・ルパンが、フォッグ邸のダイヤを狙《ねら》うという予告状を出したのだ。

警備を依頼されたのは怪物専門の探偵〝鳥籠使い〟一行と、世界一の探偵シャーロック・ホームズ！　さらにはロイズ保険機構のエージェントに、鴉夜《あや》たちが追う〝教授〟一派も動きだし……？　探偵・怪盗・怪物だらけの宝石争奪戦を制し、最後に笑うのは!?

講談社
タイガ

アンデッドガールシリーズ

青崎有吾

アンデッドガール・マーダーファルス　3

イラスト
大暮維人

闇夜に少女が連れ去られ、次々と喰い殺された。ダイヤの導きに従いドイツへ向かった鴉夜《あや》たちが遭遇したのは、人には成しえぬ怪事件。その村の崖下《がいか》には人狼の里が隠れているという伝説があった。〝夜宴《バンケット》〟と〝ロイズ〟も介入し混乱深まる中、捜査を進める探偵たち。やがて到達した人狼村で怪物たちがぶつかり合い、輪堂《りんどう》鴉夜の謎解きが始まる――謎と冒険が入り乱れる笑劇《ファルス》、第三弾！

講談社
タイガ

虚構推理シリーズ

城平 京

虚構推理

イラスト
片瀬茶柴

巨大な鉄骨を手に街を徘徊《はいかい》するアイドルの都市伝説、鋼人七瀬《こうじんななせ》。人の身ながら、妖怪からもめ事の仲裁や解決を頼まれる『知恵の神』となった岩永琴子《いわながことこ》と、とある妖怪の肉を食べたことにより、異能の力を手に入れた大学生の九郎《くろう》が、この怪異に立ち向かう。その方法とは、合理的な虚構の推理で都市伝説を滅する荒技で⁉
驚きたければこれを読め――本格ミステリ大賞受賞の傑作推理！

講談社
タイガ

虚構推理シリーズ

城平 京

虚構推理
スリーピング・マーダー

イラスト
片瀬茶柴

「二十三年前、私は妖狐《ようこ》と取引し、妻を殺してもらったのだよ」

妖怪と人間の調停役として怪異事件を解決してきた岩永琴《いわながこと》子《こ》は、大富豪の老人に告白される。彼の依頼は親族に自身が殺人犯であると認めさせること。だが妖狐の力を借りた老人にはアリバイが！ 琴子はいかにして、妖怪の存在を伏せたまま、富豪一族に嘘の真実を推理させるのか⁉ 虚実が反転する衝撃ミステリ最新長編！

講談社タイガ

虚構推理シリーズ

城平 京

虚構推理
逆襲と敗北の日

イラスト
片瀬茶柴

「それは巨大で、凶暴で、獰猛で、何より場違いな亡霊だった」

警察に呼び出された琴子《ことこ》と九郎《くろう》。二人と因縁深い桜川六花《さくらがわりっか》が、奇妙な連続転落死事件に居合わせ、容疑者になっているという。

六花が二人を前に語ったのは、異郷の野獣キリンの霊による殺戮劇だった。琴子たちは彼女の無実を証明すべく調査を始め、事件の背後にある悍《おぞ》ましい「呪い」の存在を知ることとなる――。

講談社タイガ

虚構推理シリーズ

城平 京

虚構推理短編集
岩永琴子の純真

イラスト
片瀬茶柴

　雪女の恋人に殺人容疑がかけられた。雪女は彼の事件当夜のアリバイを知っているが、戸籍もない妖怪は警察に証言できない。幸福な日々を守るため彼女は動き出す。──『雪女のジレンマ』
　死体のそばにはあまりに平凡なダイイングメッセージ。高校生の岩永琴子《いわながことこ》が解明し、反転させる！──『死者の不確かな伝言』
　人間と妖怪の甘々な恋模様も見逃せない人気シリーズ第４作！

虚構推理シリーズ

城平 京

虚構推理短編集

岩永琴子の密室

イラスト
片瀬茶柴

一代で飛島《とびしま》家を政財界の華に押し上げた女傑・飛島龍子《りゅうこ》は常に黒いベールを纏っている。その孫・椿《つばき》の前に現れた使用人の幽霊が黙示する、かの老女の驚愕の過去とは——「飛島家の殺人」

あっけなく解決した首吊り自殺偽装殺人事件の裏にはささやかで儚い恋物語が存在して——「かくてあらかじめ失われ……」

九郎と琴子が開く《密室》の中身は救済か、それとも破滅か。